그대
삶의
향기에
젖다

그대 삶의 향기에 젖다

발행일 2020년 11월 9일

지은이 방원조
펴낸이 손형국
펴낸곳 (주)북랩
편집인 선일영 편집 정두철, 윤성아, 최승헌, 이예지, 최예원
디자인 이현수, 한수희, 김민하, 김윤주, 허지혜 제작 박기성, 황동현, 구성우, 권태련
마케팅 김회란, 박진관, 장은별
출판등록 2004. 12. 1(제2012-000051호)
주소 서울특별시 금천구 가산디지털 1로 168, 우림라이온스밸리 B동 B113~114호, C동 B101호
홈페이지 www.book.co.kr
전화번호 (02)2026-5777 팩스 (02)2026-5747

ISBN 979-11-6539-462-2 03810 (종이책) 979-11-6539-463-9 05810 (전자책)

이 도서의 국립중앙도서관 출판예정도서목록(CIP)은 서지정보유통지원시스템 홈페이지(http://seoji.nl.go.kr)와 국가자료공동목록시스템(http://www.nl.go.kr/kolisnet)에서 이용하실 수 있습니다.
(CIP제어번호: CIP2020046861)

방원조 소설집

그대 삶의 향기에 젖다

그리움을 그리워하는 행복세상을 꿈꾼다

요즘은 살아가는 게 버겁고 힘들다. 낯선 만남이 두려워 주위를 살핀다. 정의로 위장한 불의가 슬금슬금 기어 다닌다. 이로 인한 갈등과 반목의 상처는 시기와 질투의 병균이 되어 이곳저곳으로 전염되고 있다.

어둡기만 한 이러한 현실이 고통의 한숨으로 서릴수록 서로 보듬고 어우르며 따스한 믿음으로 정서를 공감하던 아름다운 그 시절을 애절하게 그리움으로 부른다.

그리움이 아프지 말라며 그리움으로 부르면 눈 시린 밝은 내일이 보인다. 진솔함으로 생성되는 행복세상이 다가온다. 칙칙하고 어두운 세상을 묵묵히 걸으면서 오늘도 그리움을 그리워하는 이유가 바로 여기에 있다.

그리움이 만개된 행복세상은 거창하거나 화려하지 않다. 단순하고 소박하다.

'행복세상'은 자신이 할 수 있는 일에 몰입하여 즐기면서 풋풋하고 싱그러운 기쁨을 만끽하는 곳이다. 또한, 진솔한 인연으로 살아가는 이유를 발견하여 꾸밈없는 삶의 향수가 점철된 순수한 갈망과 바람이 이루어지는 곳이다.

세월을 많이 흘려보낸 지금, 그런 행복세상을 더욱더 많이 그리워하게 되었다. 그래서 바람처럼 지나가는 소중한 이 시간을 낭비하는 것이 왠지 죄스럽기만 해서 오래전에 써서 묵혀두었던 글을 꺼내 '그리움을 그리워하는 행복세상'의 삶과 접목해 보게 된 것이다.

꺼낸 글에서 찌든 먼지를 떨어냈다. 다시 읽으며 다듬었다. 새로 고쳐 썼다. 꽤나 오래 지난 세월의 흔적이 묻은 글이기에 손을 봐도 싱싱하고 신선할 수는 없었다. 장르에 구분 없이 다듬어 꺼내 놓은 스물아홉 편은 동화적 발상에서 얻은 작품들 중의 일부이다. 동화에 가까운 자질구레한 삶의 이야기들은 문학적 가치와 매력이 결여되어 있기는 하지만, 그리움을 그리워하는 행복세상을 즐겁게 조망하려고 무던히 애썼다.

누구나 가볍게 읽으면서 잔잔한 그리움으로 미소 짓는 여유를 갖는다면 참으로 좋겠다.

그렇게 하여 '아름다움을 꿈꾸는 사람은 행복세상을 만든다'라는 평범한 작은 그리움의 바람을 그리움을 그리워하는 이들과 함께 나누고 싶은 마음 간절하다.

2020년 11월

방원조

차례

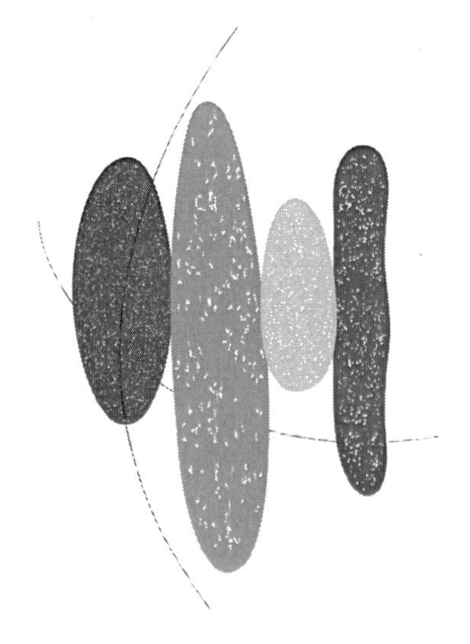

3 보고 싶다

만나고 싶다 4

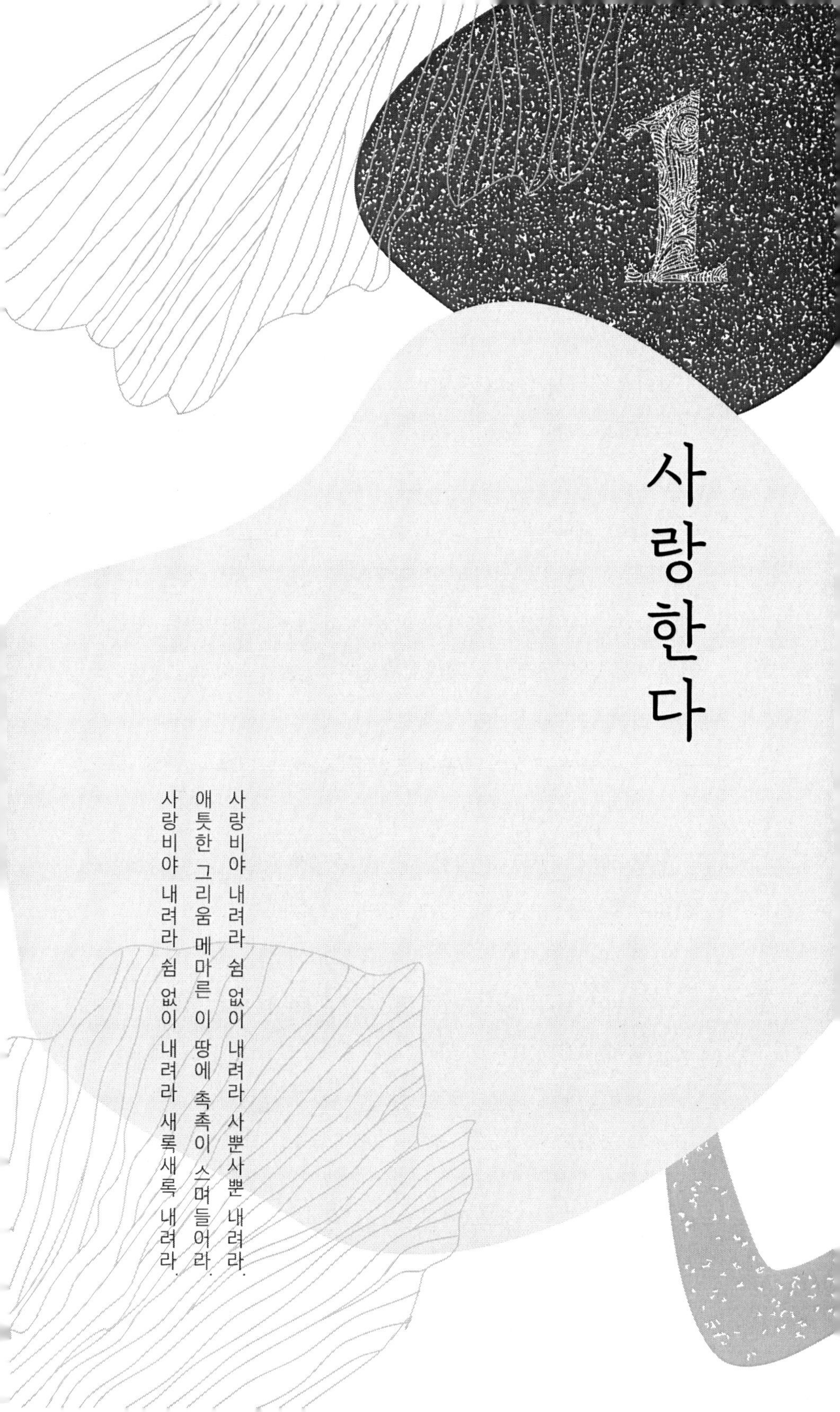

1

사랑한다

사랑비야 내려라 쉼 없이 내려라 사뿐사뿐 내려라.
애틋한 그리움 메마른 이 땅에 촉촉이 스며들어라.
사랑비야 내려라 쉼 없이 내려라 새록새록 내려라.

정하나 때문에

하나가 방에서 동화책을 읽다가 훌쩍거렸다.

금순 씨는 저녁 상차림을 하다가 놀라서 얼른 방으로 뛰어 들어갔다.

"하나야, 왜 우니?"

하나는 눈물을 훔치면서 읽던 책을 가리켰다. 금순 씨는 하나가 펼쳐놓은 '북두칠성 이야기'를 읽었다. 동화책에 등장하는 소녀의 마음씨가 너무 착하고 아름다워서 금순 씨도 가슴이 짜르르했다.

"우리 하나만큼 소녀도 참 착하구나."

금순 씨는 하나 머리를 쓰다듬으며 나직이 말했다. 그러자 하나가 말꼬리를 물었다.

"선생님이 그러시는데 착한 사람은 반드시 복을 받는대. 소녀도 착해서 하느님이 상을 내리셨지? 그렇지, 엄마?"

"그래, 맞아. 착하게 살면 그렇게 복을 받게 되는 거야."

금순 씨는 하나 머리를 쓰다듬으며 나직이 말했다. 하나가 금순 씨를 빤히 쳐다보았다.

"아무리 힘들고 어려운 일이 있어도 착한 마음만 있으면 걱정이 없지? 그렇지?"

"하나야, 그건 좀 아니지? 그런 건 동화에서나 통하는 거야."

"그럼 동화하고, 우리 생활이 다르다는 거야, 뭐야?"

하나는 금방 눈을 똥그랗게 뜨고 따지듯 했다.

금순 씨는 초등학교 3학년밖에 안 된 하나의 반항하는 듯한 태도에 슬며시 화가 일어났지만 꾹 눌렀다.

"하나야, 요즘 같은 세상엔 말이야, 동화에 등장하는 착한 사람들처럼 살면 안 돼."

"착하게 사는 게 뭐 잘못됐어? 요즘 세상이 어떤데?"

하나가 자꾸만 꼬리를 물고 또 물며 따져 들었다.

"넌 아직 몰라. 어른이 돼야 알지. 세상을 그렇게만 살면 쪽박 차는 거야."

"쪽박이 뭔데? 왜 쪽박을 차는데?"

"지금 돌아가는 세상이 다 그래. 아무튼 눈치 봐 가면서 조금은 약삭빠르게 사는 게 최선이야."

"약삭빠르게 사는 게 뭔데?"

금순 씨는 또 하나와 말싸움이 붙은 것 같아 아차 했다.

하나의 생각은 하나도 틀린 게 없다. 그렇지만 금순 씨는 심사가 배배 꼬였다. 하나가 너무 착하기만 해서 정신 차리라고 한 대 쥐어박고 싶은 심정이었다.

금순 씨는 늘 그런 하나와 충돌해서 결국 말싸움에 지기만 했다. 금순 씨는 그런 자신이 싫었다. 그래서 하나에게 이유 없이 화를 낸 적도 꽤 많았다.

세상 때가 잔뜩 묻은 사람과 티 없는 사람과의 대화는 통하지 않는 법이다. 살아가는 모습이 다르고, 생각이 엇갈려서 결국 평행선을 달리게 된다. 금순 씨와 하나의 경우가 바로 이와 같다.

하나는 어려서부터 유독 세상일에 관심이 많았다. 그래서 아이답지 않은 얼토당토않은 질문을 토했다. 금순 씨는 때로 하나의 물음에 답변이 궁해서 당황한 적도 꽤나 많았다. 말문이 막혀 미적거린 때도 한두 번이 아니었다. 그러나 하나를 아주 잘 아는 금순 씨 친구들은 입에 침이 마르도록 칭찬을 아끼지 않았다. 학교 선생님들도 하나같이 하나 칭찬 일색이었다.

"하나는 나무랄 데 없이 착해요."

"남을 도와주는 일에 희생정신이 강해요."

금순 씨는 하나가 정이 너무 많고 착하다는 칭찬에는 마음이 붕붕 뜨지만 남을 도와주는 일에 앞장선다는 것에는 손뼉을 칠 수가 없다.

금순 씨는 그게 그렇게 좋은 것만은 아니라는 사실을 뼈저리게 느끼고 있기 때문이었다.

금순 씨는 남편을 통해 그런 경험을 혹독하게 치렀다.

금순 씨는 하나를 낳기 일 년 전, 저축과 절약으로 겨우 집을 장만하고, 남은 돈이 천만 원 정도 있었다. 그런데 우직스럽고 선량한 남편은 그 돈을 금순 씨의 적극 만류에도 불구하고, 절친한 친구 사업 자금으로 빌려주었다가 덜컥 떼이고 말았다.

금순 씨에게는 그게 굉장히 큰돈이었다. 그로 인해 경제적 어려움에 시달림을 받았고, 한동안 정신적 고통으로 우울증을 겪기도 했다. 남편과의 사이도 벌어졌었다.

금순 씨는 그 이후로 착하기만 한 행동은 잘못하면 험한 세상에서 찬밥 신세로 전락한다는 사실을 뼛속에 각인시켰다. 그러기에 다른 것은 다 이해하고 참아도 너무 착해서 자기의 간을 서슴없이 빼주는 것에는 동참할 마음이 전혀 없다. 요즘처럼 험하고 살벌한 세상에서는 더더욱 그렇다.

"정하나! 이름도 예쁘고 마음도 아름답네요. 이름처럼 정도 하나라서 마음속에는 고운 정만이 꽉 차 있군요. 엄마 아빠가 하나를 어떻게 키우셨는지 아주 쪼끔만 가르쳐 주시면 안 되겠어요?"

하나를 보고 이렇게 칭찬을 하는 사람을 만나면 금순 씨는 심하게 손사래를 저으면서 응수했다.

"아이고, 그런 말 다시는 하지도 마세요. 전 아주 골치 아파 죽겠어요."

금순 씨는 지금까지 하나가 잘한 일에 대해서 칭찬해 준 일이 한 번도 없다. 오히려 면박만 주었다.

하나는 작년 설날에 받은 세뱃돈을 통장에 넣지 않았다.

"엄마 아빠? 이건 내 돈이니까 필요할 때 쓸 거야."

"네가 돈이 왜 필요한데?"

"그건 절대 비밀. 내가 잘 알아서 쓸 테니까 염려하지 말아요."

금순 씨 남편은 웃으며 하나를 응원했다.

"아빠는 하나를 믿어. 우리 하나 파이팅!"

"아빠, 최고."

금순 씨는 날마다 하나 편을 드는 남편이 미웠다. 남편에게 찰싹 안기는 하나도 미웠다.

금순 씨는 그 후 하나가 넣어 둔 용돈 보관함을 몰래 열어 보곤 했다. 그때마다 조금씩 돈이 비었다.

금순 씨는 속이 부글부글 끓었지만 하나에게 그 돈의 출처를 묻지 않았다. 좋은 일에 썼을 것이라는 믿음으로 위안을 삼았다.

잘 깎아서 필통 속에 가지런히 가득 채워 준 새 연필이나 여유 있게 잘 챙겨준 학용품이 그날로 없어지기 일쑤인 것은 아주 소소한 일에 속했다.

하나의 마음이 얼마나 착하고 아름다운가?

없는 친구에게 눈길을 돌리며 도와주는 마음씨, 여유 있을 때 나누어 주는 넉넉함의 배려, 보답을 바라지 않는 남 몰래의 선행. 그러나 아직도 철없다고 느끼는 하나가 그런 일들을 자연스레 반복하고 있으니 어찌 금순 씨의 복장이 터지지 않겠는가?

금순 씨는 그럴 때마다 곧잘 남편과 상의를 하곤 했다.

"여보, 당신이 정말 어떻게 좀 해 봐. 난 열불이 나."

"하나가 착한 일을 남몰래 조금씩 하는 게 뭐 잘못됐어? 잘했다고 칭찬해 줘야지."

"나도 그런 건 잘 안다고. 그렇지만 아직 철도 안 든 게 그런 일에 나서니까 그렇지? 난 그게 영 마음에 걸려."

"하나는 똑똑하고 영리해. 그러니까 지금처럼 그렇게 잘 키우자고."

"그건 나도 잘 알거든."

"그런데 뭐가 걱정인데?"

금순 씨는 남편에게 퍽퍽 한숨만 내뱉었다.

늦가을 바람이 매섭게 불어치는 날, 금순 씨는 하나에게 백화점에서 산 새 코트를 입혀 학교에 보냈다. 그 코트는 금순 씨가 마음 굳게 먹고 하나 생일 선물로 사서 한겨울에 입히려고 아껴 둔 것이었다. 그런데 하나가 그 코트를 친구에게 벗어주고 헐렁한 차림으로 집에 온 것이었다.

금순 씨는 눈에서 쌍불이 일어났다.

"아침에 입고 나간 코트는 어쩌고 그 꼴로 들어오니?"

"불쌍한 친구에게 벗어줬어."

하나 태도는 너무도 당당했다.

금순 씨는 화가 머리끝까지 치받혀 올랐다. 몸이 부들부들 떨렸다.

"뭐, 불쌍한 친구? 그 불쌍한 친구가 도대체 누구니? 어디 사는 누구야? 빨리 가서 옷 찾아오지 못해!"

금순 씨는 악에 받쳐 소리를 버럭버럭 질러댔다.

"내 짝 재민이란 말이야. 걘 엄마 아빠도 없어. 할머니하고 둘이 살아. 걘 옷이 없어서 오늘도 벌벌 떨었어."

하나는 지지 않고 또박또박 할 말을 다 했다.

"넌 입을 옷이 그렇게 많으니? 이 망할 계집애야."

"그래도 난 엄마 아빠가 자주 사주잖아."

금순 씨는 하나의 그 말을 듣자마자 울분이 치받쳐 털썩 주저앉아 하나를 마구마구 윽박질렀다.

"너, 정말 그렇게 엄마 속을 뒤집어 놓을 거야, 이 계집애야? 왜 날마다 엄마 가슴팍을 박박 긁어 대는 거니? 너 정말 엄마 죽는 꼴 볼 거야? 아이고, 이 철딱서니 없는 계집애야. 네가 뭘 안다고 그런 짓을 밥 먹듯 하니? 네가 돈 많은 자선가냐? 앞으로 너하고 어떻게 사니?"

금순 씨는 악쓰는 만큼 눈물을 줄줄줄 흘렸다. 하나도 덩달아 엉엉 울었다. 금순 씨는 한참 울다가 마음이 안정되자 측은하다 못해 불쌍해 보이는 하나를 달랬다.

"하나야, 엄마가 잘못했다, 잘못했어. 하나야. 그만 눈물 그쳐."

하나는 섧게 울다가 끄윽끄윽 울음을 그쳤다.

곰곰이 생각해 보면 하나가 잘못한 일은 하나도 없었다. 오히려 칭찬받아야 마땅한 일이었다. 그러나 금순 씨는 하나가 마음을 가라앉히자 차분하게 토닥이면서 말했다.

"하나야, 남을 도와주는 것도 자신의 분수를 잘 알 때 하는 거야. 너는 아직 어린애야. 그러니까 앞으로 그런 일이 하고 싶을 때는 엄마 아빠에게 먼저 알리고 해. 하나야, 알았지?"

하나는 금순 씨의 사랑 담긴 설득에도 동의하지 않았다. 다시 꼬치꼬치 따지고 들었다. 금순 씨는 그만 제풀에 지쳐버리고 말았다.

하나와 그런 다툼의 시간이 흐르고, 또 지나갔다.

겨울방학이 턱 밑에 다가온 어느 날, 하나가 밝은 모습으로 학교에서 돌아왔다.

"하나야, 학교에서 무슨 좋은 일이 있었니?"

"있었어."

"뭔데?"

그때 전화가 왔다. 하나 담임 선생님이었다.

"하나 어머님, 축하드립니다. 하나가 신문에 났어요. 저의 학부모 중에 서울 모 일간지 기자분이 계세요. 그 기자분이 하나의 착한 이야기를 여기저기서 듣고는, 아주 자세히 취재를 했대요. 저도 신문 기사를 보고, 하나의 선행을 자세히 알게 되었어요. 하나 편에 신문 한 부 보냈습니다. 하나의 선행이 어머니의 영향을 많이 받았더군요. 하나 칭찬 많이많이 해 주세요. 거듭 축하드립니다."

금순 씨는 아닌 밤 홍두깨에 뒤통수를 한 대 얻어맞은 격이었다. 어안이 벙벙해서 변변히 대꾸도 못 하고 선생님 말씀만 듣다가 전화를 끊었다.

금순 씨는 하나가 내민 신문을 덜덜거리며 얼른 폈다.

'하늘에서 내려 온 작은 천사, 정하나.'

금순 씨는 대문짝만한 신문 기사의 제목을 보고는 몸을 부들부들 떨었다. 거기에는 금순 씨도 알지 못하는 하나의 선행이 아주 소상하고 빽빽하게 실려 있었다. 금순 씨는 기사를 다 읽지 못했다. 다 읽어볼 용기도 나지 않았다.

금순 씨의 눈에서 눈물이 쏟아지기 시작했다.

'제가 이렇게 어려운 이웃과 친구들을 도울 수 있었던 것은 엄마 아빠의 힘이었습니다.'

금순 씨는 기사의 끝마무리를 장식한 이 대목을 읽고는 가슴이 복받쳐 올랐다. 눈물이 소나기로 쏟아졌다. 그 눈물은 그동안 칭찬에 인색하던 과오가 일시에 분출되는 회개와 용서였다. 쥐구멍 속에라도 파고 들어가 숨고만 싶은 초라하고 옹졸한 부끄러움이었다.

금순 씨는 한참 만에 눈물을 그치고, 멍하니 하나를 바라보았다. 하나가 자신 앞에 떡 버티고 서 있는 감히 근접할 수도 없는 웅장한 산으로만 보였다.

금순 씨는 그렁그렁한 눈으로 하나를 와락 껴안았다.

“하나야, 그동안 엄마가 잘못한 일이 너무 많구나. 미안하다. 엄마가 용서를 빌게.”

“엄마, 울지 마. 내가 좋은 일 했는데 왜 자꾸 울어?”

“하나야, 미안 미안. 그래도 자꾸만 눈물이 나는구나.”

금순 씨는 하나가 손수건으로 눈물을 닦아주는데도 훌쩍거렸다.

그때 대문 벨이 울렸다.

세상 구석구석에서 일어나는 일을 뒤져 취재의 감동을 시청자들에게 여과 없이 선사하는 한국 TV 리얼 벼락 인터뷰 방송 촬영 팀이 느닷없이 들이닥친 것이었다.

“잘 아시다시피 리얼 벼락 인터뷰는 출연자들이 실수를 해도 편집하지 않고 그대로 시청자들에게 진솔하게 전달하는 게 특징 중의 특징입니다.”

금순 씨는 리포터로부터 방송 촬영 동기와 내용, 그리고 리얼 벼락 인터뷰의 특징 등 간단한 설명을 들었다.

처음 겪는 일이라 너무 당황해서 어쩔 줄 몰라 하는 금순 씨에게 리포터는 다짜고짜 카메라 마이크를 들이대며 질문을 던졌다.

"어머니께서는 평소 하나 양이 선행했을 때 보상을 하시는 편인가요?"

"글쎄요, 그러니까 그게…… 그냥…… 잘했다고 칭찬하지요, 뭐."

"그동안 어머니께서는 하나 양의 선행에 대해 어떤 도움을 주셨다고 생각하시나요?"

"글쎄요, 저어, 갑자기 생각이 나지 않네요."

"하나 양이 자신이 입던 옷을 친구에게 주고 집에 온 적이 있는데, 어머니께서는 그때 어떤 마음이 드셨는지 솔직하게 말씀해 주십시오."

"음…… 뭐, 그, 그저, 그냥……."

"하나 양이 폐지 줍는 할머니를 한 달에 한 번씩 3개월 동안 금전적으로 도움을 준 사실을 어머니께서는 알고 계셨나요?"

"아뇨, 잘 모르고 있었어요."

"하나 양이 어려운 이웃과 친구들을 도울 수 있었던 것은 엄마 아빠의 힘이 컸다고 했는데 구체적으로 하나 양에게 어떤 도움을 주셨는지요?"

"아, 그건 그러니까, 그게."

금순 씨는 리포터의 예리한 질문에 대답이 궁해 어찌할 바를 모르고 얼버무리기만 했다.

리포터는 금순 씨의 답변이 답답했던지 옆에 있는 하나에게 마이크를 들이댔다.

"하나 양이 대신 대답해 보세요. 엄마 아빠의 어떤 힘이 하나 양이 착한 일을 하는 데 도움이 됐을까요?"

"우리 엄마는요, 제가 착한 일을 하면 상이라면서 항상 뽀뽀해 주세요. 그게 큰 힘이에요. 그리고 정하나 때문에 질투가 더 많이 생기게 해달라며 웃으세요."

금순 씨는 하지도 않은 거짓말을 각본에 있는 것처럼 능청스레 토해내는 하나 표정에 기가 찼다. 금순 씨는 인터뷰 중이라는 사실을 그만 깜박 잊고 하나에게 내뱉었다.

"어머머머, 얘 좀 봐. 하나야? 너 정말 엄마를 그렇게 들었다 놨다 할 거야?"

금순 씨는 달라붙는 하나를 밀치는 시늉을 했다.

"저리 가, 이 요물 계집애야!"

금순 씨는 촬영 앵글이 바짝 다가오는 것을 보고는 그만 기겁을 하고 말았다.

"아이고머니나, 이걸 어째. 촬영 중인 걸 모르고, 큰일 났네. 저, 지금 제가 한 말, 죄다 지워주세요, 제발 지워 주세요, 꼭요?"

금순 씨는 리포터에게 애원했다. 리포터는 웃으면서 고개를 끄덕였다.

"마지막으로 어머니와 하나 양에게 한 가지씩만 더 묻겠습니다. 어머니께서는 앞으로 하나 양이 어떻게 성장하기를 바라고 계십니까?"

"글쎄요. 뭐, 지금처럼 그렇게 자랐으면 좋겠습니다."

"하나 양은 어떤 사람이 되고 싶은가요?"

"저는 아직 잘 몰라요. 엄마가 키워 주시니까요."

금순 씨는 하나가 엄마처럼 보였다.

하나의 말 한마디 한마디가 금순 씨 가슴을 불판에서 뜨겁게 달구어 놓았다.

"어머니? 하나 양 좀 꼭 껴안아 주세요."

리포터의 부탁에 금순 씨는 흐르는 눈물을 훔치면서 하나를 껴안았다. 카메라 앵글이 그 모습을 클로즈업했다.

"지금까지 이 세상에서 가장 아름다운 천사 정하나 어머니와의 인터뷰였습니다."

리얼 벼락 인터뷰 촬영은 그렇게 끝났다.

"아까 제가 실수한 장면 꼭 지워주세요, 그대로 방송에 나가면 정말 큰일 나요. 꼭 지워주세요, 아셨지요? 약속해 주신다고 했어요. 꼭요."

금순 씨는 리포터와 촬영기사에게 애걸복걸 애원하면서 한참동안 매달렸다. 리포터는 빙그레 웃으면서 뼈 있는 농담을 던졌다.

"어머니께서는 하나 양의 선행이 이미 세상에 다 알려졌는데 왜 그렇게 말씀을 얼버무리세요? 리얼 벼락 인터뷰 방송, 저녁 9시에 나갑니다. 참, 그리고 농담 한마디 하겠습니다. 평소에도 어머니께서는 늘 당당한 하나 양의 눈치만 살피십니까? 제가 보기에는 어머니가 하나 양 같고, 하나 양이 어머니 같았습니다."

금순 씨 가슴은 활활 타는 용광로가 되었다.

그런데 아뿔싸, 이걸 어쩌지?

저녁 9시에 10분간 방영된 리얼 벼락 인터뷰는 금순 씨가 실수한 내용이 하나도 지워지지 않은 채 그대로였다.

가슴이 활활 뜨겁게 타는 금순 씨는 뭐가 뭔지 세상이 어떻게 돌아가는지 도저히 정신을 차릴 수가 없었다.

다른 일을 다 집어치우고, 벼락같이 퇴근해서 리얼 벼락 인터뷰를 눈에 담은 남편이 아주 기분 좋게 웃으며 농을 던졌다.

"인터뷰가 아주 리얼해서 더 감동적이네. 아이고야, 난 당신 때문에 눈물이 나오려는 걸 억지로 참았네. 하나야, 엄마 연기 솜씨 그만이지? 그러고 보니까 당신은 카메라 체질이야. 그 표정, 그 행동, 배우로 데뷔해도 손색이 없겠어. 그러나저러나 정하나 때문에 인터뷰한 엄마는 이제 붕붕 뜨게 생겼네. 유명세를 좀 타겠어. 금순 씨 정말 축하합니다."

아니나 다를까? 금순 씨가 얼굴이 벌겋게 달아올라 안절부절못하는데 득달같이 전화가 왔다.

"야, 천사 엄마 이 계집애야. 너 인터뷰하는 거 잘 봤다. 약 올라 죽겠다. 정하나 덕에 너 용 됐더구나. 평소에는 그렇게 잘도 떠들어대더니 방송에 출연하니까 기분이 째지더냐? 말도 잘 못 하고 더듬거리게. 너 그거 일부러 그런 거지? 실수한 것도 네 각본에 있는 거지? 그러나저러나 너 배우 해도 되겠더라. 시청자들 감동시키는 표정, 샘나서 욕 좀 한다. 하나 때문에 방송에 뜬 천사 엄마 이 계집애야. 나도 너와 단짝이니까 정하나도 내 딸이야, 그렇지? 맞지? 내일부터 정하나 우리 집에서 한 달만 키울게. 어이구, 약 올라 죽겠네. 그렇지만 말이야, 나도 너만치는 몰라도 지금 붕붕 뜨고 있어. 천사 엄마 이 계집애야."

무슨 일이 생기면 그럴듯하게 소설로 꾸며서 다발총처럼 쏘아대는 아주아주 친한 친구 날라리의 들뜬 목소리가 쩌렁쩌렁 금순 씨 가슴을 두드렸다.

이제 날라리 그 친구가 내일부터 만나는 사람마다, 리얼 벼락 인터뷰 내용을 자기 일처럼 따따따따 숨도 안 쉬고, 마구 쏘아댈 게 아니겠는가?

금순 씨는 하나가 만들어 준 구름 풍선을 타고 둥실둥실 두둥실 하늘 높이 우주 끝까지 오르고 있었다. 전화통은 불이 났는데 말이다.

약속

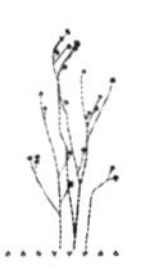

종만이는 기계처럼 맞물려 돌아가는 먼지 묻은 현실을 외면하는 나약한 존재가 아니다. 앞을 가로막는 난관도 거뜬히 헤쳐나가는 기백도 건강한 사람이다. 건실한 직장에서 근무도 하고 있다. 그런데 요즈음 하나뿐인 아들 정구 앞에서는 자신의 무력감을 감출 수 없다. 답답해지고 삶이 무기력해진다. 뭔가 정구에게 큰 잘못을 지지른 것 같은 착각에 빠져 가까이 가는 것을 무척이나 꺼린다.

아내에게도 금전적으로 충분히 도움을 주지 못해 대면하기에 늘 불안하기만 하다.

종만이의 그런 태도와 마음은 다름 아닌 스스로 다짐한 약속을 스스로 깨버린 허무감을 자책하는 스트레스 때문이었다.

종만이는 정구 초등학교 입학식에서 스스로에게 몇 번이고 다짐했었다.

'정구에게 억지로 공부를 강요하지는 않겠다. 건강하게 바른 인성을 가진 아이로 키우겠다.'

그래서일까? 정구는 노는 일에만 도가 텄다. 공부는 아예 뒷전이었다. 정구는 학교에서 돌아오면 친구들과 신나게 노는 일에 정신을 팔았다. 종만이는 그런 정구를 무조건 칭찬했다.

"남자는 말이야, 건강해야 해. 그게 재산이야."

종만이는 정구가 또래들보다 건강한 것이 보기 좋았다. 종만이는 정구가 4학년이 되던 때까지 건강하게만 키우겠다는 그 약속을 굳게 지켰다. 그런데 정구가 5학년이 되면서부터 그 약속이 맥없이 허물어지기 시작했다.

"우리 집 큰애 시험성적이 평균 95점이야. 반에서 2등이야. 시험지를 받아든 내 기분, 나이스였지."

"시험성적이 아이들 성장과 무관할 수 없어. 그게 현실이거든."

"공부는 어려서부터 잘해야 돼. 세 살 버릇 여든까지 간다는 말이 있잖아? 그게 좋은 대학, 좋은 직장에 들어가는 지름길이지."

동료들과의 휴식 시간 대화 중심은 이렇게 자식들의 공부와 진로였다. 초등학교서부터 반 1등을 내놓은 적이 없었다는 딸이 의과대학에 수석 합격을 했다고 팀장이 으쓱이며 크게 한턱을 쏜 일도 있었다.

종만이는 동료들이 자식 자랑을 할 때 귀를 닫고 슬며시 자리를 뜨곤 했었다. 그런데 주위 환경은 그런 종만이를 그냥 내버려 두지 않고 들쑤셨다.

종만이는 결국 열심히 공부를 해야 좋은 대학에 가고, 좋은 직장을 구하기 위해서는 초등학교에서부터 그 기틀을 바로잡아 놓아야 한다는 데에 맞장구를 치게 되었다. 결국 종만이는 주위 환경에 완전히 굴복당하고 말았다.

종만이는 그런 자신이 비굴했다. 그렇다고 대안이 되는 뾰족한 수도 없었다. 정구에게 과외를 시킬 수 있는 경제적 여유도 없었기에 거기서 파생되는 자책과 무기력이 종만이를 끙끙 앓게 만들어 버린 것이다.

종만이는 퇴근해서 집에 오면 꿀 먹은 벙어리가 되었다. 아내가 재잘거려도 딴전을 피웠다.

"정구와 자주 대화라도 좀 나눠 봐요. 그래야 부자지간에 정도 생기고, 자식의 속마음을 알게 되잖아요. 그렇지 않으면 점점 더 서먹서먹해지고, 거리는 자꾸 멀어져요."

아내와의 가벼운 말다툼도 바로 여기에서 비롯되었다.

"직장 일이 바쁜데 그럴 시간이 어디 있어?"

"당신, 토요일, 일요일에도 직장 나가요? 낮잠만 자면서 뭘 그래요."

핑계는 으레 직장에서 머물렀다.

"일주일 동안 쌓인 스트레스가 얼만지 알기나 해. 나 잠 좀 자게 그냥 좀 내버려 둬."

종만이는 뼈 있는 아내와의 대화를 질질 끌고 싶은 마음이 추호도 없었다.

"지금, 정구 학교 공부가 어떤지 알고 있어요?"

종만이는 아내의 뼈있는 물음에 가슴이 뜨끔거렸다.

정구는 초등학교 5학년이 되었는데 학교 시험 성적이 평균 70점을 넘어 본 적이 없다.

어쩌다 치러 얻는 시험 성적이 아이들의 지식수준이나 사고력을 가늠하는 잣대가 아니라는 것을 종만이는 너무나도 잘 알고 있다. 그렇지만 종만이는 시험 성적을 평가 절하하다가도 정구가 시험지를 받아들고 집에 오면 불같이 화를 냈다.

"당장 학교 그만둬. 시험 성적이 뭐 이따위냐? 도대체 학교는 무엇 하러 다니냐?"

종만이는 시험지를 집어던지며 호되게 정구를 꾸짖었다.

정구 공부로 골머리를 앓던 종만이는 지인으로부터 아이들이 어떻게 하면 열심히 공부를 하게 되는지 묘수를 듣게 되었다.

종만이는 손뼉을 치면서 당장 실천에 옮겼다. 물질적인 것이 아니라 마음만 먹으면 되는 아주 쉬운 일이었기 때문이었다. 처음에는 어색하기도 했는데 실행에 옮기니까 점차 자연스레 적응이 되었다.

종만이는 어쩌다 정구가 공부할 때면 칭찬을 마구 쏟아놓았다.

"공부 열심히 하고 있구나. 이름난 위인들도 어렸을 때 너처럼 열심히 공부했어. 그래서 어른이 되어 훌륭한 사람이 된 거야. 너도 크면 틀림없이 훌륭한 사람이 될 거라고 아빠는 자신해."

어떤 날에는 자신의 신세 이야기로 정구의 마음을 슬쩍건드렸다.

"너 공부하는 모습을 보면 아빠가 힘이 나. 그런 네 모습을 회사에 가서도 상상하거든. 그런 장한 네 모습을 날마다 봤으면 참 좋겠다. 그럼 아빠도 신이 나서 돈도 더 많이 벌어 올 텐데……."

종만이는 날마다 정구에게 칭찬을 쏟아주었다.

어느 날 종만이는 동료들과 소주 몇 잔으로 하루 피로를 풀고 집에 돌아와서 정구가 숙제하고 있는 모습을 흐뭇하게 보게 되었다.

"어, 정구 공부하고 있구나. 아빠 기분 최고다."

종만이의 부드러운 칭찬에 정구가 하던 공부를 멈췄다.

"저어, 아빠…… 부탁이 하나 있는데?"

정구가 머뭇머뭇거렸다.

"뭔데, 어서 얘기해 봐."

"저어…… 나, 자전거 사 주면 안 돼요?"

"자전거?"

종만이는 정구가 자전거를 갖고 싶어 한다는 얘기를 얼마 전에 아내로부터 전해 들어 이미 알고 있던 터였다.

기분 좋게 마신 술 몇 잔은 종만이를 더욱 넉넉하고 관대하게 만들었다.

"그렇게 자전거가 갖고 싶니?"

정구의 표정이 일시에 진지해지며 밝아졌다.

"다른 친구들은 다 자전거 있어요. 나도 자전거 타고 싶어요. 자전거 사주실 거예요?"

종만이는 정구의 밝은 모습을 처음으로 보는 것 같았다.

"그럼 말이야, 아빠하고 약속하자. 무슨 약속이냐 하면 말이야, 어려운 것도 아니야. 네가 이번 학기말 고사에서 80점 이상 받으면 사줄게."

종만이는 정구에게 조건을 내걸었다. 그러자 정구는 금방 시무룩해졌다.

"그까짓 80점을 못 받아? 열심히 공부해 봐. 넌 틀림없이 90점 이상도 받을 수 있어. 그러면 네가 그렇게 갖고 싶어 하는 자전거가 생기는데. 아주 제일 비싸고 제일 좋은 자전거가 생기는데."

종만이는 정구에게 그런 조건을 제시하고는 이내 아차 했다. 비겁하게 철없는 정구를 강제로 구속하다니? 후회를 쓸어내는데 아내가 대뜸 거들고 부추겼다.

"그렇게 해 봐, 정구야. 아빠 맘 변하기 전에."

"지난번에 담임 선생님을 뵈었는데 정구 칭찬 많이 하시더라. 결심만 하면 100점도 받을 수 있다고 말이야."

종만이는 아내와 한통속으로 거짓말까지 보태가며 정구를 설득했다. 종만이는 어떻게 그런 거짓말이 태연하게 튀어나왔는지 신기하기만 했다.

"정말, 선생님이 그런 말을 하셨어요?"

"그리고 이런 말씀도 하시더라. 네가 공부만 잘하면 반에서 나무랄 데 없는 모범생이래."

능청스럽고 태연하게 거짓말을 내뱉는 종만이는 양심의 가책을 받았으나 약발이 없어지는 것보다는 훨씬 낫다고 생각했다.

"80점 이상 받으면 꼭 사주실 거지요?"

"그래, 그래. 꼭 약속할게."

종만이는 기분이 날아갈 것만 같았다. 정구가 약속에 응해 준게 여간 반갑지 않았다.

저녁을 먹고 정구가 없자 아내는 종만이에게 말했다.

"당신 거짓말 대회에 나가면 1등 하겠어요. 그렇게 능청스러워요? 당신 아들 담임 선생님이 누군지나 아세요? 여자예요, 남자예요?"

종만이는 왜 그런지 기분이 좋아서 아내의 놀림도 달게 만 받았다.

종만이는 그다음 날부터 정구가 머리를 싸매고 열심히 공부하는 모습을 보게 되었다. 종만이는 그런 정구의 모습을 기분 좋게 눈에 쓸어 넣고 다녔다. 드디어 정구가 시험 보는 날, 종만이는 기분이 들떴다.

종만이는 그날 퇴근해서 시험 점수부터 물었다.

"친구들이 선생님이 채점하는 걸 봤는데 나 82점이래."

"그래? 약속을 지켰네. 그거 봐라. 열심히 하면 되잖아? 내일 자전거 사 줄게."

"아빠, 정말이지요?"

"그래. 사 준다니까. 아빠 퇴근하고 같이 가서 사자."

종만이는 정구가 뛸 듯이 기뻐하는 모습에 기분이 날아갈 것만 같았다.

종만이는 아내 모르게 꿍쳐두었던 비상금을 깨 퇴근하자마자 정구를 데리고 자전거 대리점으로 직행했다.

"네가 제일 마음에 드는 거로 골라 봐. 사장님 좀 도와주세요."

디자인이 좋고 잘 나간다는 자전거 몇 대를 놓고 장단점을 꼼꼼하게 대조했다. 정구가 최종 낙점을 했다.

"이 자전거가 제일 맘에 드네요."

"아이고, 아드님 자전거 고르시는 솜씨가 보통이 아니네요. 이게 가장 최근에 제작된 제일 상질에 속하는 자전거입니다."

종만이는 한 푼도 깎지 않고, 그 자전거를 샀다.

"정구야, 어디 타 봐?"

정구는 익숙하게 자전거를 탔다.

"제법인데."

집에 오자마자 정구는 신이 나서 자전거를 타고 밖으로 나갔다. 종만이는 밖에 나가서 정구가 아이들과 떠들면서 신나게 자전거 타는 모습을 눈에 담았다.

정구의 모습이 그렇게 자랑스러울 수가 없었다. 뿌듯하고 흐뭇했다. 정구 때문에 기분이 날아갈듯 좋아져 보기는 처음이었다.

저녁을 먹고 정구에게 재차 확인을 했다.

"틀림없이 82점 받았지?"

"그렇다니까. 선생님이 채점하시는 걸 친구들이 정확히 봤다니까, 내가 82점인걸."

"알았어."

대답은 했지만 왠지 불길하고 께름칙한 기분을 떨쳐 버릴 수가 없었다.

아니나 다를까? 그 기분은 현실이 되고 말았다.

정구가 시험지를 받아오는 날, 종만이가 일찍 퇴근했는데 자전거는 그대로 있고 정구가 보이지 않았다.

"정구 어디 갔어?"

불길한 마음으로 아내에게 물었다.

"친구랑 놀다 온다고 아까 나갔는데?"

예감이 좋지 않았다. 급히 정구의 책가방을 뒤졌다. 가방 한쪽 구석에서 시험지를 발견했다. 국어 78점, 수학 74점, 사회 80점, 과학 76점이었다. 평균 77점이었다. 종만이는 화가 치밀어 올라 시험지를 팽개쳐버렸다.

"아니, 이 자식이 82점 받았다고 거짓말을 해. 나쁜 자식 같으니라고. 이 자식 어디 갔어?"

종만이는 아내에게 아들을 빨리 찾아오라고 소리를 질렀다. 그러나 저녁 8시가 되어도 정구가 들어오지 않았다. 아니, 연락조차 없었다. 지금까지 한 번도 그런 적이 없었는데 말이다.

종만이의 아내는 시간이 갈수록 애가 타서 안절부절못했다. 여기저기 전화를 걸어보았지만 다들 모른다는 대답뿐이었다.

종만이는 아내의 걱정스러운 푸념을 들었다.

"얘가 양심의 가책을 받아서 못 들어오는 거라고요. 자전거를 얼마나 갖고 싶었으면 태연하게 거짓말을 했겠어? 진작 사줬으면 이런 일이 안 생기지. 무슨 일이 생기면 당신이 책임져."

종만이는 울며 쏟아내는 아내의 비난을 받으며 차츰 불길한 예감에 가슴을 짓눌렀다. 요즘처럼 험한 세상에? 정구가 잘못되는 상상을 했다.

어지럽게 머리가 빙글빙글 돌았다.

얼마 전에 성적 비관으로 초등학교 6학년이 자살했다는 뉴스가 불현듯 되살아나 종만이의 가슴을 할퀴었다.

그놈의 시험 성적이 뭐길래. 77점과 80점의 차이가 뭔가? 문제 하나 더 맞히고 못 맞힌 차이가 아닌가? 그 점수가 정말 아이들의 실력인가?

종만이 머릿속은 어지럽고 복잡했다. 그동안 정구를 점수로 닦달한 죄, 용서받을 수 없다. 정구야, 못난 아빠를 용서해다오. 그리고 얼른 들어와라. 후회와 불안과 초조와 절망이 온몸을 쥐어뜯었다.

시간이 지날수록 불안과 초조가 더해졌다.

저녁 9시가 되었는데도 아무 연락이 없었다.

"경찰서에 신고해요, 빨리. 무슨 일이 생긴 거라고요."

종만이 아내가 부들거리며 소리 질렀다.

바로 그때 전화벨이 울렸다. 종만이는 황급히 수화기를 들었다. 이웃에 사는 사촌 동생이었다.

"오빠. 아까 전화 왔을 때는 정구가 옆에 있어서 거짓말을 했어요. 정구 우리 집에 있어요. 그런데 왜 그래요, 정구가? 밥도 안 먹고, 계속 울기만 해요. 집에 가라고 해도 안 가요. 혹시 오빠가 공부 안 한다고 혼낸 것 아니에요? 얼른 와서 데려가세요."

종만이는 수화기를 놓자마자 사촌 동생 집으로 쏜살 같이 달려갔다.

정구는 겁에 질려 오들오들 떨면서 더욱 울었다.

종만이는 그동안 점수로 아들을 저울질한 자신의 독선과 오만을 내팽개쳐 버렸다. 그리고 속으로 아들보다도 더 울었다. 종만이는 마음을 가다듬고 아들을 달랬다.

"정구야, 괜찮아. 아빠가 정말 잘못했다, 잘못했어. 얼른 눈물 그치고 집에 가자, 응?"

겨우 달래서 집으로 오는 길에 정구가 울먹이면서 더듬더듬 말했다.

"아빠, 집에 가서 혼 안 내실 거죠?"

"그래, 혼 안 낼게."

종만이는 정구에게 쓸쓸한 미소를 보냈다.

"이제 아빠가 공부하라고 강요 안 할게. 마음대로 자전거 타도 좋아. 대신 마음 먹고 스스로 공부도 잘해야 돼."

"알겠어요."

정구 대답이 시원했다.

종만이는 그다음 날부터 일찍 퇴근해서 정구와 시간을 함께했다. 종만이는 정구를 뒤에 태우고 자전거 길을 달렸다. 시냇물 소리가 상큼했다. 바람은 시원하게 가슴으로 파고들었다.

"아빠, 내일은 제가 아빠 태워 드릴게요."

"그럴 자신이 있니?"

"염려하지 마세요. 아마 모르기는 해도 아빠보다도 제 실력이 더 나을걸요. 저를 믿어보세요."

종만이는 정구의 듬직한 자신감에 만족했다.

"내일이 기대된다."

정구의 자전거 타는 실력은 기대 이상이었다. 처음에는 불안했는데 차츰 안정이 되었다.

"아빠, 제 허리 꼭 잡으세요."

"잡았어."

"그럼 신나게 달릴게요."

자전거는 바람을 가르고 씽씽 달렸다.

"어쭈, 제법인데."

"아빠, 약속할 게 있어요."

"뭔데?"

"6학년 올라가면 공부 열심히 할게요. 시험 보면 90점 이상 받을 자신이 있어요."

"그래? 꼭 약속 지키겠지?"

"아빠, 절 믿으세요."

종만이는 불현듯 정구 1학년 때 스스로 다짐했던 약속이 생각났다.

"정구야, 한 번 한 약속은 어떤 일이 있어도 꼭 지키는 본을 아빠에게 가르쳐 줘."

"알았어요, 아빠. 아빠 실망시켜 드리지 않을 거예요."

정구의 대답은 너무도 시원한 바람이 되어 종만이 가슴을 뻥 뚫어 놓았다.

매일 우는 여자

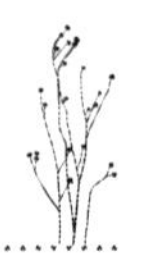

최은희. 그녀는 작은 회사 중견 직원이다.

그녀는 전세 아파트에서 5분 거리인 전철역까지 걸어가면서 매일 눈물을 질질 짠다.

그녀는 매일 아침 일찍 남편을 출근시키고, 찡얼거리며 울음을 그치지 않는 세 살짜리 건수를 데리고 나와 시간 맞춰 오는 어린이집 통학버스를 기다린다. 통학버스가 당도하면 어르고 달래도 징징대는 건수를 어린이집 선생님 품에 맡긴다.

그녀는 건수의 눈물 그렁그렁한 얼굴을 뒤로할 때는 그래도 마음이 크게 무겁지는 않다. 그렇지만 눈물을 찔끔거린다. 그 눈물은 전철역에서 멈춘다.

건수가 어린이집 선생님에게 안겨서도 계속 앙탈을 부리며 엄마를 부를 때는 그녀는 전철역까지 갈 동안 서럽게 눈물을 흘린다.

그녀가 날마다 전철역까지 눈물을 흘리며 걸어갈 때, 스쳐 지나는 사람들은 힐끔힐끔 쳐다본다.

아침부터 부부싸움을 했나 봐. 곱살스러운 얼굴에 눈물도 많구먼.

그녀는 바쁘게 오가는 사람들이 힐끔대며 흉을 봐도 습관이 되어 개의치 않는다.

그녀는 그렇게 날마다 운다.

회사에 출근하지 않고 쉬는 토요일이나 일요일에도 예외는 아니다. 쉬는 날이라 그동안 쌓인 스트레스와 피로를 풀기 위해 느긋하면 건수가 찰싹 붙어 떨어지지 않았다. 그래서 남들처럼 집에 가지고 온 밀린 회사 일을 한다는 건 엄두도 못 낸다. 남편은 웬 볼일이 그리도 많은지 휴일에도 집에 붙어 있지 않는다.

그녀는 열심히 건수와 같이 놀다가 자신도 모르게 잠에 취해 떨어진다. 건수가 앙앙 울 때 놀라 깨어나면 풀리지 않는 누적된 피로가 짜증을 부린다. 그녀는 힘들고 지쳐서 찔끔찔끔 눈물을 짠다.

그렇게 매일 우는 그녀가 오늘은 아침부터 웃었다. 참으로 서쪽에서 해가 뜰 일이 아닐 수 없었다. 그녀는 자신이 생각해도 참으로 신기하고 대견했다.

그녀는 처음으로 맑고 깨끗한 하늘을 보았다. 통통 튀어 하늘을 오를 것 같이 마음이 가볍고 상쾌한 아침이었다.

"엄마, 빠이빠이."

건수가 어린이집 선생님에게 안겨 웃음으로 손을 흔들고 있었다.

"건수야, 엄마가 이따가 맛있는 과자 많이많이 사 올게. 그리고 돈 많이 벌어서 우리 건수 아주아주 행복하게 해 줄게. 선생님 말씀 잘 들어. 알았지? 건수야, 사랑해."

그녀는 너무 감격스러워서 하지 않아도 될 말을 건수에게 자분자분 꺼내 주었다.

그녀는 만원 전철 손잡이를 미소로 잡았다.

건수도 이제 많이 컸나 봐. 행복이 이런 거구나.

그녀는 미소로 전철 안 사람들을 살폈다.

휴대폰에 정신을 뺏긴 사람들, 잠에 취한 학생들, 차창 밖을 쳐다보는 사람들, 표정은 제각각이지만 모두 행복해 보였다.

그녀는 그렇게 크지 않은 작은 회사에 다닌 지도 강산이 변한다는 10년이 넘었다. 그녀는 알아주는 회사나 조금은 큰 공장에 다니는 친구들을 부러워하지 않았다. 친구들처럼 은근한 차별 근무 압박에 시달리지 않아서 좋았고, 월급은 적지만 서로 이해하는 근무 분위기가 마음에 들었다.

사무실 직원이라야 고작 다섯 명이었지만 한 가족처럼 돕고 일하는 게 참으로 좋았다.

그녀는 반듯한 직장에 다니는 반듯한 남자와 결혼해서 바라던 첫아들 건수도 얻었다. 이제 바람이 있다면 전세 걱정 안 하고 사는 작은 아파트를 마련하는 일이다. 그래서 건수를 건강하게 키우며 행복한 웃음으로 깃든 가정을 꾸리고 싶은 것이다.

건수야, 그때까지만 참아 줘. 지금 엄마 아빠가 허리띠 졸라매고 직장생활을 하고 있으니까.

그녀는 건수에 대한 미안함과 안쓰러움을 그런 바람으로 보상하려 했다. 또 그런 생각으로 스스로 위안을 삼았다.

이제 그만 사표 내지 그래. 왜 또 사표 요구 타령이야? 당신 오늘도 건수 때문에 눈물 흘렸지? 그건 이제 습관이 돼서 아무렇지도 않아. 난 안 괜찮아. 그래도 그건 다 우리 가정을 위한 희생이니까 난 참을 수 있어, 그게 우리 가정이 행복으로 가는 고속도로야. 난 당신이 건수 때문에 아침마다 눈물 흘리는 걸 보면 괴로워 죽겠어, 당신이 눈물 흘리지 않고 건수 키우는 데만 집중하면 안 되겠어? 나도 그런 생각 굴뚝같아. 그런데 왜 자꾸 회사 나가나? 그래도 내 쥐꼬리만 한 월급이 건수 양육에 도움이 되잖아. 적금에 보탬이 되기도 하고. 조금만 참아 줘.

어린이집에 가기 싫어서, 그녀에게 떨어지기 싫어서, 울부짖는 건수를 본 날부터 집요하게 입버릇이 되어 줄기차게 물고 늘어지는 남편의 단골 메뉴, 이제 그만 사표 내.

그녀는 남편이 그럴수록 더욱 오기가 발동했다.

"당신 정말 그러기야."

"날 보고 어쩌라고?"

"몰라서 묻는 거야?"

"몰라."

"건수가 불쌍하지도 않아?"

"점점 나아지고 있어. 염려하지 마."

"정말 당신 고집 못 말리겠네. 이제 난 당신 안중에도 없다 그거지."

"내 맘 그렇게 몰라? 그런 말 하면 나 정말 속상해."

"입에 침이나 바르고 얘기해."

한참이나 티격태격하면 그녀의 남편은 식식대며 애꿎은 냉수를 벌컥벌컥 들이마셨다.

그녀는 이렇게 지금까지 익숙하게 버티며 그런대로 살아왔다. 남편과 심하게 언쟁을 할 때나, 건수가 마구마구 어린이집에 안 간다고 떼를 쓸 때는 속으로 다짐했었다.

그래, 앞으로 석 달만 다니고 사표를 내자. 이번에는 말이 아니라 꼭 실천을 하자. 왜 하필 석 달인지.

매일 울면서 하던 다짐이 10년을 넘기고 말았다.

건수가 몰라보게 많이 컸네요. 웃음으로 빠이빠이 하네요. 건수 어머니 오늘 하루도 행복하게 보내세요. 건수야, 엄마 가시네. 그래그래, 엄마 빠이빠이.

어린이집 선생님의 목소리가 전철 안에서 앵앵거리며 돌아다녔다. 빠이빠이 하는 건수의 모습도 그녀를 미소 짓게 만들었다.

그녀는 다른 날보다 20분은 먼저 사무실에 들어섰다.

"안녕하세요?"

"어? 경리계장님, 일찍 출근하셨네요. 오늘은 아침부터 기분이 상쾌하시네요."

먼저 출근한 업무과장이 반겼다. 그녀는 가벼운 마음으로 사무실의 이것저것을 정리했다.

그녀는 노래를 흥얼거리면서 사무를 봤다.

"경리계장님, 오늘 좋은 일이 있으신가 봐요?"

"그럼요."

"경리계장님이 기분이 좋으니, 우리 오랜만에 퇴근 후 간단히 한

잔하면 어때요?"

"전 좋아요."

그녀는 선뜻 먼저 응낙을 했다. 건수 자랑을 하고 싶었다. 직장 근무 잘하는 남편 자랑도 곁들여 하고 싶었다.

"그럼 죄다 찬성입니다."

업무과장님이 탕탕탕 손바닥으로 책상을 두드렸다.

참으로 묘하다, 기분이란 것이. 이런 게 직장 다니는 매력인가 보다. 행복인가 보다.

그녀는 세상 살아가는 맛을 처음으로 느꼈다.

눈에 보이는 것 모두가 새롭기만 했다.

그녀는 짬을 내서 남편이 잘 먹는 반찬거리를 행복으로 메모했다.

콩나물, 두부, 오이, 감자, 파, 그리고 무 한 개, 고등어 두 마리…….

그때 전화벨이 울렸다. 그녀가 얼른 받았다.

"어머니, 안녕하세요? 건수 담임이에요."

뭔가 불길한 예감에 머리가 띵했다.

"건수한테 무슨 일이 생겼나요?"

"뭐, 대단한 건 아니고요. 건수가 놀다가 넘어졌는데 이마가 조금 깨졌지 뭐예요. 지금 병원에 가려고요. 바쁘시지 않으면 잠깐 오시면 좋겠네요. 안 오셔도 되고요. 그럼 이만 끊겠습니다."

건수 선생님은 그녀 반응은 아랑곳없이 전화를 끊었다.

그녀는 가슴이 덜덜 떨렸다. 울면서 엄마를 부르는 건수 모습이 와락 달려들었다.

어쩌지? 이걸 어쩌지.

"무슨 전환데 그러세요?"

"건수가 다쳐서 병원에 간대요."

그녀는 남 얘기처럼 말했다.

"많이는 안 다쳤겠지요? 빨리 건수에게 가보세요. 여기 일은 우리가 다 알아서 처리할게요, 별일 없을 테니 너무 걱정하지 마세요."

동료들이 따스한 위로로 빨리 가라고 등을 떠밀었다.

그녀는 대충 책상을 정리하면서도 덜덜 떨었다.

사무실을 나와서 급히 택시를 탔다.

아파 울면서 엄마를 부르는 건수가 와락 달려들고 달려들었다.

"아저씨, 좀 빨리 가 주세요."

아픔을 참지 못하고 울부짖는 건수의 모습이 뿌옇게 흐려졌다. 콧등이 시큰거렸다. 눈물이 쏟아지기 시작했다.

좀 더 빨리 달리지. 왜 이렇게 멀기만 할까?

최은희, 그녀는 오늘도 끝내 울고야 말았다.

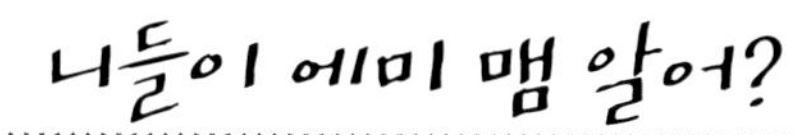

니들이 에미 맴 알어?

기대하시고, 고대하시고, 밤을 지새우며 기다리시던 희생과 모성의 단편영화, 돌다리 할매 주연의 '니들이 에미 맴 알어?'

눈물 훔치는 하얀 손수건 없이는 볼 수 없는 돌다리 할매 주연의 멜로가족영화, '니들이 에미 맴 알어?'

지금부터 이 시대가 낳은 전설이자 마지막 변사인 나불출이 설레는 마음으로 그 막을 열어드리겠습니이다.

우리 영화를 아끼고, 사랑해 주시는 관객 여러분!

실타래처럼 얽히고설킨 돌다리 할매의 70년 삶이, 아픔으로 깊게 팬 원초적 모성으로 쏴아쏴아 몰려와 가슴을 축축이 적시는 이야기, 그럼 '모정의 세월' 노래 한 곡조로부터 큐!

동지섣달 긴긴밤이 짧기만 한 것은

근심으로 지새우는 어머님 마음

흰 머리 잔주름이 늘어만 가시는데

한없이 이어지는 모정의 세월

아~ 가지 많은 나무에 바람이 일 듯

어머님 가슴에는 물결만 높네

아, '모정의 세월' 노래가 끝나기도 전에 카랑카랑한 목소리로, 한창 농익어가는 변화무쌍한 요지경 인생살이 윷놀이 말판을 확 뒤집어 놓는 이가 있었으니, 그가 바로 이 영화의 주인공인 돌다리 할매였드라.

야, 이것들아, 나만 쏙 빼놓고 니들끼리 호들갑 떨고 있는 거냐?

여든 건강을 누리시는 아버지 제주도 여행 기념으로 온 가족이 즐기던 저녁 식사 뒤풀이를, 돌다리 할매가 나타나 여지없이 흥을 깨버렸으니, 과연 장안의 소문 그대로 걸물은 걸물이로다.

혼자 살고 있어도, 좌중을 웃기는 재주는 그 어느 누구도 따를 자 없어, 어디에 가든지 대환영인 돌다리 할매를, 애숙이 언니가 기다리다가 눈 빠졌다며 끌어안고 미치는데, 윷판을 밀치고, 털버덕 주저앉아 반죽 좋은 말솜씨로 이죽대는 저 모습 좀 보소.

지금에서야 뜯어보니 사랑하는 내 오빠, 어쩌면 은막의 대스타 게리 쿠퍼와 닮았을까? 서부의 사나이 게리 쿠퍼, 사랑하는 내 오빠야, 우선 내 술 한 잔 받으시라우요, 그리구 못난 이 동생이 뽑아대는 팔순 축하 노래, 오랜만에 한번 들어 보실라우?

천장이 무너질 듯 우레 같은 함성과 박수에 다소곳이 일어나서 호흡을 가다듬고 부르는 돌다리 할매의 축하 창이 명주 실타래가 되어 술술술 풀리는구려.

무병장수 내 오빠, 멋진 내 오빠, 팔순을 축하드립니다. 천세 만세 행복하고, 건강생활 누리세요. 하루 세끼 거름 없이 식사 조절 잘하시어, 오늘 같은 건강한 기쁨을 백 년 천 년 누리리다. 팔순 고개 넘었으니 백 년 고개 못 넘을까? 사랑하는 내 오빠야, 사랑하는 내 오빠야, 사랑하는 내…….

돌다리 할매는 잊으려면 떠오르고, 떠오르면 지워버리는, 아, 그 옛날 신이 저질렀던 운명의 장난이 갑자기 와락 달려들어 가슴을 헤집어 놓는 바람에 더 이상 팔순 기념 축하 창을 잇지 못하고 흐느끼는데, 아버지는 슬그머니 자리를 뜨시는구나.

돌다리 할매야, 그러지 말어. 오늘은 아버지 팔순 축하 잔칫날인데, 그렇게 흥을 깨면 안 되지.

조카야. 니 아부지 맴을 아프게 해서 내가 밉지? 내가 망할 년이지?

돌다리 할매야, 무슨 그런 말을 해?

미안하구나. 그만 감정이 격하게 쏟아져서 그랬나 부다. 자 자, 이제 맴 추스르고 웃자. 웃으면 복이 와요. 탕탕탕! 으스름달밤에 슬픔을 쓰러뜨리는 서부의 사나이 게리 쿠퍼 내 오빠야, 어디 갔노? 어서 들어와 내가 부르는 축하 창 마주 들으시라우요.

애숙이 언니가 돌다리 할매를 아기 다루듯 껴안고 눈물 콧물 씻어주니, 돌다리 할매는 헤벌쭉 다시 이죽대기 시작하네그려.

돌다리 할매야, 이제 그 뭐지? 그래 그거. 할매의 18번, 그 '물새 우는 강 언덕' 한번 불러 봐. 오랜만에 듣고 싶은데.

정말 그 노래 뽑아볼까? 게리 쿠퍼 내 오빠야? 오늘 팔순 잔치 분위기 안 망칠까?

아직도 그 옛날 여고시절 그 실력인지 내가 평가해 볼 테니까 한

번 불러 봐라.

돌다리 할매가 항상 입에 물고 다니는 노래 18번, 이국적이면서도 목가적인 분위기가 폴폴 풍겨서 가슴이 아려 드는 노래 '물새 우는 강 언덕', 무반주로 액션!

물새 우는 고요한 강 언덕에
그대와 둘이서 부르는 사랑노래
흘러가는 저 강물 가는 곳이 그 어데뇨
조각배에 사랑 싣고 행복 찾아 가자요
물새 우는 고요한 강 언덕에
그대와 둘이서 부르는 사랑노래

늙었어도 잡티 하나 없이 투명하고 낭랑한 꾀꼬리 음성으로 부르는 돌다리 할매 모습이 어느새 그 옛날 여고 시절, 가수 된다고 제멋대로 방황하던 왈가닥 고모 박순덕으로 변해버렸구나.

시내를 쏘다니면서 말썽을 부리던 여고생 박순덕, 아, 그때 아버지에게 덤벼들던 왈가닥 고모 박순덕이 정말 틀림없네그려, 틀림없네그려.

뭐야? 네가 그런 저질 딴따라 가수가 된다고?

내가 하고 싶어서 그러는데 오빠가 왜 난리야.

어느 놈팽이가 너 가수 시켜 준다고 꼬시더냐?

오빤 상관 마. 오빠가 내 인생 책임질 것도 아닌데 왜 난리 법석이야?

이년이, 미쳐도 단단히 미쳤구나?

아빠 엄마도 가만있는데, 오빠면 다냐, 이 개자식아?

뭐야? 이 개 같은 년이.

아버지와 매일같이 싸우다가 얻어맞고, 가출하던 왈가닥 고모 여고생 박순덕도 세월을 이기는 장사가 못 되고 이제 요렇게 팍삭 늙어버렸구나.

멋지고 잘생긴 게리 쿠퍼 내 오빠야, '물새 우는 강 언덕' 들을 만해요?

그 옛날 여고생 왈패 박순덕의 모습은 간 곳 없지만 그 노래 솜씨는 하나도 변하지 않았네. 참 잘했어.

돌다리 할매 노래는 끝내준다니까.

아버지와 식구들 칭찬에 입이 쩍 벌어진 돌다리 할매, 반죽 좋은 말잔치는 끝이 없구나. 과연 장안의 걸물은 걸물이로다.

내 오빠는 방황하는 나를 바른길로 이끌어 준 서부의 사나이 게리 쿠퍼였지요. 내가 정수 미정이 잘 키워 놓고, 웃으면서 사는 것도 다 내 오빠 덕이지. 아이고, 내 정신 좀 봐. 기분이 째지는 날, 술맛 꺼지는 얘기만 늘어놓고 있네. 아유, 주책이야. 게리 쿠퍼 내 오빠야, 자, 우리 술 한 잔 짠하고, 으쌰으쌰 놀아 보자고요.

분위기를 압도하는 돌다리 할매가 흘러간 노래를 신나고 흐드러지게 뽑아대니, 식구들 모두 좋구나 얼씨구절씨구 춤추고, 점잔만

빼던 아버지도 어깨를 으쓱으쓱. 아아, 팔순 축하 잔치 집안이 과연 흥으로 질펀하게 젖어 들고 있구나.

이렇게 신명 솟는 돌다리 할매가 잊으려면 떠오르고, 떠오르면 지워버리는, 그 신이 저지른 운명의 장난은 과연 무엇이었단 말이드으냐?

아, 그러니까 그것은 지금으로부터 35년 전, 돌다리 할매가 아리따운 사랑을 풍만하게 익히던 서른다섯 살 되던 해 여름, 땅거미 뉘엿뉘엿 지는 그 사거리에서 일어났었으니, 그게 바로 고모부를 저세상으로 보낸 처참한 교통사고였었더라.

에라 남편 따라 나도 죽어야지, 울부짖다가 미친 듯이 울부짖다가 방긋방긋 웃고 있는 어린 자식 둘이 눈에 밟혀 독한 마음 먹고 살아남은 그 박순덕이, 아니 돌다리 할매의 그 모질고도 진한 고통의 삶을 눈물 없이 어떻게 말로 다 하리오.

겨울 빙판길을 뒹굴며 억척이 우유 배달을 하면서도, 고물 선풍기 돌아가는 찜통더위 속에서 억척 노동을 하면서도, 내 희망 내 삶의 전부인 정수와 미정이, 너희 둘은 보란 듯이 바르게 키우련다. 슬픔이 마음을 들쑤셔 억장이 무너질 때마다, 눈물로 다짐하고 다짐한 돌다리 할매, 그 에미의 한 서린 절규를, 정수가 안단 말이냐, 미정이가 안단 말이냐? 이 세상 어느 누가 돌다리 할매의 기구한 삶을 알아준단 말이드으냐?

그렇게 억척스레 눈물을 먹으며 생활하고, 그렇게 억척스레 슬픔을 눈물로 씻어내면서, 아들 정수를 좋은 직장에서 사랑으로 맺은 여인과 결혼시켜 수명이와 수진이를 낳아 건강하게 키우게 했으니, 미국 유학으로 땀 흘린 미정이를 그래도 이름난 성악가로 만들어놓았으니, 돌다리 할매, 이제 그 이상 바랄 일이 또 어디에 있단 말이드으냐?

아플 때 말없이 우유 가방 메었고, 정수 미정이 학비를 가방에 몰래 넣어주던 내 오빠야, 미안해서 어쩌누. 울면 같이 울고, 웃으면 같이 웃어주던 든든한 버팀목 내 오빠야. 태산보다 더 크고 넓은 은혜를, 이 못난 동생이 어찌 잊고 살 수 있단 말이오. 돌다리 할매, 이제는 정말 여한이 없어라.

이 시대가 낳은 전설이자 마지막 변사인 나불출이 모진 고초 이겨내며 지금까지 견디며 살아 온 돌다리 할매, 앞으로 더 신명 나는 삶을 살아가도록 빌겠습니다. 남은 여생, 행복으로만 살게 도와주시소. 관객 여러분! 이 나불출에게 손뼉 한번 크게 쳐 주시소. 고맙다고, 소리 한번 크게 질러 주시소. 손뼉 치시고, 고맙다고 소리치신 분들, 복 많이 받으시고 행복하게 사시소.

그러나 그렇게 웃음을 몰고 다니며 창이면 창이요, 노래면 노래로 좌중을 들었다 놨다 하는 돌다리 할매에게 누구에게도 말 못할 고민이 있었다니, 그게 무슨 변고인고. 놀랄 일이로다. 가끔가끔 줄줄줄 막힘없이 믿고 쏟아놓는 돌다리 할매의 그 애환을, 애숙이 언니는 미리 알고 씻어주고는 했었더라.

나, 술 없이는 잠을 잘 수 없으니 어쩐다냐, 조카야?

요새 세상이 다 그런 걸 어떻게 해. 이해하며 살아야지.

그래도 그게 잘 안 된다.

정수 미정이 너무 나무라지 말아요. 세상이 그렇게 만든 걸 어쩌겠어. 돌다리 할매야, 그래도 행복한 거야. 정수 미정이 잘 키워 사회생활 잘하는데 뭘 그래.

나, 죽을 때가 다 됐나 봐. 자식새끼들 정성과 사랑으로 키워놓으면 뭐 해. 좋은 회사 다니는 정수, 그 자식은 여편네 치마폭에서 헤어나지 못하고, 미국 유학으로 이름난 성악가 된 미정이, 그년은 시집도 안 가고 혼자 살고 있으니. 그것들, 에미가 이렇게 혼자 살면 옆에 있어야 되는 거 아냐? 같이 웃고, 같이 아파야 되는 거 아냐? 난 걔들 키우느라 골병 다 들었어. 헛 키워놨어. 걔들이 에미 맴 알기나 해?

돌다리 할매야, 혼자 살고 있어 서럽고 외로워서 그렇지? 그렇지만 어쩌겠어. 그러려니 하고 살아야지. 이제 그 좋던 세상은 다 지나갔어. 그래도 잊을 만하면 정수 미정이 내려오잖아?

자식들 저 살 궁리만 하고, 에미 애비를 뒷전에 두는 그런 세상, 한탄하고 한숨 쉰들 무슨 소용이 있겠는가?

오늘도 돌다리 할매, 새 소주병 마개를 따서 술 한 잔 따르고는 홀짝 들이켜고, 양재기에 썰어놓은 시어터진 김치 한 조각 우물우물 씹어 넘기는데 시끄럽게 전화벨 소리가 연거푸 울리는구려.

어무이. 저예요. 저녁은 드셨어요?

먹었다.

지난번 보내드린 홍삼정, 잘 드시고 있어요? 그거 건강에 좋은 거예요.

잘 먹고 있다.

수명이가 이제 고등학생 됐어요. 교복 입은 모습, 할머니에게 보여드린다고 매일 자랑하고 있어요.

그놈 꽤 컸지? 보고 싶구나.

자주 찾아뵙지 못해 죄송해요. 언제 시간 나면 갈게요. 밤이 늦었네요. 그럼 편히 주무세요.

그래, 알았다.

돌다리 할매 전화를 끊고, 언제 아들 식구가 왔다 갔는지 달력을 뒤적여 봐도 기억에 없구나.

이놈의 자식아, 며느리, 손자 손녀 데리고 좀 내려오너라, 언제 오려고 그러느냐? 감나무에 홍시가 주렁주렁 매달렸구나. 그 녀석들, 먹고 싶을 텐데. 왜 그런지 오늘따라 니들이 그립구나!

돌다리 할매, 술잔에서 찰랑거리는 아들 식구들을 한참이나 보다가, 캬아, 술 한 잔 쭈욱 들이켜고는 그래 건강해야지, 행복하게 살아야지. 그게 에미 맴여. 니들이 에미 맴 알어? 중얼거리면서 또 한 잔 따라 마시는구려.

술기가 알싸해지는데 따르릉따르릉 전화가 요란하게 또 울립니이다.

엄마 나야, 엄마 딸 미정이. 저녁 드셨어?

벌써 먹었다.

아픈 데는 없고?

없다.

엄마, 나 한 달 후에 독창회 하는 거 알지?

안다.

그래서 말인데, 그날 엄마 노래 하나 해야 해. 내가 생각해 낸 아이디어거든. 내가 엄마 소개하면 엄마는 왜 그거 있지, '물새 우는 강 언덕'. 연습해 둬. 자세한 건 집에 가서 얘기할게. 근데 엄마 목소리가 왜 힘이 없어?

아니다, 괜찮다. 참, 앞마당에 홍시가 빨갛게 익어 다 떨어질라고 한다.

벌써? 엄마, 시간 내서 빨리 가도록 노력할게.

알았다.

근데 엄마, 정말 아픈 거 아니지?

그래. 미정아, 갑자기 왜 우니?

엄마, 정말 보고 싶어. 그리고 미안해.

앤, 별소리 다한다. 전화 요금 많이 나온다, 얼른 끊자.

전화를 끊고는 돌다리 할매 중얼거리네. 노래만 잘하면 뭐 하나? 얼른 짝을 찾아야지. 니가 에미 맴 알어?

따른 술잔 속에서 어른대는 가련한 미정이를 멍하니 들여다보다가 다시 홀짝 들이마시고, 또 한 잔 따라 마시다가, 방바닥에 술잔을 떨어뜨리는 돌다리 할매, 푹 꼬꾸라지는구나.

내일 아침에 눈 못 뜨면 어찌할까? 그래서 니들 못 볼까 두렵구나. 밤마다 무서움을 소주잔에 따라 달래던 돌다리 할매, 오늘 저녁에는 그 자리에 폭 꼬꾸라져 곯아떨어졌는데, 누가 다독이며 이불을 덮어 준단 말이더냐?

소쩍소쩍 소쩍새는 서러워 우는데 돌다리 할매는 꿈속을 헤매고 있구나.

손자 수명이라며 9척 키다리가 성큼성큼 걸어오는데 낯이 설어라. 손녀 수진이가 아기가 되어서 어디론지 엉금엉금 기어가고, 손주들에게 줄 용돈이 쏟아져 바람에 날아만 가네. 돌다리 할매가 소리를 지르는데, 엄마, 여기서 뭘 해? '물새 우는 강 언덕' 부르랬더니 왜 '반달'을 부르는 거야. 엄마, 빵점이야. 미정이가 화를 내며 연기되어 사라지고, 아들 식구들 춤을 추며 못 본 척하네. 이것들아, 니들 에미야, 에미. 에미도 몰라보니? 돌다리 할매가 발버둥 치면서 소리를 지르네.

꿈을 꾸며 뒤척이던 돌다리 할매, 어렴풋이 깨어나 눈을 비비고, 엉금엉금 기어가 방문을 활짝 열고는, 앞마당 감나무에 주렁주렁 매달린 속살 붉은 홍시를 보면서, 중얼거리는구려.

홍시가 바람에 힘없이 툭툭 떨어지는구나. 저거 다 떨어지면 어쩌려고 그러니? 니들이 얼른 와서 웃으면서 따 먹어야지.

돌다리 할매요, 너무 그렇게 애태우지 마시소. 홍시가 쭈그렁되기 전에 자식들이 달려와 따 먹을 겁니다. 그리구 말입니다. 지금쯤 자식들이 돌다리 할매가 그리워 '홍시' 노래도 부를 겁니다. 얼른 주무시소서. 내일도 눈부신 태양이 돌다리 할매를 맞을 것이니, 나불출이가 들려드리는 '홍시'를 자장가 삼고 주무시소서. 편안히 주무시소서. 사운드, 액션!

생각이 난다 홍시가 열리면, 울 엄마가 생각이 난다
회초리치고 돌아앉아 우시던 울 엄마가 생각이 난다
바람 불면 감기들세라, 안 먹어서 약해질세라
힘든 세상 뒤처질세라, 사랑 땜에 아파할세라
그리워진다 홍시가 열리면, 울 엄마가 그리워진다
생각만 해도 눈물이 핑 도는 울 엄마가 그리워진다

돌다리 할매에게 보내는 이 노래를 관객 여러분의 가슴에도 뜨겁게 아주 뜨겁게 담아드리면서, '니들이 에미 맴 알어?' 그 대단원 막을 내리겠습니이다.

그러나 사랑하는 관객 여러분! 수일 내로 다시 여러분에게 찾아갈 '니들이 에미 맴 알어?'의 제2탄, 돌다리 할매의 농축된 자식 사랑이 심금을 울리는 대작 영화, '할미꽃으로 피어난 어므이의 눈물'. 기대하시라, 고대하시라, 개봉바악두.

오늘도 입추의 여지 없이 '니들이 에미 맴 알어?'를 뜨거운 성원으로 끝까지 관람해 주신 관객 여러분께 이 시대가 낳은 전설이자 마지막 변사인 나불출이 진심으로 감사의 인사를 올려드리오며, 잊으신 물건 없이 안녕히, 안녕히 돌아들 가십시이오.

'도대체 내가 왜 이러지? 얼른 정신 차려야 하는데…….'

의식이 가물가물 몽롱했다.

쇠몽둥이로 두들겨 맞은 것처럼 온몸이 들쑤셨다. 그래도 천근만근 녹작지근한 몸을 움직이려고 애를 썼다.

"러브야, 왜 그래? 정신 차려."

흔들어 깨우는 소리에 눈을 떴다.

안갯속에 있는 것처럼 희미하게 준이가 보였다.

"러브야, 정신이 좀 드니?"

다시 눈을 감았다.

"이상하네, 러브가? 이 고기 한 점은 또 뭐지?"

준이의 목소리가 아른아른 멀리서 맴돌아 다가왔다.

"여보 여보, 이걸 어째!"

"왜 그래, 왜?"

"결혼 패물이 없어졌어. 당신이 다른 데로 치웠어?"

"무슨 말을 하는 거야? 난 건드리지도 않았어."

"엊저녁에 도둑이 들었었나 봐."

"뭐야? 도둑이 들었었다고?"

"이게 무슨 일이야, 애지중지 아껴 넣어둔 결혼 패물만 없어졌네."

너무 놀라 황급하고 당황한 엄마 아빠의 목소리가 멀리서 달려들었다. 곁에서 근심 주던 준이가 방으로 뛰어 들어가는 발소리가 아주 멀리에서 쿵쿵거렸다.

아른아른 가물대던 의식이 점차 되살아나 꿈틀거리며 엊저녁 일을 어렴풋이 떠올리게 했다.

"러브야, 집 잘 보고 있어. 내일이 할아버지 생신이라 외갓집에 갔다 와야 해."

다정하게 껴안는 준이의 목소리가 향기로웠다.

"러브야, 내일 일찍 올게. 집 잘 보고 있어라."

달콤한 엄마의 뽀뽀에 사르르 눈을 감았다. 쓰다듬는 아빠의 포근한 손길에 고개를 끄덕였다.

"저는 염려하지 마세요. 잘 다녀들 오세요."

같이 못 가는 섭섭함을 숨기고, 나는 그냥 꼬리만 흔들었다.

너무 쓸쓸하고 허전한 밤은 일찍 찾아왔다. 이따금 자동차 소리가 불빛을 밝히며 지나다녔다.

"졸리지? 편히 자거라."

조용히 깊이깊이 잠들어가는 밤이 나를 토닥거렸다.

얼마나 깊이 잤을까?

저벅저벅 저벅저벅.

우리 집 대문에서 멈춰 서는 발소리가 나를 흔들었다. 깜짝 놀라 벌떡 일어났다.

"도둑이다!"

나는 대문으로 달려가며 마구마구 소리 질렀다.

"야, 인마. 나야 나, 복태 아저씨야."

대문을 따고 들어와 여기저기를 휘휘 둘러보는 사람은 시도 때도 없이 우리 집을 들락거리는 복태 아저씨였다.

"아저씨가 이렇게 늦은 밤에 웬일이세요?"

나는 너무 반가워 꼬리를 흔들었다.

"너 혼자 집 지키느라 고생 많다. 저녁도 못 먹었지? 그럴 줄 알고 내가 너 좋아하는 고기 사 왔다."

복태 아저씨는 웃으며 얼른 비닐봉지에서 고기 뭉텅이를 꺼냈다.

"역시 복태 아저씨 최고라니까. 그러잖아도 배가 출출했는데."

고기 냄새가 코를 쑤시며 들어왔다.

복태 아저씨는 군침을 삼키는 나를 쓰다듬으며 의미 있게 속삭였다.

"실컷 먹고 푹 자. 집은 내가 지킬 테니까."

복태 아저씨는 고기를 밥그릇에 쏟아 놓았다.

나는 얼른 고기 한 점을 집어 먹었다. 맛이 일품이었다. 또 한 점 집어 먹으려다 나는 딱 멈췄다. 아주 오래전, 훈련소에서 수련받으면서 수백 번 당부하던 조교 아저씨의 주의가 번갯불처럼 번뜩 떠올랐기 때문이었다.

"러브야, 너는 엄마, 아빠, 준이가 주는 음식 외에는 절대 먹으면 안 돼. 알았지? 특히 너 혼자 있을 때, 아는 사람이 준다 해도 먹지

마. 거긴 틀림없이 독약이 들어 있다고 생각해야 해. 무슨 말인지 알겠지?"

그게 훈련이 돼서 나는 다른 사람이 아무리 맛있는 것을 주어도 눈길 한 번 쏟지 않았었다. 복태 아저씨는 그런 내 마음을 읽었는지 다정하게 속삭였다.

"이 고기에 독약 묻지 않았어. 나 천벌 받을 그런 나쁜 놈 아니야. 너도 잘 알잖아. 러브야, 봐라. 나도 먹을게."

복태 아저씨는 봉지에 있는 고기 한 점을 꺼내 먹었다.

"봤지, 러브야? 그거나 이거나 똑같은 고기야. 안심해."

그런데 참으로 이상했다. 점점 온몸이 늘어지고, 정신이 희미해지면서 눈이 감기는 것이었다. 내 몸을 마음대로 제어할 수가 없었다.

나는 그 자리에 픽 쓰러졌다.

"흐흐흐흐, 한 방에 꼴까닥이네. 약발이 세구나. 증거가 되는 이 고기는 치워버리자."

넉살 좋은 붙임성으로 날마다 엄마 아빠를 녹여놓던 복태 아저씨의 능글맞은 웃음이 소름으로 돋으며 가물가물 사라졌다.

엊저녁에 있었던 일이 희미하던 정신을 흔들어 깨웠다.

나는 몸을 뒤틀며 일어나려고 애를 썼다.

"우리 집 사정을 잘 아는 사람이 틀림없어. 이 장롱에 깊이 넣어둔 패물만 훔쳐 간 걸 보면."

"당신, 떠오르는 사람 없어?"

“글쎄. 당신도 잘 생각해 봐.”

“엄마? 혹시 복태 아저씨 아닐까?”

“복태 아저씨가 그런 짓을 하다니? 말도 안 된다.”

“복태, 그런 사람 아냐. 너 괜히 생사람 잡지 마.”

방 안에서 빠져나오는 식구들의 목소리를 들으면서 나는 있는 힘을 다해 소리 질렀다.

“준이 말이 맞아요. 복태 아저씨가 틀림없는 도둑이에요. 빨리 경찰서에 신고해요.”

나는 정신을 차리며 안절부절못했다.

‘아, 나쁜 사람 복태 아저씨. 도둑놈, 복태 아저씨.’

우리 집 식구들의 신임을 얻고 있는 복태 아저씨는 오기만 하면 집 안을 두리번거렸었다. 여기저기 뒤지기도 하면서 뭐가 어디 있는지 엄마 아빠에게 웃음을 흘리면서 물어보기도 했었다. 엄마 아빠는 맞장구를 치면서 같이 웃고 떠들었었다.

그때, 아주 낯익은 목소리가 대문을 열고 들어섰다. 복태 아저씨였다.

“형님 형수님, 잘 다녀오셨어요?”

복태 아저씨는 나를 보고는 깜짝 놀라 멈칫했다. 얼굴이 금방 일그러졌다.

엄마 아빠 준이가 나와서 복태 아저씨를 맞았다.

“어, 자넨가? 오늘은 늦게 웬일이지?”

아빠가 복태 아저씨의 표정을 살폈다.

"아이고, 형님. 내가 못 올 데를 왔나요? 처갓집에 잘 다녀오셨는지 문안 인사 드리려고 왔지요."

"고맙네. 그런데 엊저녁에 우리 집에 도둑이 들었어."

복태 아저씨는 깜짝 놀란 표정으로 능청을 떨었다.

"예? 도둑이 들었다고요? 러브가 집을 지키고 있었잖아요? 러브 인마야, 너 뭐 했니? 늘어지게 잠만 잤냐? 도둑놈이 들어와 집안 들쑤시는 것도 몰랐단 말이냐? 바보같이. 이제 너도 나이가 들어 쓸모가 없구나."

엉큼하고 가증스러운 복태 아저씨의 말에, 나는 피가 거꾸로 솟아올랐다.

"야, 도둑놈아!"

나는 버럭 소리를 지르면서 있는 힘을 다 쏟아 복태 아저씨에게 덤벼들었다.

"어이쿠, 이 개새끼가 갑자기 왜 이래. 미쳤나 봐. 아이고, 나 죽네."

나는 복태 아저씨의 발길질에 사정없이 걷어차였다. 그렇지만 악착같이 복태 아저씨의 발을 물고 늘어졌다.

놀란 엄마 아빠가 달려와서 나를 떼어놓았다.

"야, 이 도둑놈아?"

나는 화를 멈추지 않고 마구 으르렁거리며 복태 아저씨에게 덤벼들었다. 복태 아저씨가 벌컥 소리를 질렀다.

"아니, 이 개새끼가 갑자기 왜 이래? 미친 게 틀림없네. 아이고, 발 아파 죽겠네. 빨리 병원에 가서 진찰받아야 되겠네. 저한테 무은 일이 생기면 그건 다 형님 책임입니다. 치료비도 형님이 다 물어 내세요. 아이고 아이고, 내 다리야. 재수 더럽게 없네. 퉤퉤퉤."

복태 아저씨는 가래침을 뱉으며 황급히 대문을 열고 사라졌다.

"러브야, 왜 그러니? 너도 복태 아저씨 잘 알잖아?"

엄마 아빠가 나를 나무랐다.

"엄마 아빠, 왜 러브가 복태 아저씨를 물었겠어요? 여기 흔적을 남긴 이 고기 한 점 말이에요. 혹시 복태 아저씨가 독약을 묻혀 놓은 건 아닐까요?"

준이의 정확한 말에 나는 끙끙거리며 대꾸했다.

"맞아, 복태 아저씨가 도둑이야."

아빠가 의심스럽게 고기 냄새를 맡으며 살폈다.

방에 들어갔던 엄마가 무언지 가지고 나왔다.

"여보, 이거 당신 팔찌예요? 내가 처음 보는 건데."

엄마가 줄이 끊어진 팔찌를 아빠에게 보여줬다.

"난 지금까지 팔찌를 찬 적이 없는데? 어디 봐. 으응? 이건 늘 복태가 자랑하며 차고 다니던 팔찌인데? 어디서 난 거야."

"방바닥에 있었어요."

"가만있어. 그럼 그 자식이 범인 아냐? 장롱 뒤지다가 당황해서 팔찌 줄이 끊어진 것도 모른 거야. 이제 보니까 그 자식이 고기에 독약을 묻혀 러브에게 먹인 게 틀림없어. 정말 믿는 도끼에 발등 찍혔네."

엄마 아빠가 드디어 복태 아저씨를 도둑으로 점찍었다.

"러브가 엊저녁에 독약 묻은 고기를 먹어 정신이 없던 거라고요."

준이가 아빠 말을 거들었다.

나는 복태 아저씨가 도둑이라는 사실을 식구들이 깨닫게 되어 안심이 되었다. 여기저기 들쑤시고 아팠지만 몽롱하던 정신은 맑아졌다.

경찰서에 도난 신고를 마친 아빠가 준이에게 말했다.

"아무래도 안 되겠다, 준이야. 네가 러브를 빨리 병원에 데리고 가봐라."

준이는 비틀거리는 나를 유모차에 태워 큰길 건너편에 있는 병원에 갔다.

준이는 그동안에 벌어졌던 사건을 의사 선생님에게 이야기했다. 종이에 싸 간 고기도 꺼냈다.

"큰일 날 뻔했구나. 어디 보자. 러브는 그동안 건강했으니까 별일은 없을 거야."

의사 선생님이 내 몸 이곳저곳을 만져보면서 세밀하게 진찰하셨다. 나는 주사를 세 대나 맞았다.

약을 짓고, 시간이 조금 지난 후에 검사 결과도 나왔다.

"고기에 농약 살충제 성분인 메토밀이 묻어 있었더구나. 메토밀은 동물 몸에 있는 세포를 다 죽이는 무서운 맹독성 농약이야. 러브가 그걸 먹은 거야. 러브는 똑똑해서 아마 고기 한 점밖에는 먹지 않았을 거야. 해독제 주사 맞았으니까 몇 시간 지나면 회복될 거야. 상처는 이 약을 발라주면 나을 거야. 염려 안 해도 된다."

주사를 맞아서 그런지 점점 노곳노곳 나른해졌다.

나는 유모차를 타고 오면서 졸았다.

집에 와서 나는 이불을 덮고 누웠다. 잠이 몰려왔다. 나는 편하고 푸근한 잠에 깊이 빠져들면서 중얼거렸다.

엄마 아빠, 그리고 준이는 믿음이 깊고 너무 착해서 아주 좋아요. 그런데 딱 한 가지, 조심할 게 있어요. 그것은 전에 아빠가 말씀하신 거, 믿는 도끼에 발등 찍힌다는 말이에요. 사람을 너무 믿지 마세요. 저는 엄마 아빠 준이 가 왜 제 이름을 러브라고 지어주셨는지 잘 알고 있어요. 오늘 또 한 편의 우리 가족 러브 스토리를 만들었네요. 한숨 푹 자고 건강하게 일어날게요.

나는 지금 우리 가족들이 함께 써 내려가는 러브 스토리 속에서 행복한 꿈을 꾸고 있다.

약속시계병원

약속시계병원.

처음으로 찾아오는 손님들은 한참 동안 고생깨나 한다.

좁은 골목을 뱅뱅 돌아도 눈에 들어오지 않는다. 다닥다닥 붙어 늘어서 있는 크고 작은 간판을 읽으며 다시 지나도 발견하지 못한다. 투덜거림으로 상점들을 기웃기웃 서너 번 왔다 갔다 해야 겨우 골목 틈바구니에서 찾아내게 된다.

약속시계병원.

아이들 공책만 한 크기로 출입문에 붙어 있다.

반가움에 문을 열고 들어서면 먼저 연로한 원장님의 온화한 미소가 환히 반긴다.

"헤매다가 겨우겨우 찾았네요. 간판이라도 크게 달아 놓으면 찾기가 좀 수월할 텐데요."

"그래도 손님들은 알아서 잘 찾아옵니다."

"병원치고는 좀 비좁네요."

"좁은 거와 시계 수리는 상관이 없지요."

원장님의 느긋한 말이 하나도 틀리지 않는다.

"좁기는 해도 정리정돈이 너무 잘됐네요."

"직업이 직업인지라……."

원장님은 시계 수리에 정신이 팔려 보지 않고 응수한다.

"무슨 일로 오셨는지요?"

"시계 수리 좀 하려고요."

손님은 시계를 꺼낸다.

원장님의 눈이 예리하게 빛난다.

약속시계병원 원장님은 시계 수리의 명장이다. 우스갯소리로 스위스에서도 못 고치는 시계도 원장님은 수리한다. 수백만 원에서 수천만 원 하는 명품 고급시계 수리도 원장님의 손을 거치면 완벽해진다. 이렇게 약속시계병원은 광고를 하지 않지만 입소문으로 전국적으로 유명하다.

처음으로 약속시계병원을 방문하는 손님은 놀라는 게 한두 가지가 아니다.

우선 허술한 옷차림에 나이가 들 대로 든 어르신이 낡아빠진 의자에 쭈그리고 앉아 시계를 고치고 있는 모습이 낯설다.

손님은 원장님의 연세가 궁금하다.

"실례지만 원장님 연세를 여쭤봐도 될는지 모르겠네요?"

"조금 있으면 아흔이지요."

"예?"

손님은 놀라 벌린 입을 다물지 못한다.

아흔의 나이에도 그렇게 정밀한 시계수리를 하다니? 놀랄 일이로다.

손님은 찬찬히 원장님을 살핀다.

"아직도 난 새 시계처럼 고장 난 곳이 없이 멀쩡합니다. 그러니 가진 기술을 놀리면 뭐 하나요? 지금까지 받은 은혜를 사회에 환원해야지요."

원장님의 묵직한 말에 은근히 지식인의 교양과 신뢰가 풍겨 나온다.

원장님이 유명 회사 섭외 강사 1순위라는 데에는 더욱더 놀란다.

그래도 그렇지, 저렇게 나이 들고 헐렁한 분을 강사로 모셔? 강의 대상이 양로원이나 경로당이겠지. 그런데 시계 수리하는 분이 거기 가서 무슨 강의를 한다는 거지?

그렇지만 그런 의심과 불신은 어쩌다 지인과 나누는 대화 속에서 쉽게 풀린다.

"이제는 강의가 싫어. 기력도 달리고."

"그러면 안 하면 되지?"

"그런데 억지로 끌고 가니 어쩌겠어?"

"아직도 인기가 있구먼. 강의는 어떤 내용인데?"

"알기 쉽게 간단히 말하면 언제나 정확하고, 한결같고, 변함없는 시계의 속성과 인간의 편협된 생활의 비교지. 일종의 그릇된 인간의 우월의식과 자아도취에 착각하는 만상에 대한 경종이랄까?"

"좀 어렵구먼."

보통 사람은 좀처럼 이해하기 힘든 기품 묻은 원장님의 사고능력이 돋보인다. 강의 내용도 생소하고 고차원이다. 그래도 그 내용에 끌린다.

지인이 어렵다고 손사래 하면 원장님의 자세한 설명이 뒤따른다.

"시계는 틀림없고 정확해서 언제나 믿음은 변하지 않아. 그렇게 시계가 인간에게 주는 경종을 엄중히 받들며 삶을 살자는 얘기지. 그런데 요즘 세상은 귀를 닫았어. 무질서하고 어둡고 시끄러운 세상이 그 시계의 경종을 못 들어."

지인은 그제야 고개를 끄덕인다.

구순의 경험으로 터득한 철학 강의 내용이 진지하게 전해온다. 인간의 그릇된 인생 사회관의 정확한 분석 비판이 무디지 않게 와서 두드린다.

시계가 인간에게 주는 경종은 구체적으로 어떤 것일까? 불현듯 재미있을 것 같아서 강의가 듣고 싶어진다.

"그 강의 한번 들어도 될까?"

"듣고 싶으면 다음 달에 한국과학기술연구원으로 와."

"거기 있는 분들이 대상인가?"

원장님이 끄덕인다.

잉? 거기는 석박사 연구원들의 집합처인데. 가고 싶어도 지레 기가 질린다.

원장님과 친숙하게 대화를 나누던 지인은 입을 닫는다.

원장님은 경제학 박사다. 대학교수로 정년퇴임하고, 시계 연구에 몰두했다. 스위스에 가서 시계연구소에서 근무도 하셨다. 잠시 쉬는 것도 낭비가 될 듯싶어 시계 수리에 뛰어들었다.

원장님의 화려한 이력이 정말일까? 그렇게 보이지 않는데 말이다. 탑골공원에서 무료급식을 기다리는 할 일 없는 쓸쓸한 노인으로 보일법한 원장님을 눈여겨 살핀다.

감히 함부로 접할 수 없는 범상함이 보인다. 수북한 흰 턱수염에서 인품이 보인다. 꿰뚫어 보는 안경 속 시선이 예사롭지 않다. 간혹 툭툭 던지는 폭 깊고 넓은 삶의 철학이 경이롭다. 가까이 다가가 앉으면 시계 이야기로 밤을 새울 것만 같다.

끝으로 놀라는 것은 한 번이라도 시계를 맡겨 본 사람만이 전달받는 원장님의 연륜에 다져진 정직과 신의다.

요즘을 슬기롭게 살아가는 데 꼭 필요한 무기를 원장님은 지니고 있다. 원장님은 손님과의 약속은 어떤 일이 있더라도 반드시 지킨다. 약속시계병원의 때 묻은 간판 이름에 그것이 배어 있다.

점심 때쯤, 손님이 한 분 들어왔다.

"이 시계가 며칠 전부터 가지를 않네요."

원장님은 시계를 받아들고 여기저기 살펴보았다.

손님은 약속시계병원을 유심히 둘러보다가 원장님도 뚫어지게 쳐다보았다.

"왜 그렇게 쳐다보슈? 내 얼굴에 뭐가 묻었나요?"

"아, 아닙니다."

손님은 익히 약속시계병원에 대해 알고 있는 눈치였다.

원장님은 시계 뚜껑을 열고, 조심스레 여기저기 살폈다.

"어라? 시계가 가네요."

손님이 신기한 듯 웃었다.

"아마, 잠깐일 거예요."

크고 작은 톱니바퀴들이 서로 맞물려 한 치의 오차도 없이 제 몫을 해내고 있었다. 꿈결처럼 들리는 시계 소리가 경쾌했다.

원장님은 손님에게 전자현미경으로 시계의 이곳저곳을 짚어가면서 자세히 설명했다.

"배터리 수명이 다 됐군요. 그리고 시계의 심장이라 할 수 있는 이스케이프먼트에 아주 미세하게 이상이 있군요. 이스케이프먼트는 정확한 시간을 알려주기 위해 꾸준한 반복 움직임을 통해 시간의 흐름을 표시하는 핵심 부품을 말합니다. 정기점검을 하면서 수리해 드리겠습니다. 이런 시계는 고장이 생기지 않아도 최소한 2년에 한 번은 정기적으로 점검을 받으셔야 명품의 가치를 그대로 유지할 수 있습니다. 정기 점검, 배터리 교체, 분해 조립, 클리닝, 오일링 등을 포함해서 수리비가 대략 30만 원 정도 나오겠습니다."

"잘 알겠습니다. 원장님만 믿겠습니다."

"그러면 내일모레 오후 1시 정각까지 찾으러 오십시오. 수리 시간은 그리 많이 걸리지는 않습니다. 그런데 미리 예약된 것들이 좀 있어서 그럽니다."

손님은 알았다며 시계를 맡겨놓고 갔다.

원장님은 손님과 약속한 날 12시에 명품시계 수리를 시작했다. 시계를 완전히 분해했다. 부품을 순서대로 가지런히 놓았다. 크고 작은 부품들이 무려 81개나 되었다.

원장님은 정성 들여 닦고 칠하고 매만지다가 아차 했다.

시계의 심장이라고 할 수 있는 이스케이프먼트에 미세한 이상이 아니라 손상되어 있는 것을 새로 발견한 것이다. 손 봐서 정상으로 되돌려 놓으려면 약속 시간을 지키지 못할 것 같았다.

손님이 약속 시간 5분 전에 왔다.

"손님, 참으로 죄송합니다. 이스케이프먼트의 다른 곳에 문제가 있는 것을 새로 발견했습니다. 래칫 휠을 간헐적으로 한 칸씩 회전시키는 진동자 끝이 미세하게 휘어져 있습니다. 자, 여기 한 번 자세히 보세요. 휘어져 있는 게 보입니까? 요걸 완전하게 펴서 정상으로 되돌려 놓으려면 30분은 더 소요되겠습니다."

원장님은 손님에게 전자현미경으로 이상이 발견된 곳을 짚어가면서 자세히 설명을 했다.

"수리를 하다 보면 오늘처럼 이상이 생긴 곳을 쉽게 발견 못 할 때가 간혹 있습니다. 정말 죄송합니다, 약속 시간을 지키지 못해서. 그 대신 수리비 10만 원을 깎아드리겠습니다."

"예? 그렇게 하면 원장님께서 손해가 막심하실 텐데요."

손님은 오히려 황송해했다.

"괜찮아요. 우리 병원의 생명인 약속을 어긴 벌치고는 대단치 않습니다."

원장님은 시계수리를 하면서 자주 벽시계를 보았다.

"바쁘신 일이 있으신 모양이지요?"

"사실은 오후 2시에 제자들이 초대한 오찬 약속이 잡혀있어서."

“제 시계 수리 때문에 약속 시간을 지키지 못하게 되었네요. 죄송합니다. 장소가 어딘지 제가 최대한으로 빨리 모셔다드리면 안 되겠는지요?”

“아니, 괜찮아요.”

“수리비도 깎아주셨는데요. 그것보다도 원장님을 모셔다드리고 싶습니다.”

원장님은 사양하다가 손님의 호의를 받아들였다.

그때 전화가 왔다.

“김 박사인가? 아냐 아냐. 뭘, 차를 가지고 와. 그럴 필요 없네. 고집부리지 말고, 그러면 안 가. 조금 늦어질 걸세, 미안하네. 그래, 이따가 보세.”

손님은 원장님의 전화 통화에서 그 제자들이 어떤 위치에 있는지를 미뤄 짐작했다.

원장님이 시계 수리를 마쳤다. 그러고는 서둘러서 외출 준비를 했다. 정장을 한 원장님 모습은 시계 수리할 때와는 완전히 달랐다. 중후한 멋의 노신사로 변했다.

원장님은 서둘러 병원 문을 닫고, 손님 차에 올랐다.

“손님 정말 죄송합니다. 나이 든 늙은이라 이제는 염치도 잊었나 봅니다.”

“무슨 말씀을 그렇게 하십니까? 어차피 제가 가는 곳도 그쪽 방향입니다. 그렇게 미안해하실 필요 없으십니다.”

원장님은 계속 미안한 표정을 지었다.

"고명하신 원장님을 뵙게 된 것도, 또 이렇게 원장님을 모시게 된 것도 영광입니다. 신용과 약속과 정직이 땅에 떨어진 지 오랜데, 그래도 원장님 같으신 분들 때문에 세상이 따뜻한 게 아닙니까?"

원장님이 환하게 웃었다.

"그렇게 봐 줘서 고맙군요. 저는 늘 우리 인간과 시계를 비교합니다. 언제나 한결같이 자신의 임무 수행에 한 치의 오차도 없이 정확한 시계는 어디 한 곳만 고장이 생기면 완전히 멈춥니다. 그런데 인간은 어디 한 곳에 탈이 나도 멈추지 않습니다. 결국 그런 것이 시기와 질투, 욕심과 갈등으로 증폭되지요."

"옳으신 말씀이십니다."

"인간들이 살아가는 세상을 자세히 관찰해 보세요. 어느 한 곳이 썩어 부식이 돼도 아무렇지도 않게 생각하지요. 그것이 생명을 단축시키는 원인이라는 걸 뻔히 알면서도 방관하지요. 시계는 그래서 쉬지 않고 정확하게 인간에게 경종을 울리고 있는 것이지요. 그러나 타성에 젖은 인간들은 시계의 경종을 무시하지요."

"참으로 지당하신 말씀입니다."

시계와 인간을 비교하는 약속시계병원 원장님의 박식한 삶의 철학은 멈추지 않았다.

손님은 감동의 추임새로 기분 좋게 운전을 했다.

별이 된 시인

밤이 많이 깊었다.

시인은 통 잠이 오지 않았다. 이리 뒤채고 저리 뒤챘다.

왠지 좋은 시가 쓰여질 것 같은 또렷한 영감이 머릿속에서 빙빙 돌고 있었다.

시인은 주섬주섬 겉옷을 걸치고, 밖을 나섰다.

은은한 달빛이 시인의 몸을 휘감았다. 길게 누운 후박나무 그림자는 워워 소리를 내며 바람에 흔들리고 있었다.

풀밭에서 뛰쳐나온 이름 모를 벌레들의 울음소리가 시인의 귓속에 고여 넘쳤다.

시인은 뜰을 거닐며 신음을 내뱉었다. 파란 하늘을 뒤덮은 별들의 속삭임이 쏟아져 내리고 있었기 때문이었다.

시인은 밤하늘의 별만 보면 가슴이 저렸다. 생각이 저리고, 마음도 저렸다. 수많은 별들의 속삭임이 시인의 저린 눈 속으로 좌르르 좌르르 쏟아져 내렸다. 그리고는 시인의 가슴 속으로 파고들었다. 시인은 어머니를 떠올렸다. 그리고 어린 시절로 돌아갔다.

소년은 어머니의 지극한 사랑 속에서 자랐다.

어머니는 폐결핵으로 신음하고 있었지만 소년에게 지혜와 인내와 용기를 심어주는 일에는 한 치의 소홀함이 없으셨다. 밤하늘에서 별이 쏟아지는 날이면 소년은 어머니와 뜨락에 앉아 사랑을 도란거렸다.

"엄마, 별은 왜 저렇게 밤하늘에서 반짝이나요?"

"글쎄다. 혹시 별들이 서로서로 주고받는 눈부시게 아름다운 속삭임 때문이 아닐까?"

"무슨 속삭임일까요?"

"엄마 생각에는 말이다, 별을 보는 사람들 마음속에 아주 깨끗하고 아름다움을 가득가득 채워주는 사랑이 아닐까 싶구나."

"나도 별이 되고 싶어요."

"왜?"

"별을 보지 않는 사람들에게도 아름다움을 가득가득 채워주고 싶어요."

"참 좋은 생각이구나. 틀림없이 넌 별이 될 거야."

소년은 별이 되겠다고 다짐을 했다.

소년은 밤마다 뜨락에 앉아 어머니가 들려주는 아름답고도 슬픈 별자리 이야기를 듣기도 했다.

소년은 트로이의 아름다운 왕자 가니메데가 되기도 하고, 머리는 사람이고 몸은 말인 케이론도 되었다. 황소자리 이야기를 들을 때는 제우스신으로 변했다.

어느 날 밤에 소년은 알퐁스 도데의 감미로운 '별' 이야기를 들었다. 양치기 목동의 순수하고 아름다운 사랑이 소년의 마음을 포근히 들뜨게 했다.

소년은 '별'과 같은 이야기를 쓰는 작가도 되고 싶었다.

"엄마, 이담에 나도 글 쓰는 사람이 될래요."

"그래? 그런데 그런 작가가 되려면 사물을 세심하게 관찰하는 능력을 길러야 해. 그리고 마음도 고와야 해."

"나도 그렇게 될 수 있어요."

"그래라. 그럼 지금부터 별도 되고, 글 쓰는 사람도 되는 큰 꿈을 가꾸거라."

"알았어요, 엄마."

소년은 별이 되는 꿈을 다졌다. 글 쓰는 사람이 되겠다는 꿈도 다졌다. 그런데 소년에게 꿈을 키워주던 어머니는 갑자기 폐결핵이 악화되어 그만 돌아가시고 말았다.

소년의 어머니는 유언을 남겼다.

"엄마의 별은 바로 너란다."

소년은 어머니의 유언을 가슴에 뜨겁게 담았지만 앞이 캄캄했다. 지혜를 사랑으로 심어주시던 어머니가 없는 세상은 좌절이나 다름없었다.

소년은 눈물을 쏟고 또 쏟았다.

농사로 얼굴이 검게 그을린 아버지는 오열하는 소년에게 슬프게 말했다.

"사내는 눈물을 함부로 보여서는 안 돼. 그렇지만 슬플 때는 그렇게 사내답게 펑펑 울어도 괜찮아. 그리고 엄마의 별은 너라는 유언, 가슴에 묻어두어라."

소년은 더욱더욱 섧게 울었다. 장례에 참석한 사람들이 소년을 보고는 같이 붙들고 울었다.

어머니를 가슴에 묻은 소년은 밤마다 뜰에 쪼그리고 앉아 별을 쳐다보는 습관이 생겼다.

'엄마, 꼭 별이 될 거예요.'

'반드시 별이 될 거예요.'

소년은 날마다 엄마의 유언을 새기고 또 새겼다.

소년은 밤마다 수없이 많은 별들을 세는 습관이 생겼다. 별을 세다가는 잊고, 또 세다가는 잊고, 백을 못 세어 셈을 잊곤 했지만 그 일에 폭 빠져버리고 말았다.

소년은 그렇게 별을 보며 올곧게 자랐다.

소년은 알퐁스 도데와 같은 소설가가 아니고, 별을 노래하는 시인이 되었다. 별을 사랑하는 시인. 마음이 아름다운 시인. 사람들은 시인을 이렇게 불렀다.

시인은 늘 생각의 늪에서 허우적거렸다.

"어머니, 어떻게 해야 별이 될 수 있나요? 어떻게 해야 어머니의 유언을 받들 수 있나요?"

별이 된다는 것은 순수하고 아름다운 심성으로 쓴 시가 주체할 수 없는 그리움의 감동이 되어 마음을 헤집어 놓는 것이라는 사실을 시인은 잘 알고 있었다.

시인은 별들의 속삭임을 보면서 시상을 떠올렸다. 그러면서 늘 어머니와의 약속을, 어머니의 유언을 생각하면서 시를 빚었지만 불만족에 마음이 아팠다.

날마다 시인은 고민하고 또 고민했다. 답답하기도 했다. 초조하기도 했다.

시인은 후박나무 그림자가 길게 누운 뜨락에 앉았다.

어머니의 미소 젖은 속삭임이 가슴으로 쏟아졌다.

"얘야, 그렇게 자신을 너무 탓하지는 말거라. 너는 이미 별이 된 것이나 마찬가지란다. 별에 대한 시를 쓰는 시인이니까. 머지않아 너는 순수하고 아름다운 네 마음을 빚어낼 거야."

"아, 어머니."

시인은 감격하여 어머니의 손을 잡았다. 그러나 그건 어머니의 손이 아니라 후박나무 가지였다.

바람이 후박나무 가지를 우우 흔들었다. 풀벌레들의 울음소리가 더욱 요란했다. 별똥별이 길게 금을 그으면서 가까이에 떨어졌다.

'아!'

시인은 신음을 뱉었다. 또다시 별들의 속삭임이 시인의 가슴으로 좌르르르 쏟아져 내렸다.

마당을 서성이던 시인은 자신도 모르게 풀벌레 소리가 싱싱한 논두길로 들어섰다. 도랑물 소리가 돌돌돌 종알대는 징검다리를 건넜다. 시인은 연못이 누워있는 방죽에 다다랐다.

밤하늘이 연못에 내려와 앉아 있었다. 거기서 쏟아져 내린 별들이 눈부신 속삭임을 씻고 있었다. 시인의 마음은 연못에 빠져 무아경이 되고 말았다.

시인은 별들의 속삭임에서 미소 짓는 어머니의 음성을 들었다.

"엄마의 별은 바로 너란다."

"엄마의 별은 바로 너란다."

시인은 가슴이 뜨거워지기 시작했다. 떠오르는 생각도 마구 끓어오르기 시작했다. 복받치는 영감은 가슴을 방망이질해댔다. 시인은 별들의 눈부심을 가슴에 쓸어 담았다.

'그래그래, 바로 이거야.'

실타래처럼 엉겨 붙었던 생각들이 술술 풀렸다.

머릿속에서 싱싱한 시어들이 줄지어 일어섰다. 시인은 탄성을 지르며 집으로 돌아왔다.

시인은 서재에 앉아 떠오르는 시를 정리했다.

시인은 아내가 발소리를 죽이며 향기 그윽한 차를 놓고 나가는 것도 몰랐다. 오직 시 쓰기에 몰입했다.

"엄마의 별은 바로 너란다."

시인은 어머니의 속삭임을 또 들었다.

시인은 벅찬 감정을 추스르며 들뜬 마음과 생각을 절제하고 또 절제했다. 시어를 다듬고, 또 고치고 다듬었다. 꽤 오랜 시간이 흘렀다. 시인은 정리한 시를 몇 번이고 읽으며 처음으로 만족하게 음미했다.

고칠 곳이 더 이상 없었다. 시인은 완성한 시에 제목을 붙였다.

'시인과 별과 어머니'

시인은 좋은 시가 어떻게 잉태되는지를 다시금 가슴으로 절절히 깨달았다.

시인은 감정이 복받쳤다. 자신도 모르게 눈물이 주르르 주르르 볼을 타고 흘러내렸다. 시인은 왜 눈물이 흐르는지도 몰랐다.

시인은 울음 섞인 목소리로 어머니를 불렀다.

"어머니, 보고 싶은 어머니. 제가 드디어 별이 되었습니다. 별이 되었습니다. 어머니의 유언을 받들게 되었습니다. 아! 어머니."

2

그립다

지나간 것이 슬픔이었다 해도
꺼내 씻으면 그리움이 된다.
그러기에 그리움은 그리움만을 그리워한다.

어른들은 모른다

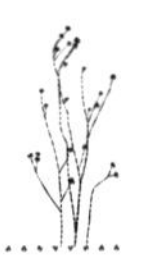

학교 담장 근처에서 아이들이 야단법석을 떨었다.

선생님에게 야단을 맞던 말썽꾸러기 몇 명이 웃고, 떠들고, 장난을 치면서 새로 하얗게 칠한 담장에 크레용으로 직직 그어댔다. 아이들은 신나고 자신 있게 서슴없이 낙서하는 그 모양을 낯설고 신기하게 바라보았다.

"너희들도 이렇게 마음대로 낙서해 봐. 재미있어."

"세상천지에 이런 일도 다 있네."

페인트 냄새가 가시지 않은 하얀 담장이 금방 지저분한 낙서로 오염되었다. 적지 않은 예산으로 사흘 동안 정성으로 하얗게 페인트칠한 담장인데 말이다.

깨끗하고 아담하기만 하던 학교에 개벽이 일어나게 된 사건의 발단은 다름 아닌 담장에 크게 그려진 낙서 그림 때문이었다.

"아이고, 이걸 어째."

"누군지 간덩이도 크네요."

"범인을 반드시 색출해서 본때를 보여줘야 해."

일찍 출근한 선생님들이 기가 차서 어쩔 줄 몰라 서성거렸었다. 그런데 선생님들과는 달리 교장 선생님은 그림 낙서를 보면서 느긋해 했다.

“낙서가 하고 싶어 근질근질했던 거예요. 누군지 배포가 커서 이 담에 한가락 하겠네요.”

선생님들이 조심스레 웃었다.

“아주 좋은 아이디어가 떠올랐네요. 들어갑시다.”

그날 오후 교직원협의는 참으로 뜨겁게도 길었다.

다음 날 아침에 등교한 아이들은 청천벽력 같은 소식을 들었다.

아이들은 믿을 수가 없었다. 그래서 거짓말이라고 했다. 도저히 있을 수 없는 일이었기 때문이었다. 그러나 사실인 것을 어쩌랴.

아이들은 정신을 가다듬고 학교 담장을 살폈다.

꿈나라 신나라 행복세상 놀이터.

아이들이 담장에 커다랗게 쓰인 페인트 글씨를 보았다.

“담장이 낙서 놀이터래.”

대부분의 아이들은 낙서하기에 겁을 냈다. 공책이나 책상, 화장실이면 몰라도 하얗게 칠한 깨끗한 담장에 어떻게 낙서를 한단 말인가? 용감하게 크레용으로 직직 그어대는 말썽꾸러기 몇 명을 제외하고는 말이다.

아이들은 처음에 주저주저했다. 그래서 몰래 낙서를 했다. 그런데 시간이 지날수록 당당하게 낙서하는 아이들이 늘어났다. 점차 담장은 낙서로 얼룩졌다.

철민이 새끼야 너하고 안 놀아

선생님 나쁜 자식

정민이는 순실이하고 뽀뽀했다

선생님들이 담장 낙서를 살피면서 인상을 찌그렸다. 웃기도 했다. 투덜거리기도 했다.

“아이들에게 낙서를 권장하는 학교가 있을까요?”

“그런 학교가 어디 있겠어요.”

“생각할수록 큰일이 생길 것만 같아요.”

“모르겠네요. 교장 선생님이 다 책임진다고 장담을 했지만 우리들에게도 잘못이 있겠지요?”

선생님들은 점점 지저분해지는 담장에 근심과 걱정을 붙였다. 학교 근처를 지나는 사람들이 담장 낙서를 보고는 비난을 내뱉었다.

“이놈의 학교가 뭐 이래? 이제는 교육도 와그르르 무너지고 있구먼.”

“선생님들 눈이 멀었나. 이렇게 담장에 지저분하게 낙서한 걸 그대로 방치하고 있으니 말이야.”

“이것 좀 보세요. 선생님 욕도 썼네요.”

“세상이 하 수상하니까 학교도 미쳤구먼. 살다 살다 이런 학교는 첨 봐.”

사람들이 비난의 욕을 퍼부었다.

학교 담장이 낙서투성이라는 소식은 발 빠르게 퍼져 나갔다. 일부러 그걸 구경하려고 학교를 찾기도 했다.

학부모들이 야단법석을 떨기 시작했다. 민원 항의 전화가 빗발쳤다.

'낙서를 권장하는 교장은 즉시 교직을 떠나라.', '낙서를 방관하는 교사들을 징계하라.', '담장을 원상 복구해라.', '더러운 교육을 방관하는 교육청은 대답하라.' 등 학교 주위 여기저기에 플래카드가 붙었다. 학교는 정신을 차리지 못했지만, 일일이 대응은 하지 않았다. 학교의 그런 안이한 처사가 더욱 학부모들의 심기를 건드렸다.

급기야 관할 교육청에서 긴급 감사를 나왔다. 그러나 담장 낙서가 어린이 교육 활동의 일환이라는 교장의 강력한 설명에 감사관들도 어찌할 방도가 없었다. 감사관들은 학교를 나서며 한마디 남겼다.

"학교는 학교장 책임입니다. 참으로 감히 생각지도 못한 기발한 교육 발상이긴 한데 위험천만한 독소도 내포돼 있네요. 학부모 설득에 신경을 쓰기 바랍니다."

그런데 담장 낙서에 변화가 감지되었다.

상스러운 욕과 비방의 낙서가 자취를 감추기 시작했다.

낙서가 점점 진지함으로 바뀌고, 아름다움으로 고급화되어갔다.

지민아 이 새끼야. 욕은 하지 말자. 그래. 우리 사이좋게 놀자.

우리 선생님 나쁜 놈. 그러면 안 돼.

그것뿐이 아니었다.

아이들의 학교생활도 생각과 행동도 달라지기 시작했다.

대화가 욕으로 시작해서 욕으로 끝났는데 그게 사라졌다. 실내에서 뛰지 않았다. 서로 웃으며 다정했다.

“야단을 쳐도 고쳐지지 않던 아이들의 심성인데요.”

“그게 담장 낙서에서 파생된 위력 아닌가요?”

“그러게요.”

선생님들은 틈만 나면 담장을 살피면서 미소로 낙서를 읽었다. 선생님들은 욕에도 친절히 토를 달았다.

미안하다, 잘못했다.

달나라에 타고 갈 로켓이 크게 그려졌다.

새로 발명했다는 하늘을 나는 신기한 자동차가 등장했다. 여럿이 합동으로 정성스레 그린 아름다운 전원 풍경도 나타났다.

또박또박 쓴 학교 칭찬 낙서가 등장했다. 선생님을 욕하면서도 고마운 마음의 글이 새겨졌다.

어느 날, 대학 미술 동아리들이 와서 담장에 삽화를 그려놓았다. 예쁘게 구성하여 정성 들여 그린 그림이 ‘꿈나라 신나라 행복세상 놀이터’를 더욱 돋보이게 만들었다.

"우리가 미처 모르던 세상이 펼쳐지고 있어요."

"곱고 아름다워요, 아이들 세상이."

"진정 낙서가 교육인 걸 예전엔 미처 몰랐어요."

"누가 이런 걸 알았겠어요?"

선생님들의 담장 낙서 반응이 칭찬 일색으로 변했다.

아이들은 웃으면서 낙서 활동에 기꺼이 참여해서 친구들의 그림이나 쓴 글에 열심히 토를 달기도 했다.

일부러 학교 담장을 찾은 부모님들도 미소 짓는 마음으로 낙서에 동참했다.

점차 학교 담장에는 정성 들인 글과 그림으로 가득 들어찼다. 학교 담장 낙서가 아름다운 인성 변화 교육 환경으로 변해버렸다.

텔레비전 방송국에서 취재해 간 학교 담장 낙서에 대한 탐방 뉴스가 톱기사로 나갔다. 방송에서는 연일 학교 담장 낙서에 대한 교육 찬반 논쟁이 팽팽하게 줄다리기를 시작했다. 다투어 취재해 간 신문도 학교 담장에 대한 기사나 토론으로 도배를 했다.

학교를 방문하는 사람들도 줄을 이었다.

학교 담장은 차츰차츰 아이들의 낙서로 어우러진 아름다운 '꿈나라 신나라 행복세상 놀이터'로 완성되어 갔다. 거기에는 아이들의 진실함과 솔직함이 진하게 배어 있는 꿈으로 충만했다.

엄마 공부만 하라고 야단 그만 치세요. 속상해요. 마음대로 놀고 싶어요.

선생님 시험 없는 학교 만들어 주세요. 하루는 마음대로 놀게 해 주세요.

학교에는 사람들의 발길이 끊이지 않았다.

낙서한 것을 유심히 들여다보는 훈훈한 어른들의 미소와 칭찬이 낙서 속에 스며들었다. 고개를 끄덕였다.

"진짜 이런 게 살아있는 교육이네요."

"어른들이 모르는 아이들의 세상이 펼쳐졌어요."

"학교 담장이 정녕 아이들의 꿈꾸는 세상이 되었네요."

학교 담장은 학습 관광명소가 되었다.

학교가 가을로 곱게 물이 든 날, 교문에 플래카드가 걸렸다.

꿈나라 신나라 행복세상 알콩달콩 이야기.

아침부터 교육학자, 교육청 장학사, 학교 선생님, 학부모, 일반 사람들이 학교로 꾸역꾸역 몰려들었다.

학교 담장을 놀라움으로 살피고 살폈다. 너도나도 사진을 찍었다. 담장에 낙서한 것을 자세히 살피느라 정신이 없었다. 신문사, 방송국 기자들도 취재에 열을 올렸다.

학교는 그야말로 이름난 놀이공원처럼 인산인해였다.

전시회를 관람하는 많은 사람들은 꿈나라 신나라 행복세상 속에서 감동의 도가니에 빠져 헤어 나오지를 못했다.

"이 학교 선생님들 참 대단해요. 이렇게 기발한 교육 아이디어를 생산해 냈으니 말이에요."

"낙서 속에 아이들의 거짓 없는 속마음이 있다는 걸 이제야 보네요. 어쩌면 이렇게 깨끗한 마음이 적혀 있을까?"

"이런 게 진짜 오늘날의 산교육이 아닐까요? 교육도 이제 이렇게 획기적으로 변해야 돼요."

"아이들 스스로 마음을 다스리는 낙서 교육 활동, 감동이네요."

사람들은 서로 감동을 이야기하면서 학교 담장 낙서에 토를 달기도 했다. 온종일 학교는 붐비고 바빴다.

다음 날, 커다란 사진 석 장이 선생님들에게만 공개되었다. 학교를 방문한 많은 사람들의 투표로 뽑힌 '꿈나라 신나라 행복세상 우수 감동 작품'이었다.

첫 번째 작품은 아이들이 선생님을 욕하고, 선생님이 잘못을 빌면서 서로 진심으로 마음을 교감하는 글이었다.

우리 선생님 나쁜 자식. 정말 개자식이다. 선생님이 용서를 빌게. 용서해 줘. 선생이면 다냐, 짜식아. 욕하는 걸 보니 선생님 잘못이 크구나. 왜 나쁘지? 괜찮아요. 난 선생님이 참 좋다. 선생님 사랑해요. 나두. 나두. 고맙다. 열심히 사랑할게. 고마우신 우리 선생님. 그렇지만 나쁘다.

두 번째 작품은 아이들이 서로 잘못을 꾸짖고, 화해하고, 칭찬하는 마음이 하나로 연결된 사랑 담긴 속마음 편지였다.

야, 이 새끼야 너 죽어. 까불지 마. 내가 뭘. 잘못했잖어. 욕하지 말자 우리. 철민이 개새끼. 미안하다. 넌 왜 선생에게 알랑방구냐. 잘 놀자. 우린 칭구. 넌

니 집 자랑만 하냐 새끼야. 미안하다 친구. 뭘. 으스대지 마. 잘 놀자. 그래그래. 중학교 가서도 친구하자. 친구는 좋아, 난 싫어. 좋아 좋아.

마지막 작품은 정성스레 그린 합동 상상화였다.

아이들이 하늘을 나는 자동차를 타고 깃발을 휘날리는 멋진 그림이었다. 다른 아이들이 거기에 자기 모습도 그려 넣었다. 자동차에 날개도 달았다.

나는 커서 과학자가 될 거다. 그래서 하늘을 나는 자동차를 만들었다. 꿈도 크다. 난 꿈 커. 꿈은 반드시 이루어진다. 꼭 꿈을 이루거라. 응원할게. 이웃 학교 선생님이.

'꿈나라 신나라 행복세상 놀이터'를 방송국에서 촬영하고 취재해 갔다. 이제 내일이면 '꿈나라 신나라 행복세상'은 절찬리에 방영될 것이다. 그러면 모르기는 해도 학교가 아마 유명세로 뒤집어질지 모른다.

양심으로 살거라

일생을 소방관으로 열심히 근무하다가 수명이 다된 석호가 죽었다. 물려받은 부모 재산으로 장사를 하여 부자로 떵떵거리며 살던 춘보도 죽었다.

석호와 춘보는 같은 날 같은 시에 천국과 지옥을 정해주는 심판관 앞에 섰다. 그 옆에는 천국의 천사와 지옥의 사자가 대기하고 있었다.

천국으로 안내하는 천사는 눈이 부실 정도로 하얀 드레스를 입고 있었다. 따스한 미소는 잔잔하고 부드러웠다. 천사는 곱고도 단정한 모습으로 은은하고 잔잔한 음악이 흐르는 꽃마차에 앉아 있었다.

지옥의 사자는 무지막지한 모습이 보기에도 무섭기만 했다. 쇠방망이를 들고 서서 두리번거리고 있는 왕방울만 한 부라린 눈은 징그럽고 소름이 돋았다. 사자는 지옥으로 묶어 끌고 갈 무겁고도 굵은 쇠줄을 만지작거리고 있었다.

심판관 앞에 먼저 석호가 엎드렸다.

"저는 석호라 합니다."

심판관은 묻고, 석호는 기어드는 목소리로 대답했다.

"너는 이미 죽기 전부터 지옥에 가고 싶다고 그랬지?"

"그렇습니다."

"뜨거운 불구덩이에서 영원히 고통으로 살아야 하는 지옥을 모를 리 없을 텐데. 그런 지옥을 가겠다고?"

"저는 제 양심을 속일 수가 없습니다."

"그래? 네가 지은 죄가 무엇이냐?"

"저는 살인자입니다. 불쌍한 할머니를 죽였습니다."

"허허…… 정말 지옥에 가야 할 큰 죄를 저질렀구나."

석호는 심판관에게 무조건 지옥으로 보내 달라고 애원했다. 심판관은 그런 석호를 내려다보면서 그가 살아온 삶을 들춰 보았다.

석호는 모범 소방관이었다.

석호는 화재 진압에 출동하여 위험한 일에 언제나 앞에 나섰다. 늘 불구덩이 속에 먼저 뛰어들어 인명구조에 몸을 바쳤다.

석호는 한밤중에 큰 화재가 발생한 요양원에 출동해서 인명구조에 사력을 다했다. 건물의 1층에서 원인 모르게 시작된 불은 순식간에 2, 3층으로 번졌다.

소방관들은 화재 진압을 하면서 불길과 연기에 휩싸인 건물 안을 미친 듯이 뛰어다니며 환자들을 찾았다.

석호는 복도 한쪽에 쓰러져 있는 할머니를 발견했다. 석호는 황급히 할머니를 등에 업고 뛰어나왔다. 석호는 할머니를 동료에게 인계하고, 정신없이 또 건물 불길 속으로 뛰어들었다.

요양원의 불은 두 시간 만에 잡혔지만 인명피해가 컸다.

석호는 화상을 입고, 병원에 입원했다. 석호가 구한 할머니도 같은 병동에 입원을 했다. 그러나 할머니는 불행히도 입원 하루 만에 숨을 거뒀다.

석호는 그게 자신의 부주의였다며 심하게 자책했다. 소방서나 할머니 가족들은 오히려 석호를 위로했다.

할머니의 죽음은 요양병동에서 이미 앓고 있었던 지병의 악화 때문이라는 사실이 밝혀졌기 때문이었다.

석호는 그런 사실을 알면서도 자신의 부주의로 할머니가 사망했다는 죄책감에 사로잡혀, 교회에 다니면서 하나님에게 자신의 죄를 용서하지 말라고 기도를 했다. 요양원에 가서 봉사활동도 했다. 그러나 석호는 늘 가슴을 후비는 죄책감에서 벗어나지 못했다.

석호의 생활 기록을 모두 훑어본 심판관은 입을 열었다.

"생활 기록을 살펴보니까 너는 값진 땀을 쏟으면서 살았더구나."

"그렇지만 저는 살인자입니다."

"할머니가 사망한 것이 네 잘못이 아닌데 왜 그렇게 자신을 학대하느냐?"

"아닙니다, 모든 게 제 잘못입니다. 제가 조금만 더 일찍 발견했으면 할머니는 돌아가시지 않았을 것입니다."

석호는 눈물을 줄줄 흘렸다.

"내가 보기에는 너는 그렇게 양심의 가책을 받을 만큼 죄를 짓지는 않았구나. 더구나 일생을 참회하면서 살지 않았느냐?"

"그래도 저는 저를 용서하지 못합니다. 저를 지옥으로 보내주십시오."

"너처럼 그렇게 지옥 가겠다고 고집하는 놈은 처음 본다. 그래

알겠다."

심판관은 한참 동안 석호를 내려다보고 있다가 춘보에게 물었다.

"춘보, 너는 어디로 가고 싶으냐?"

춘보는 회심의 미소로 대답했다.

"심판관님, 저는 석호처럼 할머니를 죽인 죄책감으로 살지 않았습니다. 지은 죄가 없기 때문입니다. 저는 누가 뭐래도 당연히 천국으로 가야지요."

심판관은 춘보에게 다시 물었다.

"너는 아주 큰 부자로 살았다지?"

"예. 열심히 일을 해서 돈을 많이 벌었습니다. 저는 번 돈을 모두 사회에 환원했습니다."

춘보는 입에 거품을 물고 열변을 토했다.

"그래? 참 좋은 일을 했구나. 그런데 그렇게 많은 돈을 벌어 쓸 때까지 넌 가벼운 죄도 짓지 않았느냐?"

"그렇습니다."

"정말 약속할 수 있느냐?"

"예. 자신합니다."

심판관은 춘보의 삶을 들췄다.

과연 춘보는 돈 많은 부자였다. 그러기에 없는 것이 없었다. 춘보는 시설이 좋은 고급 아파트를 지어 투자자들에게 분양을 했다. 돈 없는 서민들을 위한 아파트도 많이 지어 임대사업도 했다. 목돈이 필요한 사람들에게는 돈을 빌려주기도 했다. 도시에 마트를 크게 지어 유통산업 발전에 도움을 주기도 했다. 불우 청소년들을 위한 장학재단도 만들었다. 청소년들에게 장학금도 주었다.

춘보는 정말 겉으로 드러난 죄가 없었다.

심판관은 춘보의 생활 기록을 탁 덮었다.

"네 주장대로 사회사업도 많이 했구나."

"제 삶을 인정해 주시니 고맙습니다. 저는 불우 청소년들을 위해 후원도 많이 했습니다. 사회 복지를 위해서도 헌신했습니다. 남보다 기부도 더 많이 했습니다."

"네가 한 그런 행위에 음흉한 목적이 숨어 있었다는 것을 난 다 알고 있다."

"예? 왜 저를 나쁜 쪽으로만 몰고 가려 하십니까? 죄가 있다면 열심히 돈을 벌어 사회를 위해 일했다는 거지요."

춘보는 조금 언성을 높였다.

심판관은 그런 춘보를 큰소리로 질책했다.

"정말 넌 지은 죄가 하나도 없이 깨끗하단 말이지?"

"그렇습니다. 전 억울합니다."

춘보는 심판관을 노려보았다.

"난 네 죄를 낱낱이 다 알고 있느니라. 넌 호화 아파트를 지어서 시세보다도 몇십 배 부풀려 분양 폭리를 취했지? 윗사람들에게 뇌물을 바치면서 불법 건물을 지었지? 서민 아파트를 날림으로 지어 법정에까지 가면서 입주민들과 다퉜지? 네가 지은 죄를 더 대볼까? 사기죄, 모독죄, 공문서 위조죄… 지은 죄가 너무너무 많구나.

너는 교묘하고 야비한 수단과 방법으로 선량한 사람들에게 죄를 덮어씌우면서 정의로운 척 살았다. 네 죄는 모이고 모여서 살인죄보다도 더 큰 죄가 되었다. 지금도 너로 인해 고통받는 사람들이 많이 있다는 걸 진정 모르느냐? 그런 죄를 인정하지 않는 너야말로 인정도, 양심도, 눈물도 없는 쓰레기 같은 인간이로구나. 너는 천벌을 받아 마땅하구나."

심판관은 춘보가 지은 죄를 하나하나 열거하면서 호되게 꾸짖었다.

"심판관님. 심판관님은 세상 이치를 알고나 계십니까? 세상에는 저처럼 사는 사람이 너무나 많습니다. 그게 당연하기 때문입니다. 그렇게 살지 않으면 남에게 뒤처지고, 바보 취급 당합니다. 지금 세상은 죽기 살기로 돈 번 사람들이 보란 듯이 다 떵떵거리며 살고 있습니다. 그 사람들이 모두 죄인이란 말인가요?"

춘보는 억울하다며 항변했다.

"아주 작은 죄가 쌓이고 쌓이면 큰 죄가 된다는 사실을 넌 정녕 모른단 말이냐? 네 말대로 세상 사람들이 너 같은 죄를 짓고 양심을 내팽개치고 살아간다면 모두 다 지옥으로 가게 될 것이다."

심판관은 입에 거품을 물고 항변하는 춘보를 심하게 꾸짖으며 엄하게 최종 판결을 내렸다.

"석호는 천국으로 가고, 춘보는 지옥으로 가거라."

석호와 춘보는 깜짝 놀라며 서로를 쳐다보았다.

"심판관님, 혹시 판결을 잘못 내린 것 아닙니까?"

석호가 의아해서 심판관을 쳐다보았다.

"아주 지극히 정당한 판결이니라."

심판관은 단호하게 말했다.

춘보는 심판관에게 거칠게 대들었다.

"심판관님. 스스로 지옥으로 간다고 우기는 석호는 천국으로 보내고, 없는 죄를 뒤집어씌워 저를 지옥으로 보내는 그 심보는 뭔가요? 도대체 말도 안 되는 판결입니다."

심판관은 춘보를 가련하게 내려다보면서 말했다.

"양심도 없는 불쌍한 인간아? 양심은 사물의 가치를 변별하고, 자기의 행위에 대하여 옳고 그름과 선과 악의 판단을 내리는 도덕적 의식을 말하느니라. 사람은 누구나 이렇게 살려고 노력해야 한다. 이것은 선량한 뉘우침과 양심과도 일맥상통하느니라. 돈에 눈이 멀어 사회질서를 흔들고, 후회와 부끄럼을 탐욕으로 지워버린 버러지보다 못한 죄인아? 너에게는 지옥도 과하느니라."

심판관은 석호와 춘보를 번갈아 보면서 최종 판결을 확정했다.

"석호, 너는 천국에 가서 늘 기쁨과 즐거움 속에서 행복하게 살거라. 춘보, 너는 지옥에 가서 뜨거운 불구덩이 속에서 영원히 지은 죄를 뉘우치며 양심으로 살거라."

천국 꽃마차를 탄 석호는 춘보가 불쌍하기만 했다. 그렇지만 석호는 어찌할 수가 없었다.

석호는 꽃마차를 타고 천국으로 가면서, 굵은 쇠사슬에 온몸이 칭칭 묶여 지옥으로 질질 끌려가는 춘보를 애처로운 눈물로 바라보았다.

이러시면 아니 되옵니다

임금님은 그야말로 인자하고 어질었다.

임금님은 궁궐에 있기보다는 틈만 나면 백성들의 삶을 보듬고 보살폈다. 백성들이 밭을 매고 있으면 호미를 들고 같이 땀을 흘렸다.

"이러시면 아니 되옵니다. 비단옷이 더러워지십니다."

"이러시면 아니 되옵니다. 옥체에 손상이 가십니다."

임금님은 신하들과 백성들이 너무 황송해서 극구 말려도 듣지 않았다.

"임금이 백성들의 힘듦을 외면하면 되겠소. 백성들이 힘들면 임금도 힘들어야 그게 나라를 다스리는 도리라오."

백성들이 들에서 새참을 먹고 있는 모습을 보면 임금님은 행차를 멈추고, 거기에 끼어들어 고추장에 보리밥을 썩썩 비벼 같이 웃음으로 나누어 먹었다.

"이러시면 아니 되옵니다."

"정녕 이러시면 아니 되옵니다. 이런 것은 백성들이 먹는 천한 음식입니다."

백성들이 극구 말리면 임금님은 벌컥 화를 냈다.

"아니, 그게 무슨 소리요? 당치도 않은 소리 하지도 마시오. 임금과 백성이 먹는 음식이 다르다는 말이오? 그런 법이 도대체 어디 있단 말이오? 이 나라는 임금과 신하와 백성들이 차별받는 생활을 해서는 절대 안 되오."

임금님은 신하들이 그저 황송하기만 해서 어쩔 줄 몰라 하는 걱정을 단호히 뿌리쳤다. 그러고는 너무나 좋아하는 백성들과 기쁨과 즐거움을 나눴다.

임금님이 어느 고을을 행차하다가 아무렇게나 불만을 씹어내는 천민들을 보게 되었다.

"임금이 백성들을 잘 보살핀다고 소문이 났는데, 왜 우리들은 외면하지?"

"임금이라고 별수 있겠어? 천한 것들은 별 볼 일 없다고 깡그리 무시하는 거지."

"그러는 임금은 우리들에게는 필요 없어."

귀를 열고 듣고 있던 임금님이 천민들에게 다가가려 하자 신하들이 극구 말렸다.

"이러시면 아니 되옵니다. 큰일 납니다. 저자들은 천한 백성들입니다. 무슨 봉변을 당하실지 모릅니다. 못 본 척하셔야 됩니다."

임금님은 의아했다.

"천한 백성이라니? 무엇이 천하다는 말이오?"

"저들은 아주 저질인 대접 못 받는 백정들입니다."

신하들의 그 말에 임금님은 역정을 냈다.

"백정은 이 나라 백성들이 아니란 말이오? 나는 아직도 직업으로 귀천을 따지는 그대들이 못마땅하오. 통탄할 일이 아닐 수 없소이다."

임금님은 고개를 들지 못하는 신하들과 장수들을 꾸짖었다. 그러고는 천민들에게 다가갔다.

"댁은 뉘시오?"

천민들 말투도 험상궂었다.

"내가 그대들이 욕하는 바로 그 임금이오. 임금 욕을 하는 걸 보니까 내가 잘못한 일이 너무 많은가 보구려. 내 잘못이 무언지 어디 들어나 봅시다."

천민들은 너무나 깜짝 놀라 부들부들 떨면서 무조건 납작 엎드려 빌었다.

"대왕이시여, 천한 백성 저희들이 배운 게 없어서 막말을 쏟아내는 무례를 범했습니다. 저희들을 엄하게 벌하여 주시옵소서."

천민들은 무조건 용서를 빌었다.

"아니오. 일어들 나시오."

임금님이 손을 내밀자 천민들은 질겁을 했다.

"이러시면 아니 되옵니다. 절대 아니 되옵니다. 저희들에게 큰 벌을 내려 주시옵소서."

임금님은 벌벌 떨고 있는 천민들을 일으켰다.

"그대들도 나와 똑같은 이 나라 백성이오. 어려워하지들 말고, 내가 잘못한 일이 무언지 솔직히 이야기해 보시오."

천민들은 어려움과 고통을 나누려 하는 임금님에게 억울함을 통

곡으로 고했다.

임금님은 괴로운 표정으로 부드럽게 천민들을 다독였다.

"내가 그동안 그대들의 아픔을 너무 몰랐구려. 미안하오. 이제 염려들 하지 마시오."

임금님은 천민들에게 용서를 구했다.

"대왕이시여. 천한 백성 저희들은 몸 둘 바를 모르겠습니다. 만수무강하시옵소서."

천민들은 너무 감격한 울음을 쏟았다.

임금님은 이렇게 언제나 변함없이 백성들과 고락을 함께했다. 백성들은 무조건 그런 임금님을 믿고 따랐다.

백성들은 아무리 고되고 힘든 일도 임금님을 생각하며 값진 땀을 흘리며 일했다. 고통이 찾아와도 참았다. 슬픔이 앞을 가려도 이겨냈다. 그야말로 백성들은 임금님이 팥으로 메주를 쑤라고 해도 아무 불평 없이 따르게 되었다. 백성들은 정말 임금님을 하늘처럼 떠받들었다.

그런데 평화스럽고 살기 좋은 나라에 큰일이 생기고야 말았다. 큰 가뭄이 든 것이었다.

한 달이 지나도 비가 한 방울도 내리지 않았다. 우람하게 자라던 나무들이 시들어 죽어갔다. 풀숲이 말라비틀어졌다. 냇물도 바닥을 드러냈다. 푸르고 기름지던 들이 쩍쩍 갈라지고, 싱싱하게 자라던 곡식들은 누렇게 변해갔다.

백성들의 인심도 쩍쩍 갈라졌다. 마음도 쩍쩍 갈라졌다.

사이좋던 이웃들이 서로 눈살을 찌푸렸다.

백성들은 웃음과 즐거움을 잃었다.

"큰일이네, 큰일이야."

"하느님도 무심하시지."

백성들은 하늘을 쳐다보며 원망과 한숨을 내뱉었다.

가뭄이 들고부터 백성들은 풀뿌리를 캐 먹었다. 굶기가 일쑤였다. 굶어 죽어가는 백성이 생겼다. 그렇지만 웬일인지 백성들과 날마다 같이 생각하고 같이 생활하던 임금님의 모습이 보이지 않았다.

"임금님은 우리가 이러고 있는데 궁궐에서 무얼 하고 있지? 요즈음에는 통 보이지도 않으니."

"임금님이야 무슨 걱정이 있으려고……. 편안하게 살고있겠지."

"우리의 이런 고통을 알기나 하겠어?"

"원앙금침 덮고서 편히 발 뻗고 자겠지."

가뭄에 대한 백성들의 아픔과 고통은 임금님에 대한 원망으로 쌓여갔다. 급기야 백성들의 원망은 격한 분노로 변했다. 백성들은 대궐로 몰려갔다.

"우리들의 아픔을 모르는 임금님은 나오시오."

"임금님은 그동안 우리를 농락했소."

"고통을 함께 나누지 않는 임금은 임금이 아니오."

임금님 대신 신하들이 근심스러운 얼굴로 나왔다.

"임금님은 여기에 계시지 않습니다. 소식이 끊긴 지 보름이 됩니다. 지금 전국을 샅샅이 뒤지고 있는 중입니다."

"거짓말 마시오. 임금님이 궁궐에 없다니? 그럼 어디 있단 말이오? 우리가 속을 줄 아시오."

"우리들이 왜 거짓말을 하겠소. 믿어주시오. 아마 머지않아 소식이 있을 것입니다."

백성들은 신하들의 말을 믿지 않았다.

백성들은 가로막는 신하들을 밀치고 궁궐로 몰려 들어갔다. 그때 군사들이 헐레벌떡 달려와서 신하들에게 고했다.

"드디어 임금님을 찾았습니다."

"임금님을 찾았다고? 그래, 지금 임금님은 어디에 계시는가?"

"임금님께서는 까막산 중턱 동굴에 계십니다."

"뭐라고? 거기서 뭘 하고 계신단 말이냐?"

"매일 풀뿌리를 드시면서 비를 빨리 내려달라고 빌고 또 빌고 계십니다."

신하들과 백성들은 임금님을 찾아 나섰다.

병사들이 일러 준 험하기 이를 데 없는 까막산을 신하들과 백성들이 헉헉대며 올랐다.

신하들과 백성들은 뿌옇게 흐린 하늘을 원망했다.

땀을 쏟으면서 까막산 중턱에 오른 신하들과 백성들은 움막 속에 있는 임금님의 모습을 보고는 그만 기겁을 하고 말았다.

자세히 보지 않고는 임금님이라 단정 짓지 못할 정도로 남루하고 초췌했다. 위엄을 풍기며 위풍당당하던 임금님이 아니었다.

"대왕이시여, 대왕이시여. 이러시면 아니 되옵니다. 이러시면 아니 되옵니다. 저희들의 죄를 용서치 말아 주시오소서. 대왕이시여, 저희들에게 천벌을 내려 주시오소서."

신하들과 백성들은 모두 엎드려 눈물을 쏟으며 용서를 구하고 또 구했다.

"아니오. 그대들에게 잘못이 없소. 수양과 덕이 부족한 못난 나 때문에 비가 오지 않고 있다오. 나는 가뭄으로 신음하고 있는 백성들의 눈물을 그냥 볼 수 없소. 백성들의 눈물과 고통이 나의 눈물과 고통이 아니겠소? 나는 비를 내려달라고 애원하고 있는 백성들을 생각하면 죽을 것만 같소. 그동안 내 잘못이 참으로 많은가 보오. 비가 오지 않는 하늘이 원망스럽기만 하오. 어서 내려들 가시오. 나는 여기서 비가 내릴 때까지 빌고 있겠소."

임금님은 다시 하늘을 쳐다보면서 간절히 비를 내려달라고 빌기 시작했다.

"대왕이시여, 대왕이시여. 이러시면 아니 되옵니다. 이러시다가 큰 화를 입으십니다. 옥체를 보존하셔야 되옵니다. 이러시면 절대 아니 되옵니다."

신하들과 백성들은 임금님의 다짐을 제지할 방법이 없어 눈물로 아뢸 뿐이었다.

바로 그때였다.

먹구름이 하늘을 덮기 시작하더니 번개가 번쩍였다. 천둥이 고함을 질러댔다. 후드득후드득 빗방울이 떨어졌다. 이내 소나기가 퍼붓기 시작했다. 그렇게 애타게 기다렸던 비가 마구 쏟아져 내렸다.

"비다! 드디어 비가 온다!"

임금님, 신하들, 백성들은 모두 한 덩어리가 되어 비를 맞으며 덩실덩실 춤을 추었다. 기쁨과 감동의 만세를 부르고, 소리를 질렀다.

"대왕께서 비를 내리게 하셨다."

"전지전능하신 대왕이시여, 대왕이시여. 천수 만수까지 누리시옵소서, 천수 만수까지 누리시옵소서!"

참 좋은 세상이야

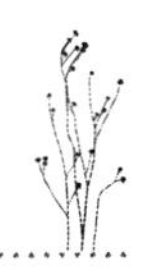

엄마 아빠 사랑해요.

새로 배운 글자를 땅바닥에 스무 번도 더 썼는데 왜 엄마는 안 오지? 스무 번만 쓰면 온다고 꼭 약속을 했는데.

심심하고 좀이 쑤셨다.

치이, 엄마는 약속을 안 지킨다니까. 엄마 몰래 시장 구경해 볼까? 아냐, 혼자 밖에 나가면 큰일 난다고 했어. 그렇지만 엄마 모르게 나가고 싶네.

갑자기 밖에 나가고 싶은 충동이 일어났다. 망설이고 망설이다가 조심스럽게 대문을 열었다.

골목 햇살이 와락 달려들어 얼굴을 쓰다듬었다.

아유, 눈부셔. 눈을 못 뜨겠네. 하늘이 유리알처럼 파랗네. 하얀 뭉게구름 좀 봐? 착한 사자처럼 생겼구나.

밖을 나서서 하늘을 쳐다보았다.

옆집 할아버지가 키 큰 빗자루로 속살대는 햇살을 쓸고 계셨다.

조금 멀리서 왁자지껄 떠드는 소리가 달려왔다.

오늘이 장날이라 그랬지?

천천히 골목을 나섰다.

실바람이 자꾸만 옷 속을 간지럽게 파고들었다.

아이고, 솔이 혼자 나왔네. 어디 가니?

골목 어귀 정육점 아주머니가 고기를 썰면서 빠꼼이 미소로 반겼다.

솔이 엄마 아까 장에 가시던데. 엄마 기다리다가 나왔구나. 집에 가서 기다려야지. 더 나가면 위험하단다. 사람들이 아주 많아.

정육점 아주머니도 엄마처럼 밝은 웃음 속에 걱정이 묻어 있었다.

알았어요. 멀리 안 가요.

실바람은 이제 목덜미를 간지럽혔다.

혼자서 밖에 나가면 절대 안 돼, 알았지?

왜?

밖에는 나쁜 사람들이 아주아주 많거든. 예쁜 너를 보면 나쁜 사람들이 잡아간단 말이야. 그러니까 절대로 혼자 밖에 나가면 안 돼, 무서운 세상이니까. 알았지?

웃으면서도 억압하는 엄마 말에 고개를 끄덕였었다.

가슴에 못 박힌 엄마 목소리가 앵앵앵 사이렌이 되어 귀를 울렸다.

엄마, 미안해. 장 구경 금방하고 들어갈 거야.

빈 공터에 사람들이 삥 둘러서서 무얼 구경하고 있었다.

생각에 맥 놓고 가다가 돌부리에 걸려 넘어졌다.

아유, 아파.

왼쪽 발가락을 살살 만지며 상을 찡그리고 있는데 생전 처음 보는 아저씨가 다가왔다.

예쁜 공주님이네. 넘어져서 발이 많이 아픈가 보구나. 어디 살펴보자.

아저씨는 발가락을 주물러주셨다. 금방 아픔이 달아나 버렸다. 옷도 살살 털어주셨다.

공주님, 어떠신지? 이젠 안 아프지요?

아저씨에게 배시시 웃음으로 말했다.

난 공주님이 아닌데…….

아저씨가 공주님이라고 그러면 공주님이야. 이제 발가락이 안 아프지요? 걸을 때는 항상 앞을 봐야 해요.

조용조용 타이르는 아저씨에게 고맙다는 웃음을 얹어드렸다.

공주님, 항상 조심하세요.

아저씨는 눈인사를 건네고, 뚜벅뚜벅 걸어가셨다.

금방 기분이 좋아졌다.

많은 사람들이 빙 둘러선 공터로 갔다.

뭘 하고 있지?

어른들 틈을 비집고 들어섰다. 젊은 사람이 불덩이를 먹고 푸우 푸우 토해내고 있었다. 너무 놀라서 눈을 왕방울처럼 크게 떴다.

히야, 입에서 불덩이가 나오네. 입안이 뜨거울 텐데.

너무 신기해서 뚫어지게 바라다보았다. 불덩이를 토해내던 젊은 사람이 들어갔다. 이내 얼굴에 온통 물감칠을 한 거지 차림의 어른이 나와 부산스럽게 쉰 목소리로 이리저리 돌아다녔다.

만병통치, 이 신약으로 말할 것 같으면 상처 난데 한 번만 쓰윽 바르면 오케이, 더 바를 필요도 없어. 고름이 나오는데도, 긁힌 자국에도 단 한 번으로 효과 봐. 그런데 아가야, 아가야는 구경할 게 못 돼요. 빨리 집에 가서 엄마 젖이나 더 먹어요.

거지 차림의 어른이 살짝 내 등을 떠밀었다.

치이, 난 이제 엄마 젖 안 먹는다고요. 조금만 보다 갈 거예요.

양 볼에 연지 곤지를 찍은 남자가 나와서 곤봉 재주를 부렸다. 곤봉 세 개가 두 손에서 떨어지지 않고 빙글빙글 돌면서 춤을 추고 있었다. 박수 소리가 곤봉을 더 빠르게 돌렸다.

잘도 하네. 저런 기술을 어떻게 배웠지? 힘들었을 거야.

곤봉이 땅에 떨어질까 조마조마했다.

아가야, 아직 안 갔네. 빨리 가세요. 엄마가 기다리네요. 자, 막대사탕 하나 줄게. 먹으면서 어서 가세요.

거지 차림의 어른이 또 와서 가라고 재촉했다.

막대사탕을 빨면서 북적대는 곳을 기웃거렸다. 옷가게, 생선가게, 과자가게, 신발가게, 빵가게……. 가게들이 참으로 많았다.

사람들도 볼 게 많은지 가게를 기웃기웃 들락거렸다. 검은 비닐봉지를 든 사람들도 꽤 있었다.

많은 사람들이 다 어디서 왔을까?

사람들의 옷차림이 화사했다. 웃고, 서로 툭툭 건드리고, 수다 떨고, 소리 지르고, 사람들의 표정을 보는 것도 재미가 있었다.

장마당이 살아 움직였다.

구수한 냄새가 솔솔 콧구멍을 쑤셔댔다. 뻥튀기 할아버지가 귀를 막으라고 했다. 귀를 막고 생선가게 생선들의 멍청한 눈을 보고 있는데 뻥튀기 기계가 흰 거품으로 펑! 소리 질렀다. 깜짝 놀라 얼른 그 자리를 떴다.

손에 있던 막대사탕이 어디로 갔지? 없어져 버렸다.

하늘을 오르려고 서로 기를 쓰는 예쁜 풍선 다발들이 가로막았다. 풍선들이 저마다 예쁘다고 자랑을 했다. 갖고 싶었지만 돈이 없었다.

풍선들을 건드리면서 멍하니 쳐다보았다.

아가씨, 예쁘게도 생겼네. 으응, 갖고 싶지만 돈이 없다고……. 공짜로 한 개 선물하마.

풍선 파는 아저씨가 오른 손목에다 내 머리보다도 더 큰 빨간 풍선 하나를 매어 주셨다.

내가 아가씨래, 아긴데. 그런데 빨간 풍선이 갖고 싶은 걸 어떻게 알았을까? 어른들은 점쟁이인가 봐.

아저씨에게 꾸벅 인사를 했다. 아저씨가 가볍게 머리를 쓰다듬어 주셨다.

손목에 매어진 빨간 풍선이 자꾸 푸른 하늘로 올라가려고 기를 썼다.

하늘을 쳐다봤다. 착한 사자 뭉게구름이 그대로 있었다. 만지면 솜이불처럼 폭신거릴 것 같았다. 뭉게구름을 타고 싶었다.

그럼 착한 선녀가 되는 거지?

선녀가 되고 싶었다.

시장에는 볼 것이 너무 많아 다리가 아프지도 않았다. 과자가게 아주머니가 사탕 한 봉지를 손에 쥐여 주셨다.

머리에 수건을 질끈 동여맨 엿장수 아저씨의 신나는 가위질 소리와 쉰 목소리가 장마당을 흔들었다.

떨거덕 떨그덕, 떨그럭 떨가락…….

가위질 소리가 장단을 맞추며 사람들을 모았다.

엿판에는 밀가루를 하얗게 뒤집어쓴 깨엿이 사이좋게 나란히 누워 있었다.

자아, 울릉도 호박엿이오. 둘이 먹다가 하나가 죽어도 모르는 울릉도 호박엿. 맛보면 잠 못 자고, 맛 안 보면 먹고 싶어 안달하는 울릉도 호박엿이오.

모여 있는 아이들의 마음이 밀가루로 분칠한 엿판 엿가락에 눌어붙어 떨어지지 않았다. 엿장수 아저씨가 가위로 호박엿을 툭툭 잘라 침 삼키는 아이들의 입에 하나씩 넣어 주셨다. 내 입에도 한 개 넣어 주셨다. 달콤한 엿물이 목구멍으로 꼴깍꼴깍 넘어갔다. 흘러내리는 엿물을 혓바닥으로 쓸었다.

사람들이 점점 많아졌다.

남자아이가 자기 엄마 손을 꼭 잡고 걸어가는 것을 보았다. 그 아이가 돌부리에 걸려 넘어졌다. 울음을 터뜨렸다.

괜찮아, 울지 마.

엄마가 아이를 일으켜 세우며 눈물을 닦아주셨다.

그걸 보니 갑자기 엄마가 보고 싶어졌다. 사방을 둘러보았다. 낯선 사람들이 오갈 뿐 엄마는 없었다. 도무지 어디가 어딘지 알 수가 없었다. 어지럽기만 했다.

큰일 났네, 집에 가야 되는데, 어쩐다지? 엄마가 왔으면 어떡하지, 내가 없는 걸 보면 놀랄 텐데.

사방을 휘 둘러보았다. 왔다 갔다 하는 사람들이 어지럽다. 모든 게 낯이 설어 눈앞이 캄캄해졌다.

밖에 나가면 절대로 안 돼. 무서운 사람들이 너를 붙잡아 가. 내 말 알았지? 혼자 밖에 나가면 큰일 나.

엄마의 목소리가 가슴을 박박 긁어댔다.

눈물이 나오는 걸 억지로 참고 참았다. 그래도 정신은 맑고 말짱했다.

엄마아.

속으로 엄마를 부르면서 생선가게 옆에 쪼그려 앉았다.

사람들 떠드는 소리가 머리를 아프게 했다. 왔다 갔다 하는 사람들의 발소리에 귀를 막았다. 자꾸만 어지러웠다.

이러다가 집에 못 가면 어쩌지?

빵가게 아주머니의 구수한 목소리가 가까이 다가왔다.

아가가 왜 여기 앉아 있어? 엄마는 어디 가고? 엄마 기다리고 있니?

도리질을 했다.

그럼 왜 여기 앉아 있지? 집이 어디야?

눈물이 찔끔거렸다. 아주머니를 눈물 고인 눈으로 그렁그렁 쳐다보았다. 아주머니가 휴지로 눈물을 닦아 주셨다.

길을 잃은 게로구나. 그렇지? 그래, 집이 어디지? 아, 잘 모르지. 똑똑하니까 집 전화번호는 알고 있겠지?

아주머니의 따뜻한 말에 눈물이 자꾸 나왔다.

울지 마. 착하고 예쁜 아가는 안 우는 거야. 괜찮아, 괜찮아. 아줌마가 집 찾아 줄게. 집 전화번호 알고 있을까? 번호 대 봐.

아주머니에게 또박또박 전화번호를 알려 드렸다.

전화해 볼게.

아주머니는 웃으셨다. 엄마 목소리가 들리는 것 같았다. 얼마 동안 전화 통화를 하신 아주머니가 바꿔 주셨다.

착한 아가야, 엄마다. 받아 봐.

울음 섞인 엄마의 화난 목소리가 끈적끈적한 엿가락처럼 귀에 따갑게 찰싹 달라붙었다.

내가 뭐랬니? 밖에 나가면 큰일 난다고 그랬지? 거기 꼼짝 말고 있어. 엄마가 금방 갈게.

엄마를 안심시켰다.

엄마, 나 괜찮아.

괜찮기는 뭐가 괜찮아, 이것아. 난 아주 간이 콩알만 해졌어. 꼼짝 말고 아줌마 곁에 있어. 엄마가 금방 갈게.

엄마는 울면서도 다급했다.

이름이 솔이구나. 이름도 얼굴처럼 참 예쁘네. 우리 집 가게에 들어가 앉아서 기다리렴. 엄마가 금방 온다고 그랬으니까.

괜찮아요. 여기 그냥 있을게요.

빵가게 아주머니가 빵 몇 개를 봉지에 넣어 주셨다. 아주머니 마음이 봉지에서 뜨끈뜨끈했다.

고마운 사람들이 이렇게 많은데 엄마는 왜 자꾸만 세상이 무섭다고 그러지? 하늘도 파랗기만 해서 참 좋은 세상인데 말이야. 세상은 하나도 무섭지 않은데. 볼 것도 많고 재미도 있는데.

나는 과자가게 아주머니가 준 사탕 한 개를 까서 입에 넣었다. 단물이 입안에 고였다.

사탕을 깨물지 않고 혀로 살살 빨아 먹었다.

손목에서 실을 푼 빨간 풍선이 둥실둥실 하늘로 오르고 있었다.

야, 풍선 봐라.

사람들의 목소리가 풍선을 하늘로 올리고 있었다.

둥실둥실, 둥실둥실…….

참 좋은 세상이구나.

빨간 풍선이 신나게 둥실둥실 춤추며 하늘로 오르고 있었다.

들길

오후 땡볕이 논벌에 주저앉아 땀을 흘리며 짙푸르게 익어가고 있다.

잡초더미 속 들꽃들은 웃는 것도 귀찮은데, 논두렁을 기어가는 도랑물은 지치지도 않고 돌돌거린다. 논벌을 가로지른 들길은 녹작지근하게 축 늘어져 있다. 학교 오가는 아이들의 놀이터, 자귀나무 분홍 꽃그늘도 미동이 없다. 막 패기 시작한 벼 포기를 서걱서걱 뒤척이는 바람이 헤집어본다.

소년은 자귀나무 분홍 꽃그늘에 기대서 순이를 기다리고 있었다. 순이를 혼내줄 절호의 찬스가 왔기에 기다림이 지루하지 않았다.

소년은 이마에 흐르는 땀을 닦으며 중얼거렸다.

"순이야. 지난 봄 소풍에서 오빠를 바보, 멍청이라고 놀렸지? 오늘은 오빠가 너를 놀려 줄 거야. 아주 쬐끔만."

소년은 봄 소풍을 눈앞에 환히 펼치며 빙그레 웃었다.

즐거운 소풍 날, 점심시간이었다.

소년은 엄마와 순이네 식구와 싸 온 김밥을 맛있게 나누어 먹고 있었다.

"엄마? 나, 오빠와 둘이 저기 가서 먹어도 괜찮지?"

느닷없이 순이가 김밥을 먹으며 말을 꺼냈다. 순이 엄마가 소년의 엄마와 뭐라 소곤거리며 허락을 했다.

넓적한 바위에 앉아 김밥을 먹던 순이가 소년을 한참이나 쳐다보았다.

"오빠? 내 김밥 아주 맛있어. 오빠, 아 해봐."

소년은 순이의 말에 얼른 입을 벌렸다.

순이가 김밥 한 개를 소년의 입에 쏙 넣었다. 정말 맛있었다.

"오빠 김밥 먹는 거 보니까, 난 배부르네."

순이가 어른스러운 말을 했다.

소년은 순이가 더 배부르라고 김밥을 꾸역꾸역 먹었다.

김밥을 다 먹고 일어서려 하는데 순이가 소리 질렀다.

"오빠, 오빠 등에 도마뱀 붙었어."

소년은 소스라쳐 몸을 비틀며 두 손으로 요동을 쳤다.

순이가 호들갑스레 웃음을 터트리며 놀렸다.

"오빠는 속았대요, 오빠는 바보래요. 오빠는 멍청이래요. 용용용약 올라 죽겠지롱."

소년은 피식 웃으며 바위에 털썩 주저앉았다.

순이가 그렇게 놀려도, 소년은 싫지 않았다. 왠지 기분이 좋기만 했다.

소년은 순이를 보면서 참 예쁘다는 말을 하려고 했다.

"순이야? 너…… 아냐, 아냐."

소년은 무척이나 쑥스러웠다.

"오빠, 뭔데 그래? 말해 봐."

"아냐, 아무것도."

"오빠, 비밀이야? 나만 알고 있을게 말해 봐. 빨리 말해 줘, 빨리, 응?"

순이가 턱을 쏙 내밀고, 가까이 다가앉으며 응석 웃음으로 보챘다.

"순이야, 이러지 마."

"내가 뭐, 어쨌는데? 오빠는 괜히 그래. 말해 봐. 얼른, 얼른."

소년은 한 발 치 떨어져 앉았다.

"오빠, 나 싫어? 싫으면 싫다고 말해. 오빠는 바보래요, 오빠는 멍청이래요."

토라진 마음으로 순이는 찬바람을 날리면서 뒤도 돌아보지 않고, 휭 자리를 떴다.

싸리울을 사이에 두고 서로 마주 보는 옆집 사는 순이에게 소년은 언제나 오빠이고, 놀림감이었다. 순이는 두 살이 어린데도 소년을 들었다 놨다 했다. 소년은 그래도 그게 아무렇지도 않았다.

소년은 그날, 봄 소풍에서도 바보 멍청이 놀림감이 되고 말았다.

소년은 들길의 끝에서 아지랑이에 아물거리는 순이를 보았다. 나비처럼 나풀나풀 걸어오고 있었다. 노래하는 흥얼거림도 통통거리며 걸어왔다.

소년은 점점 가까워지는 순이를 눈웃음으로 살피면서 자귀나무에 몸을 감췄다.

소년의 목덜미로 풀 메뚜기 한 마리가 기어올랐다. 따끔거리고, 간지러웠지만 참고 견뎠다.

향긋한 냄새가 소년의 코를 후볐다.

'이게 무슨 냄새지?'

소년은 살짝 고개를 돌렸다.

무더기 들국화를 휘어잡고 장난을 치던 실바람이 휙 지나갔다.

'들국화구나, 넌. 흠흠…… 아, 순이 냄새.'

소년은 킁킁거리며 들국화에서 순이를 보았다.

나의 살던 고향은 꽃피는 산골, 복숭아꽃 살구꽃 아기 진달래……. 순이의 고운 노래 '고향의 봄'이 점점 가까이 다가오고 있었다. 소년의 두근거림이 가슴을 쿵쾅쿵쾅 쥐어박았다. 나풀대는 순이 모습이 소년의 눈 속으로 와락 달려들었다. 소년은 순식간에 자귀나무에서 뛰어나가 소리 질렀다.

"으히히히, 귀신이닷!"

깜짝 놀란 순이가 두 손으로 얼굴을 감싸고, 자귀나무 그늘에 털썩 주저앉았다. 움직이지도 않았다. 소년은 더럭 겁이 났다. 싸늘한 냉기가 가슴을 긁어내렸다.

"순이야, 나야 나. 귀신 아냐. 오빠야 오빠."

소년은 엉거주춤 쭈그리고, 조심스레 말을 걸었다.

순이는 미동도 없었다. 숨도 쉬지 않는 것처럼 보였다.

"순이야, 오빠야, 오빠란 말이야."

소년은 더 가까이 다가가 조금 크게 말했다.

천천히 고개를 든 순이는 바보처럼 소년을 멍하니 쳐다보았다. 얼굴이 하얗게 굳어져 백지장 같았다.

"순이야, 미안해. 널 쬐끔만 놀라게 해 주려고 일부러 장난친 건데. 정말 잘못했어."

소년의 목소리가 가늘게 떨렸다.

순이가 갑자기 엉엉 울음을 쏟아놓기 시작했다. 더위에 지쳐 누워 있던 풀숲이 일어섰다. 들꽃들이 빳빳이 얼굴을 들었다. 바람이 휘익 휘이익 휘파람을 불면서 지나갔다.

순이의 울음은 그치지 않고, 들을 흔들었다.

소년은 어찌할 바를 모르고 허둥거렸다.

"순이 넌 공주야, 공주. 공주는 그렇게 엉엉 우는 게 아니야."

소년은 어떻게 해서 그런 말을 꺼냈는지 모른다. 소년은 그런 고급스러운 말이 자신의 입에서 튀어나왔다는 사실이 놀랍고 신기하기만 했다.

순이가 끄윽끄윽 울음을 그쳤다. 순이의 양 볼을 타고 눈물방울이 또르르 굴렀다.

'순이 눈물은 설탕처럼 달 거야.'

소년은 손가락으로 순이의 눈물을 찍어 맛보고 싶었다.

순이가 손등으로 눈물을 닦으며 뜬금없이 윽박질렀다.

"그러다 나 죽으면 어쩔 건데? 어쩔 건데? 오빤 슬퍼하지도 않을 거지? 그렇지?"

소년은 일순간 당황했다.

소년이 어찌할 바를 모르고 허둥대는 모습을 살피던 순이가 볼우물에 생그레 고이는 웃음으로 물었다.

"오빤 봤어, 공주가 우는 거? 공주는 어떻게 울어?"

소년은 대답이 궁해 망설이다가 언뜻 저녁놀에 붉게 타는 들을 보았다.

아이들의 놀림이 소년의 화를 돋우던 그날도 들은 저녁놀에 붉게 타고 있었다.

"알나리깔나리, 알나리깔나리. 누구누구는 신랑이고, 누구누구는 각시래요."

"누구누구는 뽀뽀했대요. 알나리깔나리, 알나리깔나리."

소년은 터덜터덜 하교를 하다가 자귀나무 그늘에서 합창으로 놀려대는 아이들과 마주쳤다.

소년이 노려보자 아이들은 억수 뒤로 가서 실실거렸다.

"누가 누가 그러는데 둘이 껴안았대요. 그리고 뭐도 했대요."

학교에서는 싸움 대장이고, 마을에서는 왕초인 억수가 소년을 보고 소리쳤다. 아이들의 웃음이 와그르르 들길에 쏟아졌다.

소년은 갑자기 분노가 부글부글 끓어올랐다. 소년은 가방을 집어 던지고, 다짜고짜 억수에게 덤벼들었다. 억수의 주먹 한 방에 소년은 나가떨어졌다. 소년은 일어나 또 덤벼들었다. 넘어지면 또

오뚝이로 일어났다. 소년은 어디서 그런 힘이 솟았는지 몰랐다. 소년은 억수에게 지지 않았다. 소년은 억수와 엉겨 붙어 뒹굴었다. 그러다가 힘이 빠졌다. 둘 다 코피가 터졌다. 소년은 식식대며 일어나 자귀나무 잎사귀로 코피를 닦았다. 억수도 코피를 닦았다.

"미안하다. 내가 잘못했어."

억수가 씨익 웃으며 먼저 손을 내밀었다. 소년도 억수의 손을 잡았다. 그러고는 흙바닥에 짓이겨진 억수의 옷을 툭툭 털어 주었다.

"우린 친구야, 그렇지? 앞으로 더 잘 지내자."

"그래."

소년은 후련해진 속마음에 아이들의 놀림을 있는 그대로 꾹꾹 눌러 담았다.

며칠 후, 소년은 학교 느티나무 교실에서 기다리고 있는 순이를 만났다.

"저번에 들길에서 오빠가 억수를 패대기쳤다며?"

순이의 웃음이 눈부셨다.

"아냐. 그냥 좀 다퉜어."

소년은 새털구름 깔린 유난히 파란 하늘을 쳐다보았다.

"난 이미 다 알고 있는걸 뭐. 오빠가 왜 억수를 두들겨 팼는지."

순이는 배시시 웃으며 종이에 싼 것을 소년에게 건넸다.

"오빠, 이거 선물."

"이게 뭔데?"

"초콜릿이야. 미국 갔다 온 외삼촌이 준 거야."

"너 먹어?"

"싫어. 오빠, 초콜릿 좋아하잖아? 맛있게 먹어."

순이는 초콜릿을 소년의 손에 쥐여 주고는 뛰어가다가 교실 모퉁이에서 홱 돌아섰다. 순이가 생긋 눈웃음을 던졌다. 소년은 가슴을 벌렁거리며 순이의 그 상큼한 웃음을 눈에 쓸어 담았다.

소년은 초콜릿을 먹기가 너무 아까웠다. 초콜릿을 다 먹어버리면 순이도 없어질 것만 같았다. 그래서 가방 속에 넣고 다니며 꺼내 보고 꺼내 봤다. 그런데 가방 속에서 초콜릿이 다 녹아 버리고 말았다.

소년은 초콜릿이 묻어 있는 껍데기를 핥았다.

'순이 네 마음도 이렇게 맛있고 달겠지?'

소년은 초콜릿 껍데기를 반듯하게 펴서 공책 갈피에 끼웠다. 소년은 책가방에 넣어두고는 아무도 모르게 자주 공책을 꺼내 초콜릿 껍데기를 웃음으로 만져보곤 했었다.

소년은 지난 그 일을 그려보면서 미소 지었다.

붉게 타는 저녁놀이 눈물 자국으로 얼룩진 순이의 얼굴에서 발그레 타고 있었다. 순이가 너무나 예뻤다.

소년은 순이를 빤히 쳐다보았다.

"왜 그렇게 봐? 내 얼굴에 뭐 묻었어?"

"아냐. 저 자귀나무 분홍 꽃 아직 지지도 않았네. 참 예쁘지?"

소년은 고개를 들어 딴소리를 했다.

순이는 소년의 말을 듣는 둥 마는 둥 다그치면서 재차 물었다.

“대답을 해줘야지. 공주가 어떻게 우는지?”

“그러니까, 공주는 말이야. 공주는 공주처럼 울어야 돼.”

뜸을 들이던 소년은 말도 안 되는 객쩍은 대답을 내뱉고는 싱겁게 웃었다. 소년을 쳐다보던 순이가 발딱 일어나서 속사포처럼 들길에 말 폭탄을 쏘아댔다.

“오빠는 심술보야, 꾸러기야, 멍청이야, 새침데기야. 오빠는 미워, 나빠.”

순이는 바람을 가르며 들길을 쏜살같이 내달렸다.

소년도 이내 순이의 뒤를 쫓으며 마음속에 곱게 익혀 개켜둔 비밀을 꺼내 들길에 깔았다.

“순이 넌, 내 색시야. 내 색시야.”

소년은 곱씹고, 또 곱씹었다.

순이의 달음박질은 바람처럼 빨랐다.

내달리는 순이, 댕기 머리를 잡아맨 빨간 리본이 나풀나풀했다.

소년은 순이 뒤를 쫓으며 부디 오늘만큼은 저녁놀 붉게 타는 이 들길이 끝이 없기를 바랐다.

나를 따르라

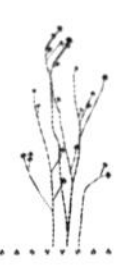

크고 작은 봉우리가 여덟 개인 팔봉산은 바위와 암벽이 많고, 능선이 험하여 조금은 산행이 힘들다고 합니다. 그렇지만 건강한 여러분들이 등산하기에는 가장 적당하다고 봅니다. 여러분들은 오늘 자신의 건강을 다시 한번 체크해 보면서 과별로 단합하는 좋은 기회가 되기를 바랍니다. 그동안 회사 근무로 쌓였던 스트레스도 툭툭 털어내기 바랍니다. 등산하시다가 힘에 부친다 싶으면 무리하지 말고, 하산하시기 바랍니다. 팔봉산 등산은 보통 3시간 반이 소요된다고 합니다. 지금이 정각 10시입니다. 오후 1시 30분에 주차장 옆 팔봉식당에서 만나기로 합시다. 그럼 지금부터 팔봉산 등산을 시작하겠습니다.

등산복에서 등산모까지 새빨갛게 멋으로 치장한 김 이사가 일장 훈시를 했다.

그럼, 우리 총무과부터 출발하겠습니다. 선발 대장님은 늘 우리들을 지혜와 용기로 이끌어 주시는 인생 지킴이 박상국 부장님이십니다. 모두 박수! 그럼, 우리 총무과 동지들이여, 출발 대기.

미스 송의 일사천리에 모두 와아 함성의 박수가 터졌다.

인생 지킴이? 그래, 그것도 좋구나. 그런데 미스 송, 오늘 보라고.

미스 송의 예상을 확 뒤집어 놓을 테니까.

박상국 부장은 속으로 뇌까리면서 두 손을 번쩍 들어 자신만만 외쳤다.

사랑하는 총무과 동지들이여, 이제부터 나를 따르라.

알겠습니다, 부장님.

팔봉산 등산은 그렇게 막이 올랐다.

멋대로 자란 참나무들이 휘휘 바람 소리를 떨어 내렸다. 산새들이 재잘재잘 날아다녔다. 풋풋한 풀냄새는 싱그럽게 풀풀 콧속을 파고들었다. 더위와 함께 몸에 찌들어 있던 스트레스가 슬그머니 도망을 가고 있었다.

부장님, 기분 어떠세요?

나이스지. 미스 송은?

저도 좋아요. 개인적인 얘기도 툭 터놓고 할 수 있어서 좋아요.

맞아. 이런 때 인간관계가 더 끈끈해지지.

부장님 늘 이렇게 건강하셔야 해요.

박상국 부장은 뒤따라오는 미스 송과 얘기를 나누면서 어제 화장실 앞에서 여직원들이 떠드는 장면을 떠올렸다.

내일, 내가 우리 부장님 건강을 체크해 드려야겠어.

어떻게?

내가 부장님 뒤꽁무니를 바짝 따르는 거야. 그럼, 부장님은 모르기는 해도 중간에서 녹초가 되실 거야.

그게 뭐가 건강 체크야, 골탕 먹이는 거지.

골탕이 아니야, 그게 올바른 건강 체크라니까.

그렇다고 해 둬. 50대가 30대 따르겠어? 내일 박상국 부장님 죽탕된 모습 볼만하겠네.

박상국 부장은 바짝 뒤를 쫓는 미스 송을 힐끗 돌아보며 코웃음으로 다졌다.

나 박상국, 아직 녹슬지 않았어. 미스 송, 어디 내 건강 체크해봐. 뭐, 내가 녹초가 될 거라고? 웃기지 말아, 내 체력 아직 고갈되지 않았어. 그러니까 부장 노릇도 잘하지. 미스 송, 유심히 관찰해보라고, 내 건강 실력을.

박상국 부장은 중얼거림을 다지며 보라는 듯 거뜬히 바위를 타고 올랐다. 비뚤비뚤 돌길도 반듯하게 걸었다. 가파른 철 계단도 거뜬히 올랐다. 짜릿한 전율이 몸에 착 감겼다.

박상국 부장은 천천히 여유롭게 걷고 싶었다. 그런데 뒤에서 다그치며 밀어붙이는 미스 송이 그걸 절대 용납하지 않았다.

좋다 이 말이야. 나, 아직 팔팔해.

박상국 부장은 연신 흐르는 땀을 수건으로 훔쳤다.

한참 만에 1봉 정상에 도착했다. 유유히 감아 도는 홍천강의 물줄기와 유원지 풍경이 응어리진 가슴을 시원스레 뻥 뚫어놓았다. 박상국 부장은 힘주며 외쳤다.

야호오, 얏호우!

미스 송도 합세했다.

맨 마지막에 올라온 김기석이 헉헉거렸다.

부장님, 산삼 드셨어요? 펄펄 나시네요.

젊은 사람이 왜 그래? 아직 등산 초입인데. 그렇게 약해 가지고, 험하고 힘든 세상 풍파 헤쳐나가겠어?

등산하는 거와 그거는 다르거든요.

이 사람아, 건강 인생이 그런 것도 좌우하는 거야. 운동 좀 해, 운동 좀.

박상국 부장은 땀을 훔치고 있는 직원들을 휘 둘러보면서 가슴을 펴고 환하게 웃었다. 미스 송이 말을 받았다.

부장님 말씀, 백번 옳아요. 경쟁 시대에서 건강을 빼놓으면 시체지요, 뭐. 우리 총무과 동지들이여, 인생 지킴이 젊은 우리 부장님 말씀, 새겨들으시라.

박상국 부장이 흐뭇하게 일어섰다.

자, 쉬었으니 출발해야지. 자, 모두들 나를 따르라.

박상국 부장은 가장 험하다는 2봉을 향해 힘차게 걸음을 내디뎠다. 크고 작은 바위가 걸음을 멈칫멈칫하게 만들었지만 암벽에 걸어놓은 밧줄을 잡고, 거뜬히 올랐다.

힘들어도 내색하지 말자. 미스 송에게 약점 보이면 안 돼.

박상국 부장은 이를 악물었다.

당신도 남들처럼 운동을 해야 돼요. 50대가 가장 위험하다고 다들 그러는데…….

내가 왜 운동을 안 하나?

등산도 하고, 조깅도 자주 해야 그게 운동이지요. 당신한테 우리 식구 네 사람이 매달려 있다는 사실을 잊으면 안 돼요.

박상국 부장은 아내가 늘 입버릇으로 내뱉는 말을 땀으로 씻어 냈다.

미스 송이 말을 걸었다.

부장님, 힘들지 않으세요?

아니, 거뜬해. 왜, 내가 힘들어 보여?

아니요? 그냥 여쭤봤어요. 부장님 뒤를 따르는 제가 버겁네요.

내 기분은 나이스야.

제2봉 정상에 올랐다.

박상국 부장이 바위에 올라 구름이 가로지른 산 아래를 내려다 보고 있을 때, 누군가 놀라는 목소리가 박상국 부장의 귓속을 파고들었다.

부장님? 부장님 발 옆에 뱀이 있어요.

뭐얏! 뱀, 뱀이? 아이고, 나 죽어. 박상국 부장이 비명을 지르며 미스 송을 붙잡았다. 그런데 그건 뱀이 아니고 죽은 나뭇가지였다.

우리 부장님, 뱀이 제일 무서우신 가봐.

직원들이 낄낄거렸다. 박상국 부장은 맥이 탁 풀려 바위에 털썩 주저앉았다.

그렇다. 박상국 부장은 뱀이 제일 무섭다.

그가 부모님을 도와 농사를 짓던 젊은 시절, 그 일을 당한 후에 뱀을 제일 무섭고 두려운 존재로 여기게 되었다.

그는 논일을 끝내고 나른해서 참나무 그늘에서 쉬다가 잠에 취해 곯아떨어졌었다. 그런데 얼마나 잤을까? 그는 가랑이가 서늘해서 눈을 뜨고는 기겁을 했다. 뱀이 베잠방이로 기어들어 와 머리는 왼 다리, 꼬리는 오른 다리 사이에 두고 있지 않은가? 그는 당황하지 않고 옆에 있는 나뭇가지로 뱀의 꼬리를 살살 건드렸다. 그러자 뱀은 스르르 베잠방이를 빠져나갔다. 뱀은 아무 일 없다는 듯 풀 속으로 유유히 사라졌다.

박상국 부장의 뱀 얘기는 믿거나 말거나 입에 오르내리는 지혜로운 삶의 무용담이 되었다.

누군가? 날 이렇게 구겨지게 만든 친구가?

아유, 부장님. 그게 아니고요? 다들 힘 드는데 부장님만 끄떡도 없으시니까, 그게 좀 약이 올라서 스트레스 풀었지 뭐예요.

미스 송의 재치에 박상국 부장은 막대기를 집어 던지려다 슬그머니 내려놓았다.

잠시 쉬었으니 이제 출발합시다.

박상국 부장은 6봉까지는 그런대로 올랐는데 7봉부터 차츰 다리가 무거워지기 시작했다. 그리고 뒤에서 따라오는 미스 송을 자꾸 의식했다.

미스 송은 지치지도 않는구나. 역시 젊음은 무기야. 나이는 속일 수 없구나. 아이고 다리야. 그렇지만 버텨야지.

박상국 부장은 좁은 바위틈을 그래도 비집고 통과했다. 바위와 바위 사이를 연결한 다리도 흔들흔들 건넜다. 갈수록 까다롭고 힘든 지형이 나타났다. 바위에 걸린 밧줄을 타고 오르내릴 때는 미스 송이 들을 정도로 헉헉거렸다.

부장님, 조심하세요.

박상국 부장은 괜히 앞선다고 허세를 부린 것이 후회스러웠다. 등산을 만만히 본 것도 후회막급이었다. 미스 송이 의식하지 못하게 자꾸 땀 젖은 한숨을 푹푹 토했다.

내 체력 버팀은 여기까지인가 봐. 체면이고 뭐고 못 참겠어. 쉬고 싶구나.

박상국 부장은 겨우겨우 헉헉거리며 7봉을 통과했다. 박상국 부장은 숨을 참으며 마지막 남은 8봉 경고 문구를 보고는 힘이 쭉 빠졌다.

가장 험하고 안전사고가 자주 일어나는 8봉은 등산 경험이 많지 않거나 체력이 약한 사람은 하산하는 게 좋습니다.

박상국 부장은 경고를 무조건 받아들이고 싶었다.

박상국 부장은 잠시 망설이며 머리를 굴렸다.

7봉까지 젖 먹던 힘을 다 짜내지 않았던가? 인생 지킴이가 이러면 안 되지. 녹초가 되면 안 돼. 아직 버틸 힘은 남아 있어.

미스 송이 마음을 안다는 듯 용기를 불어넣어 주었다.

부장님, 이제 마지막 8봉이에요. 이 오이 드시고, 힘내세요. 역시 부장님 체력은 저도 부럽네요. 총무과의 젊은 우리 오빠, 우리 부장님, 파이팅!

박상국 부장은 오이를 씹었다. 갈증이 풀리고, 힘이 생기는 것 같았다. 미스 송의 용기 부추김에 힘이 솟았다.

박상국 부장은 그리 높지 않은 마지막 봉우리를 쳐다보면서 몸을 비틀었다.

박상국 부장은 무질서하게 아무렇게 앉아 있는 바위틈 사이를 비집고 올랐다. 돌길을 걸었다. 그러나 점점 다리가 무거워졌다. 숨소리는 가파르게 올라갔다. 체력이 방전된 듯했다.

박상국 부장은 자신도 모르게 바위에 털버덕 주저앉고 말았다.

여러분들, 인증 샷 깜박 잊었습니다. 자, 빨리빨리 올라오세요. 죽여주는 경치 보면서 잠시 쉬다가 사진 한 방 찍겠습니다.

미스 송이 헉헉거리면서 뒤따라오는 직원들에게 소리를 질렀다.

내가 지친 것을 어찌 그렇게 간파했을꼬. 미스 송, 타이밍이 그만이네. 내 구세주야.

박상국 부장은 숨이 턱에 닿는 거친 숨소리를 그대로 내뱉으며 버팀의 한계에 도달했음을 직감했다.

경치 한번 죽여주네요. 다 같이 우리 젊은 오빠 주위로 앉으세요. 폼 잡으세요, 찍습니다, 하나 둘 셋.

사진을 찍고, 박상국 부장이 일어서서 출발을 하려는데 다리가 천근이었다. 후들후들 떨렸다. 대낮인데 눈앞에 별들이 보였다.

미스 송, 직원들 데리고 앞장서. 난 뒤에서 천천히 따라갈게. 나 이제 녹초가 됐어.

박상국 부장이 미스 송에게 사정하려고 했다. 그때, 미스 송이 직원들에게 말했다.

사랑하는 우리 총무과 동지 여러분! 저는 젊음이 넘치는 부장님을 뒤따르다가 이제 힘이 방전되고 말았습니다. 어리석게 그것도 모르면서 깡다구로 부장님을 뒤쫓기만 했습니다. 저는 이제 걷기도 힘이 듭니다. 몸은 천근만근입니다. 그러니까 이제부터 절 좀 봐주시는 셈 치고, 아주 천천히 아주 천천히 마지막 8봉을 오르겠습니다. 특히 젊은 우리 오빠, 힘내라, 힘내라 저 많이 응원해 주세요. 그럼 조금만 더 쉬면서 마지막 에너지를 충전합시다.

박상국 부장은 눈물이 날 지경으로 감동했다.

미스 송 최고야. 아무도 몰래 구겨지는 내 몰골을 바로잡아주는 그 마음 씀씀이, 정말 고마워. 지금껏 미스 송의 그런 센스와 순발력을 발견 못 한 난 못난 좀생이야. 미스 송은 우리 총무과 다이아몬드다.

박상국 부장은 미스 송을 넋 놓고 한참이나 바라보았다.

거기서 무려 20분은 족히 쉬었다.

부장님 이제 출발해도 되겠어요. 저, 힘이 불끈 솟아요.

박상국 부장은 미스 송의 미소에 벌떡 일어섰다.

까짓것 죽기 아니면 까무러치기다. 마지막 봉우리, 아무것도 아냐. 내 옆에 용기 심어주는 미스 송이 있는데, 두려울 게 어디 있어?

박상국 부장은 힘이 솟았다. 걸음이 가벼워졌다. 기분도 좋아졌다. 천근 같던 몸이 거뜬했다. 드디어 사방이 탁 트인 마지막 8봉에 올랐다.

박상국 부장은 먼저 미스 송의 밝은 미소를 보았다.

부장님, 팔봉산 정복한 느낌 어떠세요?

아주 좋아. 미스 송 배려와 인도 때문에 최고로 좋아요.

제가 체크한 부장님 체력 건강은 30대, 저는 50대.

아냐, 난 역시 50대 늙다리야. 미스 송이 없었으면 난 도중에서 하산했을 거야. 용기 주고, 부장 체면 세워줘서 고마워, 미스 송. 그래서 말인데, 오늘 등산 행사 마치고, 우리 총무과 동지들에게 거하게 한 방 날리고 싶은데. 어때, 미스 송?

부장님, 정말요? 야, 신난다!

미스 송이 즉시 총무과 직원들에게 전달했다.

기분 좋은 희소식을 전해 드립니다. 우리의 젊은 오빠 부장님께서 행사 끝내고, 팔봉산 등산 완주 기념으로 거하게 한 방 쏘신답니다.

총무과 직원들이 박수와 환호성을 울렸다. 박상국 부장은 너무 너무 신나고 기분이 좋아서 뱃가죽에 힘을 넣어 소리 질렀다.

야호오! 오늘 저녁도 나를 따르라. 나를 따르라, 야호오!

총무과 직원들도 신이 나서 일제히 소리 높여 내질렀다.

야아호오! 야호! 야호!

오늘도 영원한 젊은 오빠를 끝까지 따르라, 파이팅.

메아리가 봉우리를 맴돌아 퍼지고, 맴돌아 돌아왔다.

통촉하여 주시옵소서

'하루만이라도 임금이 되어 봤으면 원이 없겠다.'

가난에 찌들어 늘 배고픔으로 사는 게 너무 지긋지긋한 천한 백성 돌쇠의 소원이었다.

이것저것 반찬은 바라지도 않는다. 그저 삼시 세끼 거르지 않고, 시뻘건 고추장에 보리밥 썩썩 비벼 배터지게 먹고 싶다. 덤으로 부글부글 끓는 된장찌개가 있으면 성황당에 큰절을 백번이라도 하겠다. 더덕더덕 꿰맨 솜이불이라도 덮고, 겨울 찬바람을 피하고 싶다. 날마다 뼈 빠지게 일을 해도 쌀 한 됫박도 얻지 못하는 신세를 면하고 싶다.

돌쇠는 가난에서 벗어나고 싶은 마음 굴뚝같았다. 그러기에 돌쇠는 빌고 또 빌었다.

'아, 임금이 되고 싶어요. 단 하루만이라도 임금이 되어봤으면 원이 없겠어요.'

돌쇠는 하루에도 수십 번 임금이 되는 꿈을 꾸었다.

달 밝은 밤에는 손이 부르트도록 신령님께 빌었다.

"신령님, 신령님. 이 돌쇠의 간절한 소원을 들어주세요, 들어주세요. 꿈에라도 임금이 되게 해 주세요."

신령님은 돌쇠의 정성에 감명을 받았는지 모른다.

돌쇠는 하루아침에 임금의 자리에 앉게 되었다.

임금이 된 돌쇠는 우선 배고픔에서 헤어나고 싶었다. 맛있는 것을 배터지게 먹고 싶었다.

"이 세상에서 제일 맛있는 음식이 먹고 싶구나?"

그러자 자개 상다리가 부러질 정도로 차려진 수라상이 나왔다. 돌쇠는 나가 자빠질 뻔했다. 쩍 벌어진 입을 다물지 못했다.

반짝반짝 윤이 나는 놋그릇에 담긴 하얀 쌀밥에서 김이 모락모락 오르고 있었다. 미역국, 갈비, 생선, 산적, 구이 등 생전 보지도 못하던 음식과 반찬들이 눈을 혼란스럽게 만들었다.

돌쇠는 수라 상궁이 뭐라 권해도 이것저것 마구 집어 먹었다.

너무나 맛이 있었다. 시중드는 상궁들이 수군거리든 말든 상관하지 않고 먹어댔다. 배가 불러도 입이 당겼다.

후식에 울긋불긋 과일들이 나왔다. 돌쇠는 배가 불렀지만 꾸역꾸역 먹고 먹었다.

"흐흐흐…… 역시 이래서 임금이 좋다는 것이구나."

돌쇠는 너무 배터지게 먹어 식식거리며 트림을 해댔다. 움직이지도 못할 정도였다.

돌쇠는 밤이 깊어 잠자리에 들었다. 으리으리한 침실에서 모란꽃으로 수놓은 금색 비단이불을 덮었다. 너무나 푹신했다.

'아, 이게 꿈은 아니지?'

돌쇠는 자신의 살을 꼬집으면서 아늑하고 깊은 잠의 수렁으로 빠졌다. 고되고 힘든 일에 주눅이 들었던 돌쇠는 경치 좋은 곳에 가서 그냥 푹 쉬고 싶었다.

"며칠만 푹 쉬었다 왔으면 좋겠구나."

돌쇠가 위엄 있는 목소리로 중얼거리자마자 신하들이 부산스럽게 움직였다. 돌쇠는 신하들과 병사들의 호위를 받으며 산 좋고 물 좋은 곳에 가서 며칠을 즐겼다.

날마다 풍악에 춤추는 기녀들의 아름다움이 눈을 즐겁게 만들었다. 그곳에서 생산되는 음식이 배를 터지게 했다. 눕고 싶으면 마음대로 편안히 눕고, 걷고 싶으면 아무데고 마음대로 걸었다.

'임금님이 왜 좋은지 알겠다.'

돌쇠는 날마다 상다리가 부러지게 차려진 진수성찬을 가리지 않고 배터지게 먹었다. 밤이 되면 예쁜 시녀들이 뼈마디가 몽글몽글하게 주물렀다. 예쁜 왕비는 항상 곁에서 생글거렸다. 돌쇠는 매일매일 허공을 둥실둥실 떠다니는 기분이었다.

'임금이 참으로 좋기는 좋구나. 하루가 아니고, 영영 죽지 않고, 임금 노릇만 해야 되겠다.'

돌쇠는 임금으로 살다가 죽겠다고 마음을 고쳐먹었다.

돌쇠는 너무 즐겁고, 기쁘고, 행복했다. 이 세상에 이런 행복을 임금이 아니면 누릴 수 없다는 생각을 했다.

그렇게 며칠이 후딱 지나갔다. 그런데 돌쇠 앞에 차츰 골치 아픈 일들이 생기기 시작했다.

시도 때도 없이 신하들이 머리를 조아리며 아뢰었다.

"전하, 통촉하여 주시옵소서. 비가 한 방울도 내리지 않아 논바닥이 갈라지고 있습니다."

"그걸 내가 어쩌란 말이냐?"

"통촉하여 주시옵소서."

신하들은 무조건 엎드려 읊어댔다.

"도대체 어떻게 마음대로 비를 내리게 할 수 있겠는가? 내가 신령도 아닌데."

돌쇠는 황당하여 어찌할 바를 몰랐다.

"전하, 무능한 소신들을 벌하여 주소서."

신하들은 돌쇠의 대답을 질질 물고 늘어졌다.

"전하, 북쪽 오랑캐들의 움직임이 심상치 않습니다. 어떤 대책을 세워야 하는지 통촉하여 주시옵소서."

"전하, 지방에서 굶주린 백성들의 원성이 높다고 하옵니다. 해결 방도를 하명하여 주소서."

돌쇠는 신하들의 요구에 머리가 빙빙 돌 지경이었다.

상선과 도승지의 귀띔으로 일을 처리하기는 하지만, 반복되는 시달림에 화가 치밀어 오르고는 했다.

신하들은 저희들끼리 마음이 맞지 않아 툭하면 싸움질도 해댔다. 또 자기의 의견이 옳다며 옥석을 가려달라고 매달렸다.

"내가 그런 일을 어찌 다 해결해 줄 수 있단 말이냐?"

돌쇠가 신하들에게 짜증을 낼수록 신하들의 무리한 요구도 더

했다.

"전하, 통촉하여 주시옵소서."

돌쇠는 차츰 퉁명스럽게 내뱉었다.

"그런 것들은 각자가 알아서들 하거라."

"전하, 신들의 불충을 용서하시옵소서."

"신들을 죽여주시옵소서."

돌쇠는 미칠 지경이 되었다.

어디 그뿐인가?

도승지는 과거 시험이 닥쳐오는데 어떤 내용이 좋겠냐며 지필묵을 대령하기도 했다. 까막눈인 돌쇠가 어떻게 그런 고급 문제를 낼 수 있단 말인가?

매일같이 산더미처럼 쌓이는 상소문을 읽고 답을 하명하라고도 재촉을 해댔다. 신하들은 하나에서 열까지 돌쇠를 귀찮게만 만들었다. 돌쇠는 점점 울화와 짜증으로 가슴이 옥죄어 왔다. 차츰 옛날이 그리워지기 시작했다.

"여봐라. 게 아무도 없느냐? 벌건 고추장에 보리밥을 썩썩 비벼 먹고 싶구나."

"전하, 그런 건 천한 백성들이나 먹는 것이옵니다. 전하를 잘 모시지 못한 불충, 신들을 죽여주시옵소서."

"신들을 죽여주시옵소서."

돌쇠는 아무거나 마음대로 먹을 수도 없었다. 마음 놓고 오줌도 눌 수도 없었다. 잠깐이라도 혼자 있는 시간이 허락되지도 않았다.

혼자 마음대로 걷고 싶어도 신하들과 시녀들이 줄줄 따라다녔다. 도대체 자유라고는 눈곱만치도 없었다. 자고 싶으면 아무 곳에서나 다리 쭉 펴고 드러누워 드르렁드르렁 코를 골고, 밥이 먹고 싶으면 보리알갱이가 목구멍을 긁어도 마음대로 먹던 그 가난뱅이 시절이 그리워서 견딜 수가 없었다.

돌쇠는 차츰 임금 자리를 팽개치고 싶었다.

"난 임금이 싫다. 임금이 싫어."

돌쇠는 소리를 지르며 곤룡포를 벗어 던졌다. 신하들이 깜짝 놀라 황급히 달려와서는 발버둥 치는 돌쇠를 제압하고 강제로 곤룡포를 입혔다. 그러고는 엎드려 수십 번 아뢰었다.

"전하, 전하를 잘못 모신 신들의 죄 죽어도 마땅하옵니다. 전하, 신들을 죽여주시옵소서."

돌쇠는 이제 신하들의 말에 소름이 돋았다.

"죽여 달라는 그 말도, 통촉, 통촉하는 그 말도 이제는 듣기도 싫다. 그 소리가 귀에 못이 박혔다."

"전하, 신들을 죽여주시옵소서."

"통촉하여 주시옵소서."

여기저기서 통촉하여 달라는 소리가 합창이 되어 돌쇠를 소름 돋게 만들었다.

"임금인 내가 임금 노릇을 그만두겠다는데 왜 소란을 떠는 것이냐?"

돌쇠는 대궐이 떠나가라 고래고래 소리를 질렀다. 머리가 빙빙 돌 지경이었다. 그러던 어느 날 돌쇠는 곤룡포를 벗어 던지고는 대청 밖으로 내달렸다.

"전하, 고정하시옵소서. 그러시면 아니 되옵니다."

"전하, 신들의 불충을 벌하여 주소서."

신하들과 시녀들의 울음 섞인 목소리가 합창이 되어 황급히 뒤따라왔다.

"아이고, 이러다가는 내가 미쳐 버리겠다."

돌쇠는 뒤쫓아오는 신하들과 시녀들을 피해 외진 곳에 숨었다. 그곳은 하인들이 사용하는 뒷간이었다.

구린내가 코를 들쑤셨다.

신하들과 시녀들의 발소리가 어지럽게 돌아다녔다.

얼마 후, 뒷간 문이 와락 열리며 신하들의 얼굴과 합창 소리가 돌쇠 몸을 휘감았다.

"전하, 신들의 불충을 통촉하여 주시옵소서."

"통촉하여 주시옵소서."

"아이고, 아이고! 그놈의 통촉, 통촉 소리, 지긋지긋하구나. 이제 난 죽는다."

돌쇠는 몸부림으로 소리 지르며 똥통으로 빠져버렸다.

돌쇠는 똥물에 허우적거렸다.

"푸푸, 나 죽어, 아이고, 똥 냄새, 똥 냄새."

돌쇠는 몸부림치면서 허우적거렸다.

"이보게, 돌쇠. 돌쇠. 왜 그래?"

돌쇠가 확 눈을 떴다.

검게 그을린 친구 천수의 얼굴이 보였다.

벼 이삭 패는 논벌, 파란 하늘과 흰 구름, 그리고 푸른 산이 달려 들었다.

"드르렁드르렁 코를 골더니 꿈을 꾸었군."

돌쇠는 눈을 비볐다.

돌쇠는 벌떡 일어나 소리를 질러대며 겅중겅중 뛰었다.

"아, 난 임금님이 싫어. 임금님이 하기 싫어. 드디어 자유를 찾았다, 자유를 찾았단 말이야. 만세, 만세."

국장님과 미니코

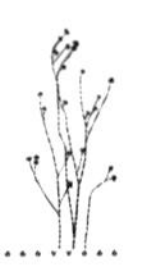

기초 생명과학의 지식을 바탕으로, 바이오의약품, 산업미생물, 생물자원 등을 개발하고, 생명현상을 탐구하기 위해 설립된 바이오생명공학 연구원은 그 규모가 꽤 크다.

바이오생명공학 연구원에는 회사원이나 학생을 대상으로 강의나 연수, 세미나 등 교육업무를 담당하고 있는 인재육성교육부가 있다. 이 부서에는 서로 친구 간인 국장임 연구사와 민익호 연구사가 함께 근무하고 있다.

국장임 연구사와 민익호 연구사는 우선 그 이름 때문에 유명세를 타고 있다. 또한 연수 강사로서도 학생들로부터 매우 인기가 높다.

나는 국장임 연구사와 민익호 연구사의 절친한 친구이기에 그 둘이 이름으로 인해 생긴 배꼽 빠지는 이야기를 마음에 간직하고 있다. 코미디 소재로도 수준이 높아 흥미를 끄는 이야기를 한두 가지만 소개한다.

국장임 연구사가 인재육성교육부에 발령을 받고 첫 출근날에 겪은 일은 조금 고급스럽다.

국장임 연구사가 처음 맡은 업무 내용을 꼼꼼하게 짚어가면서 확인하고 있을 때 전화벨이 울렸다.

"예, 인재육성교육부 국장임입니다."

"부국장님이요?"

"아니, 부국장님이 아니고요. 인재육성교육부에 근무하고 있는 국장임입니다."

"부국장님이 아니고, 국장님이라고요? 인재육성교육부에 국장 자리가 있나요? 실례지만 전화 받는 분 성함이 어떻게 되시는지요?"

상대방은 이상하다는 듯 자꾸 꼬치꼬치 캐물었다.

참, 이상한 사람 다 보겠네. 국장임 연구사는 대답을 안 할 수가 없었다.

"국장임입니다."

"여보세요? 국장이면 국장이지 국장님이라고 자신을 그렇게 높여 부르는 게 인재육성교육부의 전화 예절입니까? 직책이 아니라 이름이 뭐냔 말이에요?"

"이름이 국장임입니다."

"도대체 당신 누구요? 계속 날 놀리는 겁니까?"

"그게 아닙니다."

"아니긴 뭐가 아니에요?"

상대방은 화가 치미는 듯 중얼거리며 수화기를 탁 내려놓았다.

옆자리에서 듣고 있던 동료 연구사가 웃으면서 이름 때문에 일어난 일 같다고 귀띔해 주었다.

국장임 연구사는 이름이 주는 발음으로 생긴 에피소드가 많기에 그냥 무릎을 치며 웃었다.

다시 전화가 왔다.

"예, 인재육성교육부, 국, 장, 임, 연구사입니다."

국장임 연구사는 이름을 똑똑 띄었다.

"아, 그러십니까? 이번에 새로 오신 연구사님이시군요. 인재육성교육부 연구사님에게 강의 부탁하려고 전화 드렸습니다."

국장임 연구사는 아주 기분 좋게 대화를 나누면서 메모를 했다.

국장임 연구사는 이렇게 첫 근무일에 직제에도 없는 국장님이라는 별명을 얻게 되었다.

민익호 연구사의 근무 첫날, 농담 짙은 축하 인사는 조금은 저질스럽다.

전화벨이 울렸다. 민익호 연구사가 하던 일을 멈추고, 점잖은 목소리로 공손하게 전화를 받았다.

"예, 민익호 연구사입니다."

"야, 미니코? 축하한다. 나 들창코다. 이제 바이오 미니코 연구에 정신이 없겠구나. 하여튼 축하한다. 미니코, 미니코야."

친구의 걸걸한 농담 인사에 민익호 연구사는 그냥 껄껄 웃었다.

"지금 근무시간이야. 나, 지금 농담할 시간도 없이 바쁘다. 이만 끊는다."

"미안하다, 미니코야. 별명 부르는 건 그만큼 친하다는 뜻 아니냐? 그건 그렇고 말이야, 이번 주 토요일 모임 알고 있는 거지?"

"알고 있어."

"그럼 그날 만나자. 미니코를 연구하는 미니코 연구사님, 안녕."

동료 연구사들이 민익호 연구사를 따라 아주 기분 좋게 웃었다.

"누가 민익호 연구사님을 놀리는군요."

국장임 연구사와 민익호 연구사는 이렇게 인재육성교육부 입사 첫 날부터 이름이 주는 그 발음 때문에 주목의 대상이 되고 말았다.

국장임 연구사와 민익호 연구사는 자신의 이름으로 수난 아닌 수난을 자주 겪고 있지만, 그게 그렇게 결코 싫지는 않았다. 홍보를 하지 않아도 자신들의 주가가 슬슬 급상승하고 있기 때문이었다.

국장님이십니까? 예. 국장님께서 직접 전화를 받으시는군요. 인재육성교육부에 국장임 연구사님 계시지요? 예, 있습니다. 우리 학교 학생교육 강사로 초빙하려고 합니다. 국장님, 국장임 연구사님에게 꼭 부탁드린다고 전해주십시오. 예 예. 알겠습니다.

국장임 연구사는 이렇게 때때로 국장님도 되고, 국장임도 되었다. 처음에는 민망하기도 하고, 난처해서 기어들어 가는 변명을 하느라 쩔쩔매기도 했지만 지금은 만성이 되어 아무렇지도 않다. 어쩌면 변신의 귀재가 되어서인지도 모른다.

민익호 연구사는 강의를 할 때 도입 단계에서 위트와 유머로 자신의 이름을 자료로 쓴다. 민익호 연구사는 그게 얼마나 유익한 자료인지 너무나 잘 알고 있다. 그러기에 주저하거나 거리끼는 일이 없다.

민익호 연구사는 연단에 올라 강당에 들어찬 학생들에게 깍듯이 인사를 한다.

"바이오생명공학 연구원에 근무하고 있는 민익호 연구사, 여러분들에게 인사드립니다."

그러면 학생들은 여기저기서 킥킥대면서 수군거린다.

히히히히, 미니코? 미니코래, 미니코. 그러면서 일제히 민익호 연구사의 코를 주시한다.

민익호 연구사도 따라 웃으면서 자신의 코에 손을 대고 학생들을 휘둘러보면서 덧붙인다.

"학생 여러분, 여러분들의 친구 코와 제 코를 자세히 관찰 대조해 보십시오. 저도 지금 여러분들의 코를 자세히 뜯어봅니다. 그렇지만 아무리 여러분의 코를 관찰해봐도, 제 코만큼 멋진 코를 가진 사람이 없네요. 이 코, 제 미니코가 제일 아름답습니다."

학생들은 마음을 열고, 일제히 폭소를 터트린다.

민익호 연구사는 잠시 뜸을 들이면서 다시 말한다.

"사실 저는 민, 익, 호 라는 제 이름 때문에 곤욕을 치른 적이 참으로 많습니다. 처음에는 불쾌하고 창피하기도 했습니다. 이름을 지어주신 부모님을 원망하기도 했습니다. 그러나 어느 날 제 이름은 단점보다 장점이 많다는 걸 깨달았습니다. 그래서 지금은 건강한 유머가 숨어 있는 제 이름을 지어주신 부모님께 감사를 드리고 있습니다. 건강한 유머는 우리 삶을 재미와 즐거움으로 윤택하게 만드는 동력이 됩니다. 그러기에 저는 건강한 웃음이 샘처럼 솟아 나는 제 이름을 지어주신 부모님께 언제나 감사를 드리고 있습니다."

박수와 함성이 강단을 흔든다.

민익호 연구사는 다시 한번 자신을 정확하게 소개한다.

"한 시간 강의를 담당한 민, 익, 호, 연구사가 다시 인사드립니다."

이쯤 되면 강의 도입 분위기는 만점이고, 진행되는 내용에도 효과가 극대화된다. 이렇게 민익호 연구사는 자신의 이름 해석을 강의 내용에 맛있는 양념처럼 대입하는 기법을 사용한다.

이름 때문에 곤욕 아닌 곤욕을 치르고 있는 국장임 연구사와 민익호 연구사는 동행 출장 갈 때가 많이 있다.

전철 안에서였다.

"야, 국장임. 새로 받은 연구과제 진척은 어때."

"잘 안 돼."

"국장임이 못 하는 것도 있냐?"

"힘들어 죽겠어."

"그런 걸 국장임이 힘들다면 되냐? 그래도 국장임 정도가 되면 국장임 값을 해야지. 안 그래?"

"자꾸 이런 데서 국장임 국장임 부르지 마."

"뭐가 어때서 그래. 그럼 총장님이라고 불러 드릴까요? 국장임."

옆에 앉아 가만히 듣고 있던 나이 지긋한 어르신이 미간을 찌푸리면서 끼어들었다.

"하도 듣기가 민망해서 그러는데 실례지만 두 분이 어떤 사이입니까?"

"친한 친구입니다."

"그래요? 그렇지만 오해하지 말고 들어주세요. 아무리 친한 친구라도 그렇지, 이렇게 많은 학생들이 타고 있는 전철 안에서 국장님이라고 깍듯이 호칭하면서 찍찍 반말을 해도 되는 겁니까? 도의가 땅에 떨어져 있는 험악한 세상에서 더욱 듣기에 거북하고 민망합니다. 친구라고 하면서 국장님이라고 부르는 이유는 또 뭡니까? 그건 놀리는 것 아닌가요? 그러면 국장님이 따끔하게 한 번쯤은 주의를 줘야 되는 것 아닙니까?"

국장임 연구사와 민익호 연구사는 씩 웃었다.

"어르신, 정말 죄송합니다. 실은요. 이 친구 이름이 국, 장, 임 입니다. 들으시는 분은 그냥 국장님이라고 듣게 됩니다. 그래서 어르신처럼 오해하시는 분들이 참으로 많습니다."

어르신은 그제야 고개를 끄덕이면서 허허 웃었다.

"국장임, 국장님. 이름 참 좋네."

"이 친구 별명도 그래서 국장님입니다."

어르신은 국장임 연구사를 한참이나 쳐다보면서 의미 있게 웃었다.

"어르신, 이 친구 이름은 뭔지 모르시지요?"

국장임 연구사가 민익호 연구사를 가리켰다.

"이 친구 이름이 민익호입니다."

"엉? 미니코?"

어르신은 대뜸 민익호 연구사의 코를 주시하며 자세히 뜯어보았다. 전철 안에 있는 사람들의 시선도 일제히 민익호 연구사의 코에 집중되었다.

"그러니까 그게 뭐라, 영어로 말하면 미니코? 코가 아주 작다는 말인가?"

"맞습니다. 미니코는 코가 작다는 뜻이지요."

"내가 보기에는 코가 아주 큰데? 주먹코 같은데."

전철 안 사람들이 일제히 민익호 연구사의 코를 보고는 빙글빙글 웃었다.

"미니코는 아닌데요?"

어르신의 옆에 앉은 청년의 한마디에 전철 안엔 웃음이 와그르르 쏟아졌다.

"미니코가 아니라 자이언트 코입니다."

민익호 연구사 앞에 서 있던 학생이 웃으며 말했다.

누군가 또 거들었다.

"매부리코네요."

전철 안은 웃음바다가 되었다.

국장임 연구사와 민익호 연구사는 이렇게 이름값을 톡톡히 하면서 항상 웃음을 몸에 두르고 다닌다.

"어때, 지금까지 내가 소개한 이야기, 재미있지?"

당장 내가 인재육성교육부에 전화를 걸면 국장임 연구사와 민익호 연구사는 웃을 것이다. 그러고는 틀림없이 이렇게 똑같이 대답할 것이다.

"야, 그건 재미도 없어. 시시해. 누가 그런 이야기에 웃음을 주겠냐? 정말 배꼽 빠지는 이야기는 내 뱃속에 숨겨놓고 있어. 아마 그걸 다 꺼내 놓으면 사람들이 빠져 달아나는 배꼽 주우려고 데굴데굴 구를 거다. 항상 사람들에게 그런 웃음을 선사하는 내 이름, 보물이 틀림없지? 어때, 동의하냐?"

"동의하고말고."

나는 국장임 연구사와 민익호 연구사의 말에 무조건 동의하며 그런 친구가 곁에 있다는 데에 긍지를 느낀다.

3 보고 싶다

잠시의 헤어짐도 있어서는 안 될 것 같다.
아주 작은 아픔도 주어서는 안 될 것 같다.
섬기는 사랑이 그리움 되어 달려온다.
폭발하는 사랑이 그리움으로 달라붙는다.

볼기 맞은 임금님

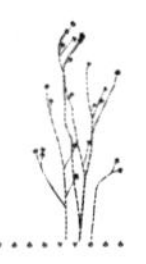

세상에서 가장 아름다운 것만을 탐닉하는 임금님이 있었다. 임금님은 세상에서 가장 아름다운 것이 있으면 무슨 수를 써서라도 반드시 자신의 것으로 만들어야 직성이 풀렸다. 그만큼 아름다운 것에 대한 욕심의 집착이 도에 지나쳤다.

세상에서 가장 아름다운 것들을 소유하고, 거기에 혼을 빼앗기고 있는 임금님은 세상에서 가장 아름다운 궁전에서 세상에서 가장 아름다운 왕비와 살고 있었다.

임금님은 날마다 세상에서 가장 아름다운 것들을 감상하는 일에만 골몰했다. 나랏일은 신하들에게 맡기고, 아예 거들떠보지도 않았다.

임금님은 세상에서 부러울 것이 없었다. 그러나 임금님은 세상에서 가장 아름다운 것에 대한 욕심과 집착이 크면 클수록 어둠의 그림자가 짙어진다는 사실을 잊고 있었다. 그러기에 날마다 세상에서 가장 아름다운 것들을 감상하는 즐거움과 기쁨 뒤에는 항상 불안이 따라다녔다.

임금님은 세상이 곤히 잠든 한밤중에도 벌떡 일어나 세상에서 가장 아름다운 것들이 그 자리에 그대로 있는지 하나하나 확인해야 직성이 풀렸다. 그럴 때마다 왕비와 신하들은 염려가 되어 임금님에게 간절히 청했다.

"그러다가 큰일 나십니다. 이제 그런 잡다한 일들은 저희들에게 믿고 맡겨주십시오."

"뭐라, 믿고 맡겨놓으라고? 내가 너희들의 음흉한 속셈을 모를 줄 아느냐? 고얀 것들 같으니라고."

임금님은 의심의 눈초리로 화를 참지 못하고, 신하들을 크게 꾸짖곤 했다. 세상에서 가장 아름다운 것에 대한 임금님의 욕심은 이렇게 불신의 벽을 견고하게 쌓고 말았다.

차츰차츰 세상에서 가장 아름다운 궁전은 칙칙한 어둠의 늪으로 젖어 들었다. 세상에서 가장 아름다운 왕비는 한숨의 그늘에서 점점 야위어만 갔다. 그런 것에 눈길조차 주지 않는 임금님은 어느 작은 고을에 세상에서 가장 아름다운 것이 있다는 소문에 또 귀가 번쩍 뜨였다.

'세상에는 아직도 내가 구하지 못한 아름다운 것들이 있구나. 그것도 손에 넣어야겠다.'

임금님은 돈 많은 장사꾼으로 변장하고, 칼 잘 쓰는 병사 몇 명을 데리고 궁전을 나섰다. 임금님은 세상에서 가장 아름다운 것을 또 갖게 된다는 충만감에 들떠 있었다.

몇 번 나가보지 않은 궁전 밖의 풍경은 새롭고도 싱그러웠다. 시원한 솔바람이 돌아다녔다. 나무들로 빽빽한 숲에는 새들이 노래하고, 예쁜 꽃들은 향기를 주고받았다. 울적하던 임금님의 어둡던 마음이 한층 가벼워졌다.

임금님은 세상에서 가장 아름다운 것이 있다는 고을에 도착하여 병사들을 허름한 주막에서 쉬게 하고, 혼자 세상에서 가장 아름다운 것을 찾아 나섰다.

옹기종기 모여 있는 고을의 초가집들은 금방이라도 쓰러질 것만 같았다. 커다란 느티나무 그늘에서 담소하고 있는 백성들의 모양새도 남루하기 이를 데 없었다.

'이렇게 찢어지게 가난한 고을에 세상에서 가장 아름다운 것이 있다니? 믿을 수 없구나.'

임금님은 반신반의하면서 백성들 가까이로 걸어갔다.

"저어, 말 좀 물어 봅시다. 이 고을에 세상에서 가장 아름다운 것이 있다는 소문을 듣고 찾아 왔는데, 혹시 그게 어디 있는지 아시오?"

백성들은 임금님의 아래위를 훑어보고는 되물었다.

"댁은 뉘신데 그런 걸 물으시오?"

"예, 저는 장사꾼입니다. 이 고을에 있다는 세상에서 가장 아름다운 것을 사러 왔습니다."

백성들은 임금님의 그 말에 한바탕 웃음을 터뜨렸다.

"우리 고을에 있는 세상에서 가장 아름다운 것은 사고파는 물건이 아니라오."

"사고파는 물건이 아니라니? 그럼 대체 그게 무엇이란 말이오?"

"그건 다름 아닌 우리 고을 백성들의 곱고도 아름다운 마음씨입니다."

"뭐, 뭐라고? 그게 세상에서 가장 아름다운 것이라고?"

임금님은 백성들의 얼토당토않은 대답에 기가 찼다.

"왜 떨떠름한 표정이시오? 우리 고을 백성들의 마음씨가 세상에서 가장 아름답다는 소문을 듣고 찾아온 게 아닌가요?"

임금님은 맥이 탁 풀려 말문도 막혔다.

"장사꾼 양반이 보시다시피 우리 고을은 가난하지요. 그렇지만 욕심 없이 정직한 믿음으로 살고 있다오. 아주 작은 것도 아끼고 서로 나누지요. 우리 고을 백성들의 마음씨가 세상에서 가장 아름답다고 소문이 자자한 것도 이런 이유 때문이지요."

임금님은 괜히 화가 머리끝까지 치밀어 올랐다.

"나보고 당신들의 그 자화자찬을 믿으란 말이오?"

"믿든 말든 그건 자유지요. 장사꾼 양반이 찾는 그런 물건은 우리 고을에는 없소이다. 그런 것들은 궁전에 있는 임금님과 흥정을 하시구려. 임금님은 세상에서 가장 아름다운 것들을 다 가지고 있잖소?"

고을 백성들은 임금님을 유심히 살피며 허허 댔다.

임금님은 점점 더 화가 치밀어 올랐다.

"그렇게 말하는 당신들은 세상에서 가장 아름다운 물건이 탐나지도 않소?"

"우리들은 그런 물건에는 욕심이 없소이다. 그냥 이렇게 근심 걱정 없이 행복을 나누며 사는 게 좋습니다. 세상에서 가장 아름다운 것들을 다 가지고 있는 임금님은 우리보다 행복하답니까? 밤에 잠도 못 자고, 왕비와 신하들도 믿지 못해 화만 벌컥벌컥 낸다고 하던데, 우리들은 그렇게 마음이 가난한 불쌍한 임금님은 되기 싫소이다."

임금님은 흠칫 놀라며 신음을 토했다.

임금님은 마음을 꿰뚫어 보고 있는 고을 백성들의 말이 쇠망치가 되어 머리를 내리치는 그런 아픔을 느꼈다.

"장사꾼 양반? 세상에서 가장 아름다운 물건을 사려거든 빨리 궁전으로 가보시구려. 자, 우리들은 푹 쉬었으니 일터로 갑시다."

고을 백성들은 자리를 툭툭 털고 일어났다.

임금님은 온몸에 힘이 쭈욱 빠져 그 자리에 털썩 주저앉고 말았다. 한참 생각에 잠겼다가 정신을 차린 임금님은 콧속을 후비는 구수한 냄새에 허기를 느꼈다. 임금님은 냄새에 이끌려 휘청거리며 정신없이 걸어갔다.

임금님은 다 쓰러져 가는 초가집 부엌에 김이 무럭무럭 솟는 떡을 보고, 자신도 모르게 침을 꿀꺽 삼켰다. 임금님은 부엌에 들어가 떡을 한 개 집어 먹었다. 처음 먹어보는 떡인데 꿀맛 같았다. 임금님은 떡을 정신없이 집어 먹다가 그만 집주인에게 들키고 말았다.

"떡을 훔쳐 먹는 댁은 대체 누구세요?"

집주인의 물음에 임금님은 어쩔 줄 몰라 더듬거렸다.

"지나가는 장, 장사꾼인데 배가 고파서……."

"그렇다고 주인 허락도 받지 않고 떡을 먹으면 되겠어요? 그런 건 못된 도둑이나 하는 짓이지. 혹시 댁은 도둑 아니오?"

임금님은 도둑이라는 말에 그만 당황해서 자신의 정체를 실토했다.

"나는 이 나라의 임금이오."

집주인은 의심스럽게 임금님의 아래위를 훑어보면서 급히 일하고 있는 백성들을 불렀다.

"아무래도 이 사람이 수상해요. 글쎄 떡을 훔쳐 먹으면서 자기가 이 나라 임금님이래요."

"아까부터 어째 수상하다 했지. 이제 보니 장사꾼이 아니라 도둑이구먼."

임금님은 고을 백성들이 도둑이라고 단정 짓는 말에 정색을 하며 자세를 가다듬었다.

"허어, 난 임금이다. 이 나라의 임금이란 말이다."

임금님은 위엄을 보였지만, 고을 백성들은 코웃음을 치기만 했다.

"뭐, 임금님이라고? 임금님은 지금도 이 세상에서 가장 아름다운 것에 정신이 팔려 있을 텐데, 떡을 훔쳐 먹는 당신이 임금님이라고? 아무래도 정신이 돌았나 봐."

고을 백성들은 임금님을 관가로 데리고 갔다.

고을 백성들의 말을 다 듣고 난 원님은 임금님에게 지은 죄를 따졌다.

"지금까지 우리 고을에는 도둑이 없었느니라. 그런데 임금님 행세를 하면서 허락도 없이 개떡을 훔쳐 먹어?"

임금님은 개떡이라는 말에 화들짝 놀랐다.

"뭐, 뭐라고? 내가 먹은 게 개가 먹는 떡이라고? 내가 그 개떡을 먹었단 말이냐? 엣, 퉤퉤퉤."

임금님은 헛구역질을 해댔다.

"허어, 너는 백성들이 즐겨 먹고 있는 흔한 개떡도 모른단 말이냐?"

원님은 임금님을 다그쳤다.

임금님은 일이 심상치 않음을 알고는 주위를 돌아보면서 큰소리로 외쳤다.

"여봐라! 나는 이 나라의 임금이니라. 임금이니라!"

원님은 임금님의 호령에 아랑곳하지 않고, 혀를 찼다.

"주인 허락도 없이 개떡을 훔쳐 먹는 자가 감히 세상에서 가장 아름다운 마음씨를 지닌 우리 고을 백성들을 업신여기고, 큰소리 뻥뻥 치면서 이 나라 임금님 행세를 하고 있구나. 그 죄가 얼마나 큰지 아느냐? 저자를 당장 형틀에 묶어라."

원님은 임금님을 엄하게 꾸짖었다. 꼼짝없이 형틀에 묶인 임금님은 악을 쓰면서 발버둥을 쳤다.

"이놈들아, 난 이 나라의 임금이니라. 임금이니라. 여봐라, 게 아무도 없느냐? 임금을 몰라보는 이자들을 당장 하옥시키도록 하라."

원님은 눈을 부릅뜨고 소리 지르는 임금님에게 추상같이 불호령을 내렸다.

"개떡을 훔쳐 먹은 죄, 임금님 행세를 멈추지 않는 죄, 관가에서 소란 피운 죄, 고을 백성들의 마음씨를 깔본 죄. 그 죄를 물어 볼기 열 대로 다스리겠노라."

"뭐, 뭐라고? 볼기 열 대? 이놈들아, 감히 임금인 나를 못 알아보다니? 너희들의 죄를 물어 모두 참형에 처하고 말 테다!"

임금님은 발버둥을 치면서 소리를 질러댔지만 누구 하나 그 말을 곧이듣지 않았다.

"얼빠진 저자가 정신을 차리도록 어서 쳐라."

병졸은 곤장으로 사정없이 임금님의 볼기를 내리쳤다.

"아구구구, 아구구……."

임금님은 곤장이 사정없이 볼기를 내리칠 때마다 비명을 질러댔다. 임금님은 곤장 다섯 대를 맞고는 정신을 잃고 말았다.

얼마의 시간이 지났을까?

악몽에 신음하던 임금님은 눈을 번쩍 떴다. 호화로운 궁전 침실이었다.

임금님은 걱정으로 어두워진 왕비를 쳐다보았다. 어쩔 줄 몰라 하는 신하들의 모습도 보았다.

임금님은 치료는 했지만 아픔으로 쿡쿡 들쑤시는 볼기를 어루만졌다. 임금님은 신하들로부터 그동안의 일을 아련하게 듣다가 다시 깊은 잠에 빠져들었다.

그렇게 또 하루가 지났다.

임금님은 기력이 되살아났다. 흐릿하던 정신도 다시 맑아졌다. 임금님은 들쑤시며 얼얼한 볼기를 만지면서 몸을 추스르고 일어났다.

"옥에 가둔 원님과 병사들에게 천벌을 내리십시오."

신하들은 큰 벌을 내려야 한다고 하나같이 간청했다.

임금님은 깊은 생각을 하다가 무겁게 입을 열었다.

"내 볼기를 친 그들에게는 아무 잘못도 없소. 잘못은 그동안 세상에서 가장 아름다운 게 무엇인지도 분별 못 한 내게 있지. 내 볼기를 친 곤장이 부질없는 헛된 욕심을 죽여 버렸소. 불안하고 답답한 마음도 날려 보내고, 내 잘못을 깨닫게 했소. 궁전에 쌓아놓은 세상에서 가장 아름다운 것들은 이제 내 것이 아니고, 이 나라 백성 모두의 것이오. 그러하니 백성들이 언제나 보면서 즐기도록 좋은 방안을 속히 마련하도록 하시오."

한숨을 푹푹 쉬던 왕비의 모습이 기쁨으로 밝아졌다.

근심으로 몸살을 앓던 신하들도 환호했다.

"내 볼기를 친 병사들과 원님에게는 후한 상을 내리도록 하시오. 이제부터 나는 세상에서 가장 아름다운 마음씨를 지니고, 이 나라 백성들과 함께 행복을 나누면서 살아갈 것이오."

임금님의 명을 듣고 난 왕비가 기쁨의 눈물을 흘렸다.

신하들은 큰소리로 만세를 불렀다.

칙칙한 어둠의 늪에 빠져 있던 세상에서 가장 아름다운 궁전은 더욱 아름다워졌고, 늘 한숨으로 야위어만 가던 세상에서 가장 아름다운 왕비는 더욱 눈이 부셨다.

마음이 평안하고 행복해진 임금님은 얼얼한 볼기를 웃음으로 어루만지며 중얼거렸다.

"그놈의 곤장 맛이 참으로 대단하기는 하구나. 아이고, 내 볼기야."

돌멩이의 꿈

한적한 시골길에 못난이 돌멩이가 있었다.

못난이 돌멩이는 움직일 수가 없었기에 언제나 그 자리에 그렇게 있었다. 날마다 못난이 돌멩이가 보는 것이라고는 하늘과 논벌, 산과 나무였다. 별밤이었고, 또래 돌멩이들이었다.

못난이 돌멩이는 따분했다. 지루했다. 무미건조한 생활에서 벗어나고 싶은 충동에 견딜 수가 없었다. 길가 또래 친구들처럼 가끔 지나다니는 자동차 바퀴에 부딪혀 핑하고 튕겨 나가고 싶었다. 학교 오가는 아이들 손에 잡혀 다른 곳으로 옮겨가고 싶었다. 못난이 돌멩이는 길 가장자리에 있어서 그런 혜택도 누리지 못했다.

"내가 보기에도 난 처량하고 불쌍해."

못난이 돌멩이는 아무것도 할 수 없는 무기력한 자신이 싫었다. 그래서 자신을 학대하며 큰소리로 투덜거렸다.

"야, 울퉁불퉁 아무짝에도 쓸데없는 못난 놈아? 주둥이 닥치고 있어. 원래 네 주제가 그렇잖아?"

"네가 할 수 있는 게 뭐 있냐?"

못난이 돌멩이는 또래 돌멩이들이 비웃으며 빈정대도 대꾸를 못했다.

"세상은 들여다볼수록 요지경이야."

"왜?"

"새롭고, 신기하고, 알쏭달쏭한 게 너무 많거든."

자신을 마구 학대하던 못난이 돌멩이는 지나는 바람이 잠시 쉬면서 미루나무와 정답게 수런수런거리는 이야기를 귀담아 들었다.

'나도 그런 거 한 번 봤으면 좋겠다.'

차츰 깊은 생각도 했다.

못난이 돌멩이는 요지경 같은 세상을 구경하고 싶은 마음이 굴뚝같았다.

못난이 돌멩이는 마음대로 세상을 쏠면서 돌아다니는 바람이고 싶었다. 날아다니는 새이고도 싶었다. 그게 아니면 개미라도 되고 싶었다.

못난이 돌멩이는 그게 허황한 꿈이라는 현실을 잘 알고 있었다. 그래도 오래도록 그런 생각에 잠기면 설레고 울렁거렸다. 어쩌면 이루어질 수도 있겠다는 희망이 부글부글 끓었다.

못난이 돌멩이는 상상의 날개를 달고, 바람이 되어서 세상 구석구석을 쏘다녔다. 새가 되어 날아다니면서 재미난 세상 구경을 했다. 개미가 되어 땀을 뻘뻘 흘리며 세상 이것저것을 물어 날랐다. 못난이 돌멩이는 이렇게 상상해 보는 시간이 너무 즐겁고 재미있었다. 손해 보는 것 하나 없이 신이 솟았다.

못난이 돌멩이는 여러 가지를 상상해 보는 것이 결국 꿈이라는 사실을 깨닫게 되었다.

'그래, 난 처량하고 불쌍하지 않아. 나도 꿈을 꿀 수 있어. 이루지 못한다 해도 꿈을 지니고 살자. 세상을 위해 좋은 일을 해 보는 거야.'

못난이 돌멩이는 꿈을 키우기 시작했다. 그 꿈은 시간이 지나면 지날수록 딴딴해졌다.

"이제 난 꿈이 있어. 세상을 위해 좋은 일을 하는 게 내 꿈이야."

못난이 돌멩이의 허무맹랑한 꿈 이야기를 들은 또래 돌멩이들은 비웃으며 비난했다.

"미쳐도 단단히 미쳤구나. 네 주제나 파악해."

"야, 이 못난 놈아. 스스로 움직이지도 못하는 주제에, 그냥 거기에 죽치고 있어라."

"오르지 못할 나무는 쳐다보지도 말라는 속담도 있어."

못난이 돌멩이는 또래 돌멩이들이 퍼붓는 야유와 비난을 들으면서도 화가 나지 않았다. 이루지 못하는 꿈이라 해도 너무나 단단하게 영글었기 때문이었다.

"너희들 충고나 핀잔, 고맙다. 내 꿈은 너무 단단해."

못난이 돌멩이는 꿈꾸며 지나는 하루하루가 너무도 새롭고 값졌다.

따가운 햇살이 늘어지게 잠든 점심때였다.

자갈을 실은 트럭 한 대가 못난이 돌멩이 옆에 와서 멈춰 섰다. 트럭에서 기사 아저씨가 내렸다.

사방을 둘러보던 기사 아저씨는 바지를 내리고는 시원하게 오줌을 갈겼다.

"앗 뜨거워!"

오줌 벼락을 맞은 못난이 돌멩이가 놀라 소리를 질렀다.

기사 아저씨는 들은 척도 안 하고, 한참이나 못난이 돌멩이를 향해 오줌을 마구 갈겨댔다.

"아이고, 뜨거워 죽겠네."

기사 아저씨는 바지춤을 추켜올리고는 시계를 보면서 중얼거렸다.

"시간이 많이 남았네. 좀 쉬었다 가야 되겠구나."

기사 아저씨는 미루나무 그늘에 앉아 쉬는가 싶더니 꾸벅꾸벅 졸았다. 이내 드르렁드르렁 코를 골았다.

"뜨거운 오줌으로 목욕 한번 잘했구나."

"정신 바짝 차리라고 일부러 너에게 싸버린 거야. 그러니까 꿈 깨."

또래 돌멩이들이 키득키득 웃으면서 빈정거렸다.

그때, 공부를 마친 아이들이 트럭 주위에 와서 멈추었다. 아이들은 길에 있는 돌멩이들을 골라 집어 들고, 이리저리 살펴보았다.

"이 돌멩이 참 예쁘다. 난 이걸로 할래."

"난 이게 좋은데. 빤질빤질해서 색칠도 잘 되겠다."

아이들은 고른 돌멩이를 한두 개씩 가방에 넣으면서 좋알거렸다.

한 아이가 못난이 돌멩이를 발견하고 집어 들었다.

"이 돌멩이는 왜 이렇게 크고 못생겼냐? 꽤나 울퉁불퉁하네."

아이의 손에 잡힌 못난이 돌멩이는 놀림감이 됐다.

"그건 아무짝에도 못 쓰겠다."

"그런데 오줌 냄새가 난다."

아이들이 킁킁거리며 냄새를 맡았다.

"못생긴 주제에 오줌 냄새도 난다. 에이 더러워."

아이는 못난이 돌멩이를 자갈이 실려 있는 트럭에 휙 던졌다. 못난이 돌멩이는 쿵 하고 자갈 틈에 떨어졌다.

잠에서 깬 기사 아저씨가 침을 닦으면서 트럭 시동을 걸었다. 트럭이 요란한 엔진 소리를 뿜어대면서 천천히 움직이기 시작했다. 산이 천천히 움직였다. 나무들이 휙휙 지나갔다. 크고 작은 양옥집들이 순식간에 달아났다.

못난이 돌멩이는 생전 처음 보는 경치에 설레고 황홀했다. 빌딩숲이 하늘로 치솟아 있었다. 복장이 다른 많은 사람들이 오갔다. 크고 작은 차들이 빠르게 지나다녔다. 눈이 핑핑 돌았다. 왁자지껄 시끄러웠다. 볼 것이 너무 많아 마음에 다 담지도 못했다.

못난이 돌멩이가 늘 꿈꾸던 즐겁고 재미있는 세상일이 실제로 벌어지고 있었다.

트럭은 천천히 어느 초등학교로 들어섰다. 아이들이 하교를 하고 있었다. 트럭은 운동장 한쪽 귀퉁이에 멈춰 섰다. 기사 아저씨가 트럭에 실린 자갈을 쏟았다. 못난이 돌멩이는 자갈 더미에서 데굴데굴 굴러 외따로 떨어졌다.

얼마 후에 안경을 쓴 선생님이 나와서 자갈 더미를 살피셨다. 이것저것 자갈을 들고 뜯어보았다. 그러다가 못난이 돌멩이를 얼른 집어 들었다. 선생님은 이리저리 요리조리 못난이 돌멩이를 살폈다.

"이렇게 멋진 게 여기 있다니?"

못난이 돌멩이는 생전처음 들어보는 칭찬에 가슴이 두근거렸다.

선생님은 못난이 돌멩이를 들고 교실로 들어갔다. 선생님은 쇠솔로 때를 벗겼다. 부드러운 솔로 문질렀다. 분무기로 물을 조금씩 뿌렸다. 솔질을 했다. 선생님은 꽤 오랫동안 못난이 돌멩이를 정성스레 문지르고 닦았다. 그리고는 햇빛에 말렸다.

선생님은 못난이 돌멩이를 연하게 기름칠을 하고, 잔모래가 깔린 좌대에 올려놓았다.

선생님은 못난이 돌멩이를 거울로 비춰봤다.

"어잉? 저게 나란 말이야?"

못난이 돌멩이는 거울 속에 비친 자신의 모습을 처음으로 뜯어보았다. 못난이가 아니라 멋지기만 했다.

아이들 몇 명이 교실로 들어왔다.

"얘들아, 내가 작품 한 점 만들었는데 감상할래?"

선생님의 말씀에 아이들이 좌대에 앉아 있는 못난이 돌멩이를 뚫어지게 이리저리 살폈다.

"자세히 살펴봐. 무언지 알겠니?"

"동물 모습 같기도 한데요."

"야, 관찰력이 굿이다. 이게 무엇이냐 하면 말이다. 쥐라기 시대에 살던 스테고사우루스야."

"스테고사우루스가 뭐예요?"

"아는 사람 없니?"

상고머리 아이가 대답했다.

"제가 알아요. 스테고사우루스는 북아메리카에서 화석으로 발견된 몸집이 큰 초식 공룡의 일종입니다."

"맞다. 이게 바로 그 초식 공룡 스테고사우루스야. 상상하면서 더 자세히 살펴봐라."

또래 돌멩이들과 아이들에게 놀림감이 되었던 못난이 돌멩이는 초식 공룡 스테고사우루스로 다시 태어났다.

스테고사우루스로 다시 태어난 못난이 돌멩이는 자신이 너무나 자랑스럽고 너무나 흐뭇했다.

"선생님, 스테고사우루스에 대해 공부해 올게요."

"저도요."

선생님이 아이들을 칭찬했다.

"이 작품도 아주 좋은 학습 자료가 되는구나."

못난이 돌멩이는 기분이 너무 좋아 훨훨 하늘로 오르는 것 같았다.

못난이 돌멩이는 자랑스럽게 중얼거렸다.

'난 이제 못난이 돌멩이가 아니야. 쥐라기 시대에 살던 스테고사우루스다. 그리고 아이들이 열심히 공부하는 학습 자료가 되었어. 드디어 내 꿈이 이루어진 거야. 그래, 꿈은 반드시 이루어지는 거야.'

행복한 이별

저녁 어스름이 천천히 숲으로 걸어들어 오고 있었다.

으슬으슬 어두워지기 시작한 숲속에 컹컹컹 개 짖는 소리가 메아리로 돌아다녔다.

'일찍 온다던 엄마는 왜 아직 안 오지? 참 이상도 하네. 올 시간이 지났는데.'

오리나무 둥지에서 초조하게 얼굴을 내밀고 있는 아기 새는 점점 무서운 생각이 들었다. 쪼르륵 쪼르륵, 배에서는 배고픈 신호가 울렸다. 이따금 나뭇잎을 흔들면서 쏘다니는 바람이 아기 새 빨간 머리꼭지를 뒤적였다.

아기 새는 숲이 어두워질수록 점점 불안에 떨었다.

"보아하니 넌 아직 날지도 못하는 아기구나. 아기 새야, 엄마를 기다리고 있구나? 그렇지?"

아기 새는 호르륵 날아와 둥지 곁에 앉아 말을 거는 굴뚝새를 보았다.

"피이, 너보다 덩치가 큰 내가 아기로만 보이니? 난 아기가 아니거든."

아기 새는 몸을 흔들며 발끈 화를 냈다.

"넌 지금 엄마가 안 와서 떨고 있잖아? 넌 지금 혼자 있는 게 무섭지? 엄마가 먹을 걸 안 줘서 배도 고프지? 그게 아기가 아니고 뭐냐?"

굴뚝새의 그 말에 아기 새는 퉁명스럽게 쏘아붙였다.

"난 네가 아기로 보이는걸."

굴뚝새가 크크크크 비웃었다.

"난 아기가 아니야. 나는 혼자 날아다녀. 먹이도 아까 풀숲에서 구했거든. 지금 난 엄마와 떨어진지도 꽤 여러 날 됐어. 난 이제 엄마 도움이 필요 없어. 너끈히 나 혼자 생활하거든."

아기 새는 그런 굴뚝새를 눈여겨 뜯어보았다.

"너는 나보다 몸집은 크지만 아직도 아기야. 넌 아직까지 한 번도 날아 본 적이 없잖아? 그렇지? 날 수 있는 용기도 없지? 나는 게 무섭지, 그렇지? 그러니까 너는 아직 아기란 말이야."

굴뚝새의 말에 아기 새는 대꾸를 못 했다. 굴뚝새의 말이 모두 사실이었기 때문이었다.

아기 새는 마음속에 오랫동안 개켜 넣어두었던 말을 꺼냈다.

"솔직히 난 지금까지 혼자 산다는 걸 꿈에도 생각해 본 적이 없어. 저렇게 크고 넓은 세상을 혼자서 사는 건 두렵고 무서워. 어쩌면 용기가 없는 것인지도 몰라. 어쨌든 난 엄마가 꼭 옆에 있어야 돼."

굴뚝새는 그런 아기 새가 불쌍하고 가여운 듯 한참이나 훑어보았다.

"아기 새야, 내가 보기에는 넌 충분히 날 수 있는 힘이 있어 보여.

무섭다는 건 아직 한 번도 시도해 보지 않았다는 증거거든. 난다는 건 그렇게 어려운 게 아니야. 마음가짐과 결심만 있으면 쉽지. 너도 혼자 살아가려면 두려움, 무서움을 과감히 떨쳐 버려야 해."

아기 새는 굴뚝새의 말이 귀에 들어오지 않았다. 어서 엄마가 왔으면 하는 기다림뿐이었다. 점점 배도 고파왔다.

"나는 누가 뭐래도 엄마하고 같이 살 거야. 배고프면 엄마가 먹을 것을 구해다 주고, 추우면 엄마 품에서 자고. 나는 그게 행복해."

"에이, 겁쟁이. 세상에 너 같은 겁쟁이는 없을 거야. 넌 언젠가는 후회할 거야. 도와줄 마음이 싹 가시는구나."

굴뚝새는 화를 내고 호르륵 날아가 버렸다.

어둠이 숲속 구석구석까지 파고들 때쯤, 엄마 새가 먹이를 물고 왔다. 아기 새는 허겁지겁 받아먹었다.

아기 새는 굴뚝새 이야기를 했다.

"굴뚝새의 말이 맞는구나. 엄마도 이제 굴뚝새가 하던 그 이야기를 해 주려고 하던 참이었단다. 너도 이제 내 곁을 떠나야 돼. 그때가 온 거야. 좋든 싫든 혼자 열심히 살아야 된단다. 그게 우리가 살아가는 생활 이치야."

아기 새는 엄마 새의 타이름을 건성으로 흘렸다.

"엄마 곁을 떠나다니요? 난 싫어요."

아기 새는 갑자기 슬픔이 와락 밀려들어 오는 것을 느꼈다. 무서움도 달려들어 몸을 휘감았다.

"그게 우리의 생활인 걸 어떻게 하니? 너도 이제 혼자 생활할 만큼 컸어. 엄마도 너만 했을 때 너처럼 그런 말을 했단다. 너도 언젠가는 엄마의 말을 이해하게 될 거야. 그때까지 어려움이 있어도 참고 이겨내야지. 그래야 너도 혼자 살아갈 수 있는 거야. 이제 엄마도 너를 더 이상 돌볼 수가 없단다."

엄마 새의 목소리는 부드러웠지만 냉정하고도 강했다.

아기 새는 슬펐다. 아기 새는 밤 내내 엄마 말을 새기고 새겼다.

아침이 되었다. 숲속은 아침 햇살로 눈이 부셨다.

"난 무서워요. 저렇게 넓고 험한 세상을 어떻게 날 수 있나요? 날다가 떨어지면 난 죽는 거잖아요?"

엄마 새는 그런 아기 새를 달랬다.

"아니야. 그렇게 기죽으면 안 되는 거야."

그래도 아기 새는 시큰둥했다.

"내가 넓은 들판을 혼자 날아다닐 수가 있을까요? 저 높은 산도 넘을 수가 있을까요? 혼자 생활하면서 먹이를 구할 수가 있을까요?"

아기 새는 계속 불안에 떨었다.

"그럼. 너는 얼마든지 할 수 있어. 아마 이 엄마보다도 더 잘할 거야. 자, 용기를 내서 날아 보렴, 넌 잘할 수 있어. 우선 다리를 조금 굽히고, 쭈욱 편 날개를 힘차게 흔들면 자연히 날게 된단다. 한 번 해 보렴. 그게 행복을 찾는 첫 번째 길이야."

아기 새는 엄마 새 말대로 동작을 취해 보았다.

"옳지, 그래그래, 그렇게. 아주 잘하는데. 됐어, 그러면 한 번 힘차게 날아 보렴."

아기 새는 망설이다가 발을 쭈욱 뻗고 날개를 퍼덕였다. 힘차게 발돋움을 하고 하늘로 솟구쳐 올랐다.

"어, 어. 날았다, 날았어요. 엄마, 드디어 내가 날았어요. 어렵지도 않았어요."

아기 새는 한 바퀴 원을 그리며 날다가 다시 엄마 새 곁으로 돌아왔다.

"잘했다, 아주 잘했어. 그렇게 나는 거야. 어렵지 않지? 이제 그렇게 날아다니면 되는 거란다. 알았지?"

"예."

아기 새는 용기가 샘솟았다. 힘도 생겨났다.

"이제 이별할 때가 됐구나. 너도 이다음에 엄마의 마음을 알게 될 거야. 너와 나의 이별은 헤어지는 슬픔이 아니란다. 스스로 더 나은 행복을 찾기 위한 것이란다. 부디 새로운 세상에서 많은 것을 배우면서 건강하게 살거라. 괴롭고 슬픈 일, 어려운 일을 반드시 이겨 내거라."

아기 새는 엄마 새의 마지막 당부를 들으면서 다시 날갯짓을 해보았다. 나는 시늉을 했다. 아기 새는 둥지를 차올랐다. 그리고 힘차게 힘차게 날개를 퍼덕였다.

아기 새는 자신도 모르게 사뿐히 공중으로 날아올랐다.

들판이 내려다보였다. 무섭지도 않았다. 상쾌하고 기분이 좋았다. 아기 새는 푸른 하늘을 기운차게 날았다. 눈 아래 넓게 펴져 있는 푸른 들이 너무도 싱그러웠다.

가슴이 시원스레 탁 트였다.

"이제부터 혼자 살아가면서 행복이 무엇인지를 스스로 깨닫거라. 안녕, 안녕. 내 사랑아."

아기 새는 엄마 새가 들려주는 마지막 말을 가슴에 새기고 기분 좋게 하늘을 날았다.

하느님의 선물

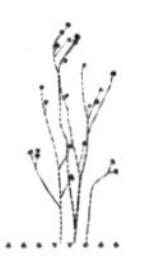

먼 먼 아주 먼 옛날, 하느님은 보면 볼수록 기묘하고 아기자기한 세상을 만들어 놓으셨다. 그리고 사람을 비롯한 많은 생물들이 안심하고 살아갈 수 있도록 여러 신들의 도움을 받아 필요한 환경을 만들어 주셨다.

하느님은 세상 한쪽 귀퉁이에 사람들이 생활하기에 가장 적당한 사계절이 뚜렷한 온대지방을 만들고, 해마다 기온이 번갈아 변하게 하셨다. 그러고는 사계절 중에서도 유난히 춥고, 쓸쓸하고, 칙칙한 긴 겨울 환경에서는 사람들이 어떻게 견디며 적응해 가는지를 유심히 관찰하셨다.

사람들은 긴 겨울을 건강하게 보내기 위해 지혜를 짜내 생활하고 있었다. 그동안 농사지은 양식을 저장해 두었고, 추위를 이기기 위해서 뜨뜻하게 불을 피웠다. 몸을 보호하기 위해 두꺼운 옷으로 몸을 감았다.

하느님은 사람들이 추운 겨울 세상을 인내와 슬기로 건강하게 생활하는 모습에 매우 만족하셨다. 그러나 아이들의 활기찬 모습이 보이지 않아 섭섭하고 안타까우셨다.

하느님은 아이들을 무척이나 사랑하셨다. 아이들의 순수한 웃음을 좋아하셨다. 아이들의 신나는 장난을 보고 웃으셨다. 아이들의 활기찬 재잘거림을 마음에 담으셨다. 늘 그렇게 아이들의 깨끗하고 아름다운 생각과 마음을 곁에 두고 계셨다.

"아이들의 모습은 왜 보이지 않느냐?"

하느님은 신들에게 물었다.

"어른들도 추워서 떨고 있는데, 아이들이 밖에 나오겠습니까? 다 집 안에서 놀지요."

하느님은 세상을 모두 자기 것으로 여기면서 떠들고 뛰어노는 아이들이 보고 싶으셨다.

하느님은 강제로 명령을 내리셨다.

"며칠 안으로 아이들이 밖에 나와서 뛰어놀 수 있는 좋은 겨울 선물을 마련해 오도록 해라."

여러 신들은 하느님이 내린 쉽지 않은 숙제를 근심으로 떠안고 돌아갔다.

며칠이 지나자 비의 신이 하느님을 찾아왔다.

"네가 어쩐 일인가?"

하느님은 눈 밖에 난 지 꽤나 오래된 비의 신을 달갑지 않게 맞으셨다.

비의 신은 게으른 잠꾸러기였다. 또한, 덤벙거리고 기분 내키는 대로 행동하는 망나니였다.

비를 내리게 하고는 잠이 들어 세상을 물바다로 만들기 일쑤였다. 또 오랫동안 깊은 잠에 빠져 세상이 가뭄에 시달리게도 했다.

소나기를 내리게 하다가도, 기분이 내키지 않으면 찔끔찔끔 병아리 오줌만큼만 비를 내려 사람들을 감질나게도 했다. 그러면서도 비의 신은 천하태평이었다.

하느님은 그런 비의 신을 호되게 질책하셨다. 그러나 비의 신은 얼마 못 가서 또 일을 저지르곤 했다.

어느 날에는 기분이 상하는 일이 생겨 식식거리다가 번개를 내리치면서 앞이 안 보일 정도로 세상에 물 폭탄을 쏟아부었다. 그래도 성이 차지 않아 세상을 쑥대밭으로 만들어 버렸다.

하느님은 노발대발하셨다.

"너 같은 놈은 당장 내쳐야 되겠다. 너 때문에 선량한 세상이 고통받고 있는 걸 아직도 깨닫지 못하고 있느냐? 이 버르장머리 없는 놈아."

하느님의 추상같은 꾸중에 비의 신은 빌고 또 빌었다.

"너 같은 놈과는 상종도 하기 싫다. 내 눈앞에서 썩 꺼지거라."

하느님은 비의 신을 멀리 내치고, 대면조차 안 하셨다.

그런 비의 신이 갑자기 나타났으니 하느님은 못마땅할 수밖에 더 있으시겠는가?

"저, 하느님의 고민을 풀어드릴 아주 좋은 묘책을 찾았습니다."

"무슨 묘책이란 말이냐?"

하느님은 마지못해 퉁명스레 내뱉으셨다.

"이 추운 겨울에 아이들이 밖에 나와 뛰어놀 수 있는 좋은 방도를 생각해냈습니다."

"그래? 그게 뭔데?"

하느님은 귀가 솔깃하셨다.

"아이들은 생각도 마음도 아주 깨끗하지요. 잡티가 하나도 묻지 않아 곱고도 아름답지요. 그렇기 때문에 아이들은 밝고, 순수한 하얀색을 아주아주 좋아합니다."

"그건 나도 잘 알고 있다. 그래서 어쩌란 말이냐?"

하느님은 귀찮아하며 상을 찡그리셨다.

"그러니까 추운 겨울 세상을 아주 하얗게 만들어 버리는 것입니다."

"세상을 하얗게 만들다니? 세상을 하얗게 칠하겠다는 말이냐? 그게 말이 되느냐?"

하느님은 속이 뒤틀려서 벌컥 화를 내셨다.

"세상을 하얗게 칠하는 게 아니고요. 일시적으로 세상을 하얗게 만들자는 말이지요."

"그게 가능한 일이냐?"

하느님은 비의 신을 그냥 내치고 싶었지만 참으셨다.

"세상을 일시적으로 하얗게 만들 수 있는 딱 한 가지 방법이 있습니다."

하느님은 귀가 솔깃해지셨다.

"그래? 어디 구체적인 방법을 말해 보아라."

"아주 간단합니다. 하얀 가루를 많이 만들어 쏟아 내리면 됩니다. 그러면 아이들은 하얀 가루를 처음 보는 것이라 너무 좋아서 뛰쳐나와 기쁨으로 뛰어놀 것입니다."

"옳거니."

하느님은 무릎을 치셨다.

"그러면 아이들뿐만이 아니라 어른들도 좋아할 것입니다. 그것뿐이 아니지요. 하얀 가루로 지저분한 세상을 하얗게 덮어버리게 할 수도 있습니다. 그렇게 해서 어느 정도 시간이 지나면 쌓여 있는 하얀 가루를 녹아버리게 하는 것입니다. 제 아이디어가 어떠신가요?"

비의 신이 아주 신나게 읊어대는 이야기에 하느님은 손뼉까지 치셨다.

"옳거니, 그렇지. 그거참 좋은 아이디어구나."

하느님은 기분이 좋아지셨다.

"네 머리에서 그런 좋은 아이디어가 나오다니? 기특하고 장하구나. 그런데 정말 네가 하얀 가루를 많이 만들어서 세상에 내려보낼 자신이 있느냐? 정말 내게 약속할 수 있겠느냐?"

하느님은 반신반의하면서도 비의 신을 칭찬하셨다.

"이제는 절대로 실망시켜드리지 않겠습니다. 해낼 자신이 있으니까요."

하느님은 다시 비의 신을 믿어보기로 하셨다.

"그럼 빨리 실행토록 하라. 그런데 지금 당장 할 수는 없겠느냐?"

"며칠 말미를 주십시오."

비의 신은 하느님과 약속하고, 머리를 짜내다가 그 방법을 친구 온도의 신에게 부탁했다.

"하느님과 철석같이 약속했는데 해결 방법이 없겠니?"

온도의 신은 한참을 생각하다가 웃었다.

"좋은 방법이 있어. 네가 비를 내려. 그러면 내가 그 비를 얼게 할 테니까. 비가 얼면 아주 작은 하얀 가루가 될 거야. 그럼 됐지?"

"물이 얼면 틀림없이 하얀 가루로 변할까?"

"그럼. 이번에는 너도 하느님의 칭찬을 받아야지."

"고맙다."

비의 신은 기분이 날아갈 듯했다. 마음도 아주 느긋하고 여유로워졌다. 비의 신은 오랜만에 기분이 느긋해져서 아주 편안하게 누워 있다가 그만 잠이 들고 말았다.

며칠이 지났다. 또 며칠이 지났다.

"이게 또 허풍을 떤 게 아닌가?"

하느님은 비의 신을 기다리다 못해서 찾아가셨다.

아니나 다를까? 비의 신은 세상모르고, 드르렁드르렁 코를 골면서 깊은 잠에 빠져 있었다.

"아이고, 내가 저런 잠꾸러기 게으름뱅이 허풍쟁이를 믿고 있었다니?"

하느님은 화가 머리끝까지 치밀어 호통을 내리갈기셨다.

"게으름뱅이, 이노옴!"

비의 신은 깜짝 놀라 벌떡 일어났다.

"도대체 뭐 하는 것이냐? 아이들이 좋아한다는 그 하얀 가루를 만든다고 철석같이 약속을 하고, 잠에 곯아떨어져 자고 있으니?

소중한 믿음의 약속을 헌신짝처럼 여기는 네 놈을 이제는 안 되겠다, 큰 벌을 내려야겠다."

비의 신은 하느님에게 또 용서를 빌었다.

"죄, 죄, 죄송합니다. 정말 죄송합니다. 지금 당장 하얀 가루를 내려 보내겠습니다."

비의 신은 정신을 차리고 비를 솔솔솔 내렸다.

"야, 이놈아. 그건 비가 아니냐?"

하느님은 호통을 치셨다.

"죄송하게 됐습니다. 제가 미처……."

비의 신은 멀리서 눈짓을 하는 온도의 신을 보았다.

비가 하얀 가루로 변해 솔솔솔 내리기 시작했다. 하느님은 하얀 가루가 솔솔솔 내리는 것을 놀랍게 보셨다.

"진짜 하얀 가루다, 하얀 가루야. 네 솜씨와 기술이 대단하구나, 그런데 감질이 나는구나. 좀 더 펑펑펑 쏟아지게 하여라."

비의 신은 비를 세차게 쏟아지게 했다. 그러니까 하얀 가루가 펑펑 쏟아져 내렸다.

"하얀 가루가 내린다, 하얀 가루가."

하느님은 너무 기뻐 체면도 잊고, 소리 지르셨다.

비의 신도 다른 신들도 환호했다. 하느님은 하얀 가루가 쌓여 하얗게 변하는 세상을 기쁨으로 내려다보셨다.

하얀 가루는 쉴 새 없이 내려 세상을 하얗게 덮었다.

아이들이 밖으로 몰려나와 함성을 질렀다. 아이들뿐만이 아니라 어른들도 나와 좋아했다. 개들도 꼬리를 흔들면서 마구 뛰어다녔다. 아이들이나 어른이나 하얀 가루를 뭉쳐 굴리고, 던지고, 뛰어다니다가 넘어졌다. 즐거움과 기쁨의 세상은 야단법석이 되고 있었다.

"야아, 하느님의 선물이다."

"하느님의 선물이 내린다. 신난다."

아이들과 어른들의 소리 지름이 세상을 흔들었다.

잎이 다 떨어져 앙상한 나무들도 하얀 가루로 옷을 입었다. 집들도 하얀 가루를 뒤집어썼다. 보기 싫게 지저분하게 널려 있던 쓰레기도 하얀 가루에 덮여버렸다.

쓸쓸하고 칙칙하여 춥기만 하던 황량한 겨울이 즐겁고 신나는 축제의 세상으로 변했다.

하느님은 오랫동안 기쁨으로 정신없이 하얀 세상을 내려다보다가 비의 신을 칭찬하셨다.

"내가 그동안 너를 괜히 욕하고 탓했구나. 미안하다. 네가 처음으로 하얀 가루를 겨울 세상에 선물했구나. 참 장하고 기특하다."

비의 신은 솔직히 하느님에게 실토했다.

"실은 저는 비 밖에 내릴 줄 모르지요. 온도의 신이 빗방울을 얼려서 하얀 가루로 만든 것이지요. 그렇지만 하느님이 채근하지 않으셨다면 하얀 가루를 만들 엄두도 내지 못했을 것입니다. 하얀 가루는 하느님의 선물이지요."

하느님은 비의 신에게 부탁을 했다.

"이건 네 힘이 크다. 앞으로 겨울에 자주 하얀 가루를 세상에 내려보내도록 하여라."

비의 신은 하느님의 칭찬에 그동안의 잘못을 깊이 뉘우쳤지만, 그릇된 버릇을 쉽게 고칠 수는 없었다. 하얀 가루를 너무 많이 쏟아지게 해서 세상을 꼼짝 못 하게 만들기도 했고, 비와 섞여 내리게도 했다. 너무 얼려 얼음덩어리가 쏟아지게도 했다. 그러나 하느님은 예전처럼 비의 신을 심하게 꾸중하지 않으셨다. 비의 신은 하느님의 꾸지람 속에서 자신의 그릇된 버릇이 세상 사람들이 살아가는 데 큰 해가 된다는 것을 깨닫고 또 깨달았다.

비의 신은 추운 겨울이면 깨달음의 마음을 하얀 가루에 희석시켜 펑펑 쏟아져 내리게 했다. 그러고는 세상 사람들이 외치는 기쁨과 즐거움의 외침을 흐뭇함으로 들었다.

"하느님의 선물이 내린다."

"하느님의 선물이 내린다."

청자와 사장님

돈에 치여 죽을 만큼 사장님은 부자였다. 그러기에 사장님은 이 세상에서 돈이면 안 되는 것이 없다는 그릇된 삶의 철학을 지니고 있었다.

사장님은 모든 것을 돈으로 쉽게 해결했다. 그런 사장님이 우연한 기회에 국립박물관에 가서 고려청자를 보게 되었다. 사장님은 고려청자가 세계적으로 뛰어난 예술작품이라는 이야기는 익히 들어서 알고 있었다. 그러나 해설사의 설명을 들으며 그 고려청자의 진면목에 감탄을 연발했다.

"이 고려청자는 어느 곳 하나 흠잡을 데 없는 세계 제일의 명품 중의 명품입니다. 고려청자의 이 은은한 비취 색깔은 과학이 발달한 지금도 감히 흉내 낼 수도 없습니다."

사장님은 고려청자에 눈길을 쏟았다.

"고려청자의 예술 독창성은 독특한 모양에서도 번득입니다. 단정하고 부드러운 선, 기품 있는 모양과 대칭, 필요에 따라 각기 다르게 그려진 문양을 보면 볼수록 아름다움에 매료됩니다. 이 고려청자는 값으로 따질 수 없습니다. 이런 고려청자 한 점, 집에 소장하고 계신 분 있으신가요? 이 고려청자 한 점 가지고 계시면 아마 세상에서 부러울 게 없는 가보가 될 것입니다."

해설사의 달변에 사장님은 고려청자에 마음을 빼앗겨 버렸다. 사장님은 갑자기 고려청자를 소장하고 싶은 마음이 불길처럼 솟아올랐다.

사장님은 국립박물관에 다녀온 후로 국보와 다름없는 고려청자를 한 점 반드시 소장해야겠다는 결심을 다졌다. 그래서 도예가와 민속학자를 만나 고려청자에 대한 예술적 가치에 대한 안목을 넓혔다. 틈틈이 고려청자에 대한 여러 자료를 보면서 거기 그려진 꽃에서 은은한 향기를 맡았다. 살아 움직이는 듯한 동물을 세세히 관찰하며 탐구했다.

사장님은 향로, 주전자, 항아리, 연적, 병 등 고려청자에 매료되었다. 그중에도 단정하고 우아한 조형미와 신비스러울 정도로 균형과 조화를 이루고 있는 청자매병에 완전히 마음이 녹아버렸다.

사장님은 국립박물관에서 본 청자매병 한 점을 소장하기 위해, 뛰어난 스승 밑에서 수십 년을 익혀 국보와 가장 근접한 청자를 빚어낸다는 도예의 명인을 수소문 끝에 어렵사리 찾아냈다.

사장님은 반드시 청자매병 한 점을 꼭 손에 넣어야겠다는 욕심만큼 큰 가방에 돈을 쑤셔 넣고, 도예의 명인을 찾아 나섰다.

사장님은 손수 차를 몰았다. 구불구불 높은 고개를 몇 번 넘고, 울퉁불퉁 비포장도로를 덜커덩거리며 달렸다. 낯설고 물선 초행길이지만 기대에 가득 차서 지치거나 무료하지도 않았다.

사장님은 초가집 몇 채가 엎드려 있는 첩첩산중에 도착했다. 사장님은 한참 만에 만난 아낙에게 물었다.

"이곳에 청자 도예의 명인이 살고 있다는 말을 들었는데, 혹시 알고 계시는지요?"

아낙이 일러준 도예의 명인이 살고 있다는 곳에는 자동차도 갈 수 없었다.

사장님은 낑낑대면서 무거운 돈 가방을 들고, 잡초로 뒤덮인 논둑길을 지났다. 맑은 물 흐르는 개울을 건너 작은 산등성이를 헉헉거리며 올랐다.

산 중턱에는 오두막집과 별로 크지 않은 작은 가마가 있었다. 거기 신선 같은 어르신이 마침 가마에서 갓 구워낸 청자를 꺼내고 있었다.

아무렇게나 길게 자란 머리를 뒤로 묶고, 허연 수염은 땅바닥에 닿을 것만 같았다. 보기에도 범상치 않은 강인한 위엄이 서려 있었다. 첫눈에 봐도 청자 도예의 명인이 틀림없어 보였다.

"어르신 안녕하십니까?"

사장님은 돈 가방을 들고 오느라 너무 힘이 들어 숨을 헐떡였지만 어르신 가까이에 가서 정중하게 미소로 인사를 했다. 어르신은 힐끗 사장님을 쳐다보았다.

"어르신이 청자 도예의 명인이시지요? 저는 어르신의 존함을 듣고, 멀리서 물어물어 찾아왔습니다. 청자 도예의 명인이신 어르신께서 빚어낸 작품을 감상하고 싶습니다."

사장님은 가마에서 꺼낸 청자에 눈을 박으며 어르신의 눈치를 살폈다.

"잘못 찾아왔소이다. 보다시피 난 그저 고려청자 비슷한 도자기를 구워내는 보잘것없는 늙은이올시다."

어르신은 사장님에게 눈길조차 주지 않았다.

사장님은 무턱대고 명인 어르신 옆에 털썩 주저앉았다.

"어르신? 제가 다 알고 왔는데요. 우리나라에서 고려청자 도예의 명인은 어르신 한 분뿐이라는 사실도 알고 있습니다."

"그런 건 난 모르오. 난 이 산중에서 도자기를 굽는 천한 늙은이외다. 나도 그런 도예의 명인이 빚은 고려청자를 한번 보는 게 소원이라오."

어르신은 청자 한 점을 유심히 살피면서 말했다.

사장님도 어르신이 들고 살피는 비취 색깔이 은은한 청자에 시선을 쏟았다. 대숲에 세 마리 새가 앉아 있었다. 바람 소리와 새소리가 들렸다.

"최고의 예술품입니다."

사장님은 입을 딱 벌리면서 감탄을 내뱉었다. 그러나 어르신은 미련 없이 청자를 땅바닥에 내동댕이쳤다.

"아이고! 으으으음."

사장님은 자신도 모르게 몸을 비틀며 신음했다.

대숲이 산산조각이 났다. 죽은 세 마리 새는 흔적도 없었다.

모란 두 송이가 활짝 피어 향기를 뿜어내고 있는 청자도 미련 없이 땅바닥에서 박살이 났다. 활짝 피었던 모란 두 송이가 자취도 없이 사라졌다.

침을 꿀꺽꿀꺽 삼키며 사장님은 조바심으로 탄식했다.

"어르신? 제가 보기에는 최고의 예술품인데……."

"이런 건 아무짝에도 쓸모없는 거요."

청자에서 엉금엉금 기어가던 거북이 두 마리도, 꼬리를 흔들며 헤엄치던 붕어 세 마리도 박살이 나서 죽었다.

어르신은 꺼낸 청자를 살펴보다가는 인정사정없이 땅바닥에 내동댕이쳤다.

사장님의 눈에는 내동댕이쳐 산산조각이 나는 청자들이 국립박물관에 있는 국보 고려청자와 비교해도 손색이 없는 것으로만 보였다. 어르신은 그런 청자를 아무 미련 없이 연거푸 내동댕이치는 것이었다.

사장님은 퍽 퍽 소리를 내며 청자가 산산조각이 날 때마다 비명을 지르며 어찌할 바를 몰랐다. 거기에서 살아 숨 쉬던 동식물의 시체를 보면서 신음과 탄식으로 몸을 비틀었다.

"어르신, 청자 한 점 제게 파십시오. 돈은 얼마든지 드릴 테니까. 여기, 여기 이 가방에 돈이 가득 들었습니다."

사장님은 돈 가방을 어르신의 눈앞에 들이밀었다. 그러나 어르신은 돈 가방은 보지도 않고, 청자를 집어 던지고, 또 내동댕이쳤다.

가마 주변에는 깨진 청자들의 조각들이 흩어져 쌓여만 갔다. 그 조각들은 물고기, 꽃, 사슴, 거북이, 용들의 죽은 시체였다.

사장님은 이러다가는 청자 한 점도 얻지 못하겠다는 생각에 애가 타들어 갔다. 조바심이 끓어올랐다. 침이 바짝 말랐다.

어르신은 또 한 점의 청자를 뚫어지게 살펴보았다.

"이제 석 점밖에는 남지 않았구나. 이번에도 틀렸어."

어르신은 혼잣말로 괴로워하며 탄식을 했다. 사장님은 어르신보다도 더더욱 초조하여 어쩔 줄 몰라 했다. 어떻게 해서든지 기어이 청자를 한 점 손에 넣어야 되겠다는 조바심에 안절부절못했다.

어르신이 다시 유심히 살펴보는 청자는 바로 국립박물관에서 본 그 국보의 모습과 닮은 것이었다.

운학무늬가 선명했다. 학이 날개를 펴고, 흰 구름 유유히 떠도는 비췻빛 하늘로 힘차게 퍼득퍼득 날아오르고 있었다. 국립박물관에서 눈독을 들이던 그 고려청자 매병보다도 더욱 아름답고 신비로웠다.

'맞아, 바로 저거다. 청자 예술품 중에서도 최고의 걸작품 고려청자 매병이다. 어떻게 해서든지 저것을 손에 넣어야겠어.'

사장님은 어르신이 막 내팽개치려고 하는 고려청자 매병을 잽싸게 빼앗았다. 그러고는 고려청자 매병을 가슴에 감싸 안으며 어르신에게 외쳤다.

"이건 진짜 국보 고려청자 매병입니다. 제 눈을 속일 수는 없습니다. 이걸 저에게 파십시오."

사장님은 발로 돈 가방을 어르신 앞에 밀었다.

어르신은 어이가 없다는 듯 사장님을 쳐다보았다.

"뭐 하는 짓이오? 그건 아무짝에도 쓸모없는 매병이오. 얼른 이리 내놓으시오."

어르신은 고려청자 매병을 빼앗으려 했다.

"어르신, 이 돈이면 이 고려청자 매병 한 점의 값으로 충분할 거요. 어쩌면 남을 겁니다."

사장님은 가슴에 끌어안은 고려청자 매병을 훑어보면서 감동의 미소를 흘렸다.

"이제 소원 풀었어. 드디어 국보 최고의 걸작품이 내 것이 됐어."

사장님 눈앞에 청자매병을 보고 감탄하고 놀라워하는 지인들의 얼굴이 어른거렸다.

"어떻게 이런 국보 고려청자 매병을 소장하게 되셨나요? 과연 놀랍습니다."

"국보라 다릅니다. 사장님의 안목도 역시 국보시네요."

입에 침이 마르도록 칭찬하는 지인들의 모습이 눈앞에 어른어른거렸다.

"으흐흐흐. 그런 예술품을 정확히 보는 게 바로 내 안목이야, 내 안목."

사장님은 너무 흡족해서 중얼거렸다.

"그건 아무짝에도 쓸모가 없는 매병이오. 그리고 난 이런 돈은 필요도 없소. 쓸데도 없고요."

어르신은 사장님이 꼭 껴안고 있는 고려청자 매병을 확 빼앗아 내팽개쳐버렸다. 사장님이 울부짖었다.

"안 돼, 안 돼. 어이쿠, 이걸 어째."

고려청자 매병은 퍽 소리를 내면서 산산조각이 났다. 사장님의 들떴던 마음도 산산조각이 나버렸다.

"당신은 허황한 욕심에 때 묻은 불쌍한 사람이구려. 돈에 찌든 당신 같은 사람은 진짜 고려청자의 신비스러움이 보이지 않습니다. 가짜를 보아도 진짜로 여기는 가련한 사람입니다. 이까짓 돈, 흠 많아 팽개쳐버린 청자매병보다 못 하구려. 나는 아무짝에도 필요 없으니 이 돈 가방은 가지고 가시오."

사장님은 어르신의 노여운 꾸짖음을 들으면서 풀썩 그 자리에 주저앉았다. 어르신이 발로 밀어 산등성이 아래로 데굴데굴 굴러 내려가는 돈 가방에는 눈길도 주지 않았다.

사장님은 깨져 흩어진 청자매병 조각들만 멍한 눈으로 쓰다듬었다. 그러다가 사장님은 가슴을 훑어 내리는 어르신의 놀라움과 감격에 목멘 목소리를 들었다.

"오오, 신이시여, 드디어 이 고려청자 한 점을 제게 주셨군요. 일생을 몸 바쳐 빚고 빚던 제 지친 삶을 사랑으로 쓰다듬어 주셨군요. 오오, 신이시여 신이시여. 고맙습니다. 감사드립니다. 이제 저는 죽어도 여한이 없습니다."

사장님은 어르신이 탁자에 놓인 고려청자 매병에 큰절을 올리는 모습을 보았다. 사장님은 자신도 모르게 엉금엉금 기어가 고려청자 매병을 뚫어지게 쏘아봤다.

고려청자 매병 곡선의 자태가 아름답기 그지없었다. 비췻빛 은은한 하늘은 너무도 맑고 그윽했다. 그런데 거기서 청룡 두 마리가 발톱을 세우고, 똬리를 틀면서 꿈틀거렸다. 금방 하늘로 치솟아 오를 기세였다.

갑자기 세상이 움찔거리며 어두워졌다. 우르르르 쾅쾅! 천둥 번개가 내리쳤다. 발톱을 세운 청룡 두 마리가 입에서 시뻘건 불길을 내뿜으며 하늘로 용솟음쳤다. 청룡 한 마리가 물고 있는 여의주는 눈이 부셨다.

사장님은 그만 넋을 잃고 쓰러졌다.

인조인간 로매트

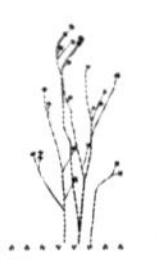

로매트.

로매트는 세계가 알아주는 로봇 개발의 전문가이며 인간 생명공학 연구의 권위자인 박사님이 10여 년의 연구 끝에 만들어낸 인조인간이다.

로매트는 인간의 능력을 초월하는 천재의 지능을 지니고 있다. 또한 신체의 내부가 기계로 조립되어 있기 때문에 인간의 상상력을 뛰어넘는 괴력을 발휘한다. 이런 로매트를 대하는 사람들은 그가 인조인간임을 믿지 않는다. 생김새나 행동이 사람과 구별할 수 없을 정도로 완벽하여 혀를 내두른다. 박사님조차도 로매트가 자신이 만든 인조인간이라는 사실을 잊을 때가 많다.

로매트는 박사님이 시키는 일을 한 치의 오차도 없이 완벽하게 수행한다. 그러기에 박사님은 언제나 로매트의 도움을 받으며 연구 활동을 마무리한다. 그만큼 박사님은 로매트를 가장 아끼고 믿는다.

박사님은 2년 전부터 인간의 건강 수명에 대한 연구에 몰두하여 드디어 획기적인 성과를 얻게 되었다.

"이봐, 로 박사. 인간이 병에 걸리고, 늙고, 죽고 하는 원인의 중심이 어디에 있다고 보는가?"

박사님은 로매트를 로 박사라고 불렀다.

"자신의 능력이 무한하다는 인간의 욕심 때문입니다."

"맞네."

"인간의 허황하고 지나친 욕심은 여러 가지 악성 바이러스를 생성시키지요. 그래서 그 바이러스는 인간의 유전자와 세포를 파괴시켜 결국 병들게 하지요."

"로 박사 자네 말이 정답이네. 어쩌면 그렇게 내 생각과 하나도 다르지 않고 똑같은가?"

"저는 박사님께서 만드신 인조인간입니다."

박사님과 로매트는 기분 좋게 껄껄껄 웃음을 나눴다.

"그래. 인간의 욕심은 유전자와 세포를 변형시키고, 파괴하고, 죽이는 주범이지. 그런데 말이야, 인간들은 그걸 너무나 잘 알면서도 지키지 않는다는 거야."

"이번 연구 성과도 거기에 있지 않나요?"

"그렇지. 나는 이렇게 생각해. 인간은 각자가 지니고 있는 수명을 아주 건강하게 유지하다가 건강하게 죽는 게 제일 행복하다고 말이야."

"지당하신 말씀입니다."

박사님은 인간의 건강 수명을 건강하게 유지하는 특효신약을 개발하였다. 이 특효신약은 어떠한 악성 바이러스도 침투하지 못하게 차단하여 인간이 불치의 병도 걸리지 않고, 지니고 있는 수명을 다한다는 데에 초점이 맞춰져 있다. 박사님이 개발한 이 특효신약은 임상시험만 끝나면 대량 생산에 들어가게 되는 것이다.

"이봐, 로 박사? 지금까지 수고 많았네. 인간들은 불치의 병을 앓지 않고 자기 수명을 건강하게 유지할 수 있게 됐어. 이제 마무리 단계로 임상시험만 끝내면 완성이네. 로 박사, 그동안 자네 힘이 참으로 컸네. 이보게, 로 박사. 이 특효신약 개발은 성공했지만, 자네가 모르는 시급히 보완할 게 한 가지가 남아 있단 말이야."

박사님은 깊은 생각을 하면서 한숨으로 말했다.

로매트는 고개를 갸우뚱했다.

"로 박사 자네만 알고 있게. 개발한 특효신약에 큰 문제점이 발견되었네."

"박사님, 이미 성공을 거두었는데 무슨 문제점이 있다는 말씀이신가요?"

"그건 말이야. 어떻게 표현하면 좋을까?"

박사님은 말 못 할 사정인 듯 상을 찡그렸다.

"박사님, 왜 그러십니까?"

"이 특효신약이 인간 건강생활에 큰 희망이 될 수 있다는 목적은 달성했지. 그런데 말이야, 내가 자네에게 미처 말하지 못한 것이 딱 하나 있네. 그것은 말일세, 이 특효신약을 천재들이 복용하면 그들의 두뇌조직과 세포가 뒤엉기는 현상이 일어나 심각한 부작용이 생기는 것일세."

박사님은 같이 연구 활동한 로매트가 도저히 이해하지 못하는 무서운 말을 했다.

“박사님, 저는 도저히 납득할 수가 없습니다. 그럼 천재가 복용하면 어떤 부작용이 일어난단 말씀인가요?”

“그건 말이야, 바보가 되는 것일세.”

“예?”

로메트는 정신을 잃을 뻔했다.

“무엇이 어디서 어떻게 잘못되었는지 알 수 없네. 그렇지만 연구결과에 그렇게 나타난 사실을 어떻게 부정할 수 있겠는가? 믿어야지. 이 얼마나 무섭고도 모순된 진실인가?”

“박사님, 저는 왜 그것을 발견하지 못했나요?”

“자네가 잠시 자리를 비웠을 때 발견된 것이라네.”

개발한 특효신약을 천재들이 복용하면 두뇌조직과 세포가 뒤엉기는 현상이 일어나 결국 바보가 된다는 문제점은 치명타가 아닐 수 없었다.

“그러니까 이 특효신약은 현재대로라면 이롭고도 무서운 약이 될 수 있어. 지금 내 머리가 지끈거리고 복잡해. 별장에 가서 일주일 정도 쉬면서 깊이 파보면 그 약점을 보완하는 방법을 알아내게 될 걸세. 자네도 생각해 보게.”

“박사님, 명심하겠습니다.”

“이봐, 로 박사. 닷새 후 오후에 별장으로 오게. 그때까지는 나타난 문제점이 해결될 수 있을 걸세. 또 자네에게 특별히 당부할 얘기도 있다네.”

박사님은 의미심장한 말을 남기고 별장으로 떠났다.

로매트는 박사님이 일주일간의 휴가를 떠난 아침부터 연구실에서 개발한 특효신약에 나타났다는 문제점을 꼼꼼히 되짚었다.

'지금까지 연구 실행으로 성공을 거둔 특효신약이 정말 천재들에게 독이 된다는 게 사실일까? 그럼 그 이유가 무엇일까?'

로매트는 아무리 생각해도 도무지 이해가 되지 않았다.

로매트는 컴퓨터에 나타난 연구 결과를 되짚었다. 그림과 표를 분석하고 다시 해석했다. 개발 약품 분석표, 성분 추출 조합표 등을 세밀히 검토했다. 약품을 재분석하여 다시 섞기도 하고, 나타나는 반응을 기록하기도 했다.

로매트는 정신을 집중해 검토하고 반복하면서 다시 되짚어 살펴보았지만 연구한 활동에서 특이한 점은 그 어디에서도 발견되지 않았다.

로매트는 머리가 지끈거리고 어지러워 터질 것만 같았다. 별의별 잡념이 머릿속을 복잡하게 어지럽혔다. 그러다가 로매트는 박사님이 연구실을 왔다 갔다 하면서 신음으로 지껄이던 의미심장한 말이 쇠망치가 되어 머리를 내리치는 느낌을 받았다.

"천재들이 이 특효신약을 복용하면 두뇌조직과 세포가 뒤엉기는 현상이 일어나 바보가 된다? 그렇다면 박사님이 복용하면 바보가 된다? 정말 이게 진실일까? 박사님의 말씀이니까 거짓은 아니지."

로매트는 상상의 늪에서 허우적거리다가 정신을 차렸다.

'그래 바로 그거다. 이 일주일이 절호의 기회다. 내가 이 특효신

약을 만들어서 먼저 박사님에게 임상시험을 하는 거야. 어려운 게 아니야, 한 방이면 끝나니까.'

로매트는 번개처럼 떠오른 나쁜 생각에 희열을 느꼈다. 그러고는 특효신약 만들면서 앞날을 그려보았다.

'박사님 몸에 이 특효신약이 들어가면 바보가 된다? 으히히히, 그러면 뭐야? 내가 이 세상에 우뚝 서는 게 아닌가? 인조인간인 내가 말이야.'

로매트는 닷새째 되는 날 아침에 연구실이 흔들리도록 호탕하게 웃으며 떠들었다.

"드디어 내가 특효신약을 만들었어. 일급 비밀인 이 신약을 내가 만들어낸 거야. 이 특효신약이 천재들의 몸에 들어가면 금방 바보가 된다 이 말이지? 과연 박사님이 임상시험 대상 1호라는 사실을 알까? 으하하하……."

로매트는 소름 돋는 웃음을 흘리며 만들어낸 물약을 아주 조심스레 주사기 속에 가득 넣었다. 약병에도 가득가득 채웠다.

"세계 제일의 로봇 개발 전문가이며 인간 생명공학 연구의 권위자인 박사님에게 이 약을 주사하면 바보가 되겠지? 천재가 바보가 된다? 히히히…… 내가 그걸 직접 실험으로 입증하는 거야."

로매트는 주사를 맞고 바보가 된 박사님의 모습을 그려보며 음흉한 미소로 떠들었다. 로매트는 소파에 몸을 묻었다. 특효신약이 가득한 약병을 보면서 장차 벌어질 앞날을 환하게 생각했다.

"우선 박사님을 바보로 만든 다음 특효신약을 양산하는 거야. 그럼 나는 세계에서 가장 명망 높은 과학자가 되고, 부자도 되겠지. 결국 인조인간인 이 로매트가 세상을 지배하는 거야. 세상의 지배자 천재 박사 로매트여, 장하다."

로매트는 무서운 상상으로 거만하게 우쭐거렸다.

로매트는 오후에 박사님의 별장을 향해 차를 몰았다.

로매트는 떠난 지 두 시간 만에 박사님이 쉬고 있는 별장에 도착했다. 로매트는 현관문을 열고 들어섰다.

"어, 로 박사? 시간 맞춰 왔구먼. 오느라고 수고했네. 우선 이리 와서 앉게."

로매트는 굳은 표정으로 천천히 박사님에게 걸어갔다. 그러고는 품속에 감추었던 주사기를 얼른 꺼냈다. 로매트는 야릇한 표정으로 박사님의 손등에 주사기 바늘을 사정없이 내리꽂았다. 정말 순식간이었다.

어이쿠! 박사님이 비명을 지르며 소파에 주저앉았다.

"세계 제일의 로봇 개발 전문가이며 인간 생명공학 연구의 권위자인 박사가 주사 한 방으로 바보 박사가 된 거야. 난 이제 이 약을 많이 만들어서 세상에서 제일가는 부자가 될 거야. 그리고 천재들을 모두 바보들로 만들 거야. 그러면 어떻게 되지? 당신이 만든 나 인조인간 로매트가 세상을 지배하는 거지. 이 얼마나 아이러니한 일인가? 생각만 해도 신이 난다 이 말이야."

로매트는 몽롱한 박사님을 내려다보며 씨부렁거렸다.

"으히히히, 정신을 못 차리고 흐물거리는 모습을 보니 특효신약의 효과가 금방 나타나는구나. 이봐, 바보 박사? 당신을 바보로 만든 인조인간 로매트를 쳐다봐. 이제 당신은 내 조수야."

로매트는 박사님을 애처로운 눈으로 깔아뭉개고는 파도 소리가 부딪치는 창가로 거만하게 뚜벅뚜벅 걸어갔다.

햇살이 쏟아져 넘실대는 푸른 파도가 밀려왔다 밀려갔다를 반복하고 있었다. 로매트는 세상을 자신의 손아귀에 넣었다는 우월감에 사로잡혀 소리를 질렀다.

"인조인간 로매트여! 이제 세상은 그대 것이니라."

그때 로매트는 등줄기를 훑어 내리는 박사님의 노함이 섞인 부드러운 음성을 들었다.

"이봐, 로 박사? 특효신약이 천재들의 두뇌조직과 세포가 뒤엉기게 하여 바보로 만든다는 이론은 내가 꾸며낸 거짓말일세. 그 거짓말은 과연 인조인간도 인간과 똑같은 욕심이 존재하는가를 알아보기 위한 내 실험 트릭이었네. 실험 결과 인조인간의 욕심은 인간보다도 더 큰 인류의 재앙이 된다는 사실이 방금 입증되었네. 이것으로 인조인간에 대한 내 연구는 완벽하게 마무리되었네."

박사님은 주머니에서 꺼낸 아주 작은 리모컨의 스위치를 눌러 인조인간의 기계두뇌 유전자조직에서 욕심과 관계되는 부분을 완전히 죽여 버렸다. 그러자 로매트는 갑자기 힘이 빠지고, 흐느적거리면서 소파에 털썩 주저앉았다.

"이보게, 로 박사. 자네를 실험 도구로 써서 미안하기는 하지만 한편으로는 고맙네. 자네 덕분에 나는 건강생활을 지속시키는 특효신약의 임상시험 대상자 1호가 되었네. 앞으로도 자네는 내 연구의 훌륭한 파트너로 연구 활동에 전념하여 주게. 알겠는가?”

로매트는 박사님의 너그럽고도 엄숙한 음성을 들으면서 중얼거렸다.

“박사님, 엄청난 제 잘못을 용서해 주셔서 정말 감사합니다. 인조인간 로매트는 앞으로도 박사님의 훌륭한 조수로서의 역할을 막힘없이 수행하겠습니다.”

복사꽃 향기

복사골 황우는 힘이 황소와 같았다.

황우는 거짓말 보태서 열 사람이 힘에 부쳐 낑낑대는 작은 바윗덩어리도 거뜬히 혼자 들어 옮겼다. 도저히 무거워 엄두도 못 내는 쟁기도 아무렇지도 않게 혼자 거뜬히 다루었다. 온종일 복사골 배수로 정지 작업을 혼자 하고도 지치지 않았다. 복사골의 힘들고 어려운 일은 황우의 독차지였다. 그렇게 우직하고 고지식한 황우는 결혼도 하지 않고 혼자 살았다.

황우는 늘 싱글거리며 복사골의 일들을 도맡아 했다.

"아이고, 그거 놔두세요. 제가 금방 해 드릴게요."

"그건 힘들어서 못 해요. 저기 그늘에 가 쉬고 계세요."

"그렇게 더러운 건 제가 해야 해요."

복사골 사람들은 내색 하나 없이 즐겁게 흥얼거리며 대가도 바라지 않고 일을 하는 황우가 그저 고맙고 든든하기만 했다.

복사골 사람들은 황우가 사는 집을 새로 지어 주었다. 먹을 것, 입을 것도 살뜰히 챙겨 주었다.

"오늘 제가 할 일 없어요?"

"없네."

"그러지 말고 말씀하세요. 어려워하시지 말고요."

"이 사람아, 자네도 좀 쉬어야지. 진종일 그러면 되나?"

"전 괜찮아요. 힘이 남아도는걸요. 할 일 없으면 제가 앞마당만이라도 쓸어드리고 갈게요."

복사골 사람들은 마음씨 착한 황우가 너무나 기특하고 듬직했다.

"이제 우리 마을은 황우 없이는 아무것도 안 되겠어."

"황우가 구세주여."

"암, 그렇고말고."

황우는 복사골의 상징이 되었다.

읍내에서 단오절 행사로 큰 씨름대회가 열린다는 소식이 탐스러운 복숭아가 주렁주렁 열리고 있는 복사골에 날아왔다.

"여보게, 황우. 읍내 씨름대회에 나가면 어떻겠나?"

"저 같은 게 뭐 자격이 있나요?"

복사골 사람들은 극구 사양하는 황우를 단오절 씨름대회 선수로 참가시켰다.

"우리 복사골 황우를 당해낼 사람은 아무도 없을 거야."

"보나마나야. 우승은 따 놓은 당상이지."

복사골 사람들의 말대로 모래판에서 황우를 당해낼 장사는 없었다. 힘깨나 쓴다며 으스대던 장사들이 혜성처럼 나타난 황우 앞에서는 맥을 못 췄다. 힘 한 번 써보지 못하고 모래판에 벌러덩 나가떨어졌다. 어떤 장사는 황우의 엄청난 힘과 위력에 지레 겁을 먹고 기권을 했다.

황소와 같은 황우는 천하무적이었다.

황우는 전국 씨름대회에서 두 번이나 우승을 했다는 기골이 장대한 장사와 우승을 가리게 되었다. 씨름판은 열기가 후끈거렸다. 두 패로 갈려 응원도 대단했다.

황우와 전국 장사는 힘이 엇비슷했다. 서로 한 번 지고, 한 번은 이겼다. 마지막 판은 너무나 흥미진진했다.

"으라랏차!"

어느 순간 황우가 내지르는 괴성과 함께 번쩍 들린 전국 장사는 모래판에 쿵! 내동댕이쳐졌다. 순식간의 일이었다. 사람들은 황우의 괴력에 입을 다물지 못했다.

"황우 장사 만세! 만세! 복사골 만세!"

처음 씨름판에 나간 황우는 당당히 우승을 했다.

황우는 상으로 받은 황소를 복사골에 기증했다.

복사골 사람들은 이렇게 경사스러운 일은 마을이 생긴 이래 처음이라며 온통 즐거움과 기쁨으로 들썩거렸다. 복사골 사람들은 황우의 자랑스러움을 똑같이 나눠 가졌다.

황우의 소문은 읍내에서 다른 읍내로, 또 다른 읍내로 삽시간에 퍼져 나갔다.

"황소 한 마리를 주먹 한 방으로 때려눕혔대요."

"그것뿐이 아니야. 집채만 한 바위도 번쩍번쩍 든대요."

"복사나무도 기합 한 방에 뽑았대요."

황당한 거짓말도 진실이 되어서 흥미와 호기심을 자극시켰다. 소문만큼 황우의 이름은 전국으로 퍼져 나갔다.

전국 씨름대회가 열릴 때마다 씨름 흥행사가 황우를 데리고 갔다. 그때마다 황우는 우승을 했다. 황우가 우승으로 받은 황소가 열댓 마리가 되었다. 황우는 마을에서 제일가는 부자가 되었다.

황우는 점차 마을 일을 거들떠볼 겨를도 없게 되었다. 차츰 황우는 자기의 힘을 뽐내기 시작했다.

복사골에 복숭아가 붉게 익어가고 있을 무렵, 황우는 읍내에서 온 신사를 따라가며 호언장담했다.

"나는 우리나라에서 제일가는 씨름꾼이 될 것입니다."

황우는 복사골 사람들에게 이 말을 남기고는 홀연히 떠났다. 복사골 사람들은 섭섭함을 내버리고, 황우가 아주 잘되기를 바라는 바람을 배웅에 담아 보냈다.

황우는 신사와 같이 전국을 돌아다니며 씨름판을 누볐다. 황우는 그렇게 해서 억수로 돈을 벌었다. 돈을 번 만큼 이름도 날렸다. 황우의 유명세는 하늘을 찌를 듯 솟아올랐다. 더 바랄 것이 없게 되었다.

우승하는 장사에게 황소 세 마리가 주어지는 전국에서 제일 큰 씨름대회가 열리는 날이었다.

"이제 전국에서 자네를 당할 자는 아무도 없네. 명성도 돈도 다 얻은 자네가 더 이상 뭐가 부러운가? 그러니 뒤에서 후배들이나 양성하게나. 다른 사람들에게도 우승의 기회를 줘야 되지 않겠는가?"

사람들은 황우의 참가를 말렸다. 그러나 황우는 일언지하에 거절했다.

"무슨 그런 섭섭한 말씀을 하십니까? 내가 나가지 않으면 씨름판의 흥행이 되겠습니까? 사람들도 오지 않을 것입니다."

황우의 고집에 사람들은 더 이상 말릴 수도 없었다.

씨름판에 구경꾼들이 구름처럼 몰려들었다. 그야말로 인산인해였다. 드디어 씨름이 시작되었다. 함성은 씨름판을 흔들었다.

장사들의 기합 소리가 구경꾼들을 흥분시켰다.

비쩍 마른 장사가 황소만 한 장사를 단판에 팽개칠 때는 구경꾼들의 환호성으로 흥분의 도가니였다.

드디어 황우가 구경꾼들의 환호 속에 등장했다. 황우의 적수는 없었다. 황우는 시간이 지날수록 힘이 더 솟았다. 황우와 마지막 다섯 판 대결에 나오는 장사는 힘 한 번 쓰지 못하고 나가떨어졌다. 황소 세 마리는 황우의 것이 되었다. 황우는 씨름판 가운데 서서 의기양양하게 소리를 질렀다.

"단 한판에 나를 이길 자가 있으면 나오시오. 내가 받은 황소 세 마리에 두 마리를 더해 다섯 마리를 상으로 주겠소이다."

씨름판이 웅성거리며 구경꾼들의 호기심을 자극했지만 대적할 자가 나오지 않았다. 그러자 황우는 의기양양해서 더 큰 제안을 했다.

"나와 겨룰 사람 없소? 그럼 황소 다섯 마리에 다섯 마리를 더해 황소 열 마리를 상으로 걸겠소."

구경꾼들의 눈이 휘둥그레지며 환호성이 씨름판에 쏟아졌다. 지금까지 황소 열 마리를 상으로 내건 씨름대회는 없었다.

찬물을 끼얹듯 조용하던 씨름판에 정적이 깨졌다.

"나와 한 번 겨루어 봅시다."

갑자기 구경꾼들의 웃음소리가 씨름판을 흔들었다. 아주 볼품도 없는 깡마른 사내가 나왔기 때문이었다. 황우의 체격에 비하면 그야말로 고목나무에 붙은 매미 꼴이었다.

황우가 어이없다는 듯 허허 웃으며 말했다.

"댁이 나를 이길 자신이 있다고 보오? 괜히 다치지 말고 어서 들어가시오."

"이기고 지는 건 시합으로 판가름 나는 것 아닌가요? 보아하니 당신은 이제 하향길에 접어든 것 같소이다."

황우는 그 말에 벌컥 화를 냈다.

"뭐가 어째? 피라미 같은 주제에 감히, 정말 그렇게 날 무시할 참인가? 내가 당신을 병신으로 만들어주겠다."

황우는 그 사내를 단번에 번쩍 들어 사정없이 모래판에 내동댕이치리라 다짐하고 대결에 응했다.

드디어 씨름이 시작되었다.

황우는 시작하자마자 사내를 패대기칠 요량으로 단번에 들어 올렸다. 일시에 구경꾼들이 함성을 올렸다. 그런데 깡마른 사내의 손발이 황우의 목과 가슴을 감고 떨어지지 않았다.

황우는 화가 치밀어 올라 사내를 패대기치려고 모래판을 빙빙 돌았다. 구경꾼들의 함성도 빙빙 돌았다. 그럴수록 사내는 더욱 단단히 황우 몸에 달라붙었다. 황우는 식식대면서 당황했다. 구경꾼들의 열기는 점점 고조되고, 그야말로 흥미 만점이었다.

구경꾼들은 깡마른 사내를 응원하기 시작했다.

황우는 화가 머리끝까지 치솟아 올라 점점 더 식식거리며 깡마른 사내를 메치려고 이리저리 빙빙 돌렸다. 그러나 사내는 황우의 몸에서 떨어지지 않았다. 깡마른 사내는 고목나무에 찰싹 달라붙은 찰거머리였다. 황우는 차츰 제풀에 지쳐 점점 씨근덕거렸다. 황우의 불끈대던 힘도 깡마른 사내 앞에서 무용지물이 되고 있었다.

"장사 양반, 힘이 빠지셨나? 어서 팽개쳐 보시지?"

깡마른 사내가 황우 귀에 속닥거렸다.

"뭣이 어째!"

황우는 점점 화가 불처럼 활활 타올랐다.

"어서 메쳐 보시게. 황소 같은 엄청난 힘 어디다 쓰시려고 그러시나?"

깡마른 사내가 또 약을 올렸다.

"네 갈빗대를 다 부러뜨리겠다, 이 자식아."

황우의 입에서 험하고 상스러운 욕이 튀어나왔다.

황우는 젖 먹던 힘까지 다해 깡마른 사내를 패대기치려고 기회를 엿봤다.

"이제 보니 황우가 아니라 송아지야."

"한물갔어."

황우는 구경꾼들이 비웃는 소리를 들었다. 황우는 식식대며 구경꾼들을 휘휘 둘러 노려보았다. 그 순간이었다. 깡마른 사내가 그 틈을 타서 샅바를 순간적으로 잡아당기고는 왼발을 상대의 오른발 바깥쪽으로 짚은 다음, 오른 다리로 황우의 오른 다리 바깥쪽을 감아서 넘겼다.

황우는 고목나무 쓰러지듯 맥없이 씨름판에 나가떨어졌다. 정말 어이없는 패배였다.

황우는 황소 열 마리를 깡마른 사내에게 주고 말았다.

그로부터 황우의 인기는 수그러들기 시작했다.

황우에게 힘으로는 도저히 당할 수 없다는 것을 알게 된 장사들은 여러 가지의 교묘한 씨름기술을 개발하고 익혔다. 오직 힘에만 의존한 황우는 황소처럼 씨근거리다가 나가떨어지기 일쑤였다. 그로부터 황우는 사람들로부터 외면과 따돌림을 당했다. 황우의 이름도 사람들에게서 차츰 멀어져 갔다.

황우는 절망에 빠져 술로 세월을 보냈다. 그 많던 재산도 모두 날려 보냈다. 빈털터리가 된 황우는 고개를 떨구고, 복사골로 돌아왔다.

복사골은 흐드러지게 복사꽃이 피어 그 향기가 마을을 진동시켰다.

복사골 사람들은 황우가 처음으로 씨름에 우승했을 때보다도 더 크게 고향에 돌아온 것을 환호했다. 황우는 소똥 같은 눈물을 마구마구 쏟았다.

마을 사람들은 잔치를 열고 외치고 외쳤다.

"새로 태어난 황우 만세! 복사골 만세!"

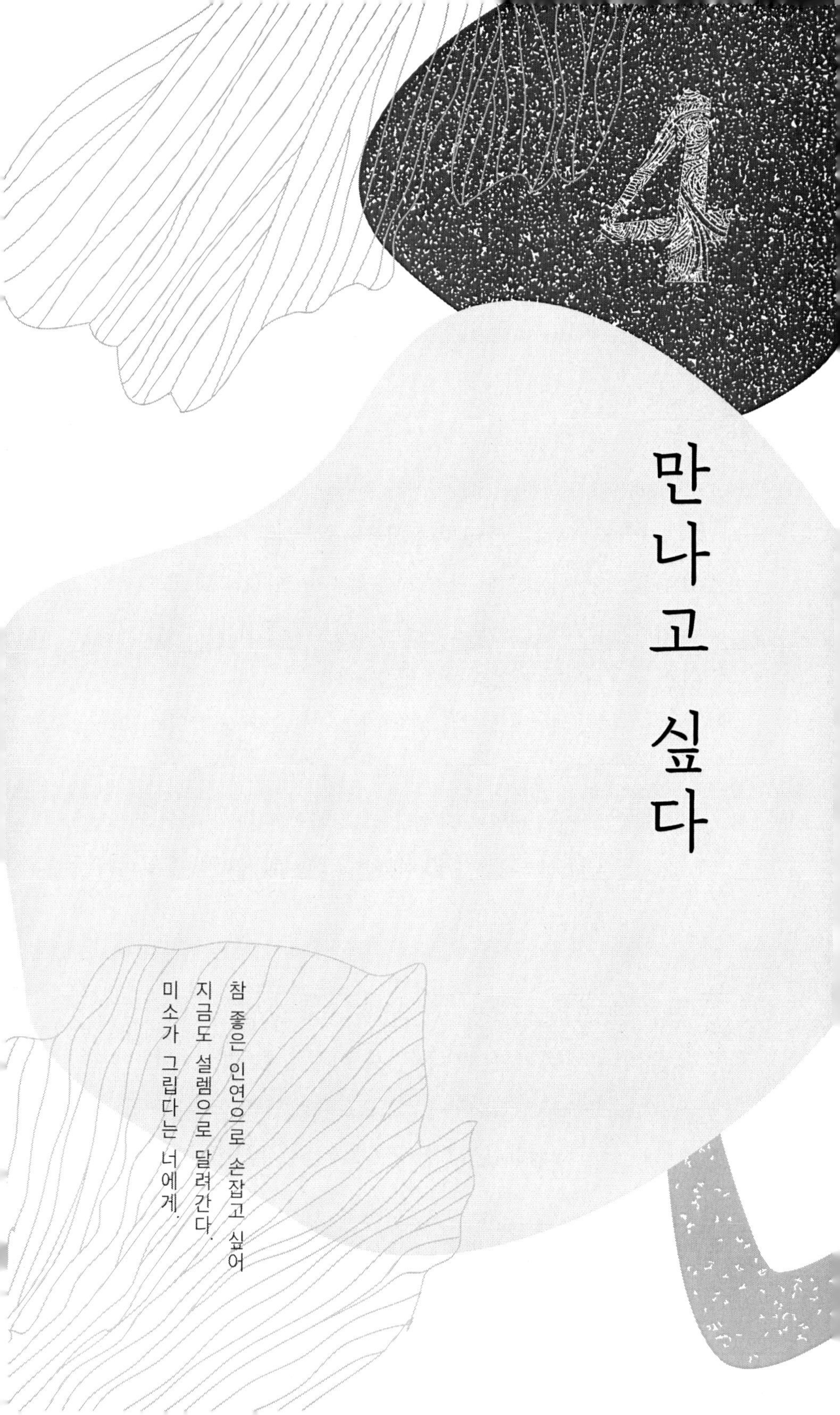

4

만나고 싶다

참 좋은 인연으로 손잡고 싶어
지금도 설렘으로 달려간다.
미소가 그립다는 너에게.

심할서

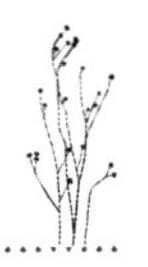

심할서.

국어사전을 뒤적여 봐도 이 낱말은 없습니다. 바르게 표기된 낱말이 아니기 때문입니다. 심할서의 바른 표기는 시말서입니다. 간혹 직장에서 시말서를 제출하는 사람이 심할서라고 잘못 표기하면 해프닝의 대상이 되기도 합니다. 무식쟁이, 돌대가리라는 비웃음을 받기도 합니다. 그럼에도 불구하고 저는 바른 표기도 아닌 심할서를 제 삶의 좌우명으로 삼고 있습니다.

제가 생뚱맞게도 심할서를 제 삶의 좌우명으로 삼고 있는 데는 그럴만한 이유가 있습니다. 거기에는 사랑하는 아내에게조차 털어놓지 않은 제 삶의 비밀이 숨 쉬고 있기 때문입니다.

오늘, 그동안 아무에게도 털어놓지 않았던 제 삶의 비밀을 여러분에게 진솔하게 고백합니다.

저는 지금으로부터 37년 전, 사범대학을 졸업하고, 도시에서 그리 멀지 않은 면 소재지 중학교 국어 교사로 첫 발령을 받았습니다.

처음 학교 교문을 들어서서 설렘으로 눈에 담은 교정은 아담하고, 깨끗하고, 아름다웠습니다. 참으로 마음에 들었습니다.

여기서 교직의 삶이 시작되는구나. 멋지게 생활해 보자.

저는 학교를 둘러보면서 흐뭇함으로 다짐했습니다.

교장 선생님과 면담 시간을 가졌습니다. 교장 선생님은 비교적 자세하게 학교에 대해 설명해 주시면서 저의 신상에 대한 것도 깊이 있게 물으셨습니다.

직원협의 시간에 교장 선생님은 저를 장황하게 소개하셨습니다. 그러면서 문예지에 시로 1회 추천을 받았을 뿐인 저를 장래가 촉망되는 젊은 시인이라고 치켜세우셨습니다.

저는 순간 당황했습니다. 3회 추천이 완료되어 정식으로 문단에 등단한 시인이 아니기 때문이었습니다. 그렇지만 그 자리에서 그게 아니라고 변명할 환경이나 처지도 못 되었습니다.

그래, 꼭 문단에 등단을 해야만 시인인가? 문예지에 1회 통과는 했잖아? 그러니까 정식 등단은 못 했어도 시인은 시인이지. 빨리 노력해서 등단하라는 격려로 고맙게 받자.

교장 선생님이 씌워주신 시인의 굴레를 엉겁결에 뒤집어쓴 저는 스스로를 인정하고, 다짐하면서 긴장을 느슨하게 풀었습니다.

저는 그렇게 낯설지 않은 친숙함으로 조금은 당당하게 교직 생활의 문을 열었습니다.

모든 것이 새로운 환경이기는 했지만, 적응에는 오랜 시간이 걸리지 않았습니다. 그것은 교장 선생님이 저에게 씌워주신 시인의 굴레 때문이기도 했습니다.

틈만 나면 선생님들의 관심이 다가왔습니다.

“선생님은 미소에서도 은근한 시정이 풍겨요. 말씀도 감미롭고요.”

“언제 그렇게 문학 공부를 많이 하셨어요? 젊은 분이.”

“부럽기도 하고 샘나기도 합니다.”

저는 그동안 탐독한 문예지에서 밑줄 쳐 두었던 문장이나 읽고 있는 책 내용, 상식적인 일반 문학지식을 짜깁기해서 선생님들과 대화에 활용했습니다. 모르는 것은 은은한 미소로 답했습니다.

저는 대수롭지 않은 그런 것들이 신통하게도 학교 근무에 무기가 된다는 사실에 놀랐습니다.

알고 보니 선생님들 지식도 별로네. 신참인 나보다 못해. 괜히 쫄았어.

저는 조금은 우월감이나 자신감에 도취되다가 제정신으로 돌아오곤 했습니다. 저는 졸지에 아이들에게도 우상이 되어버리고 말았습니다. 여학생들은 물론이고, 남학생들까지도 저를 가까이하려고 야단법석이었습니다.

저는 여기저기 시집을 들춰보면서 「님의 침묵」이라든지 「나그네」, 「진달래」, 「해」, 「보리피리」와 같은 시만을 골라 외웠습니다. 그리고 수업 시간에 동기 유발로 감정을 넣어서 읊어댔습니다.

“해야 솟아라, 해야 솟아라. 말갛게 씻은 얼굴 고운 해야 솟아라. 산 넘어 산 넘어서 어둠을 살라먹고, 산 넘어서 밤새도록 어둠을 살라먹고, 이글이글 애띤 얼굴 고운 해야 솟아라.”

감정과 표정을 이입하여 시를 읊어대면 아이들은 얼이 빠졌습니다. 심연의 수렁에서 허우적대는 아이들은 때로 제가 시를 외우다가 틀려도 눈치를 못 챘습니다.

아이들은 시의 동기 유발 때문인지는 몰라도 수업 태도가 참으로 진지했습니다.

"시인 선생님 수업 시간이 제일 좋아요, 재미있어요."

"다음 시간이 기다려져요."

아이들의 칭찬은 저를 들뜨게 했습니다.

수업이 그렇게 어려운 것은 아니구나. 교재 한 번 훑어보고, 그동안 익힌 얄팍한 문학지식을 소통으로 활용하면 수업은 거의 만점이야. 그게 아이들에게 인기를 얻는 좋은 비결이네.

햇병아리 교사인 저는 감히 수십 년 수련을 쌓은 중견 교사들도 어려워하는 수업을 쉽게 여겼습니다.

"박 시인 인기가 절정입니다."

"시인이라 아이들도 무척 좋아하는군요."

"박 시인 선생님은 수업 준비도 아주 철저히 하시나 봐요. 제가 수업기술을 배워야 되겠어요."

입에 침도 안 바르고 치켜세우는 선생님들의 칭찬은 저를 알게 모르게 자기만족과 도취의 구렁텅이로 빠져들게 만들었습니다.

"시인은 술버릇도 괴팍하다면서요?"

"시인 선생님은 어떤 버릇이 있어요? 보고 싶네요."

어느 날 회식 자리에서 선생님들은 은근히 저를 시험의 무대로 올려놓았습니다. 저는 그 무대의 주인공이 된 것이 기쁘고 자랑스러웠습니다. 저는 술을 가까이하는 편이 아니었지만 선생님들이 권하는 대로 사양 않고 술잔을 들었습니다. 그러면서 선생님들의 표정을 살폈습니다.

점점 세상이 빙글빙글 돌기 시작했습니다. 선생님들이 둘이 되다가 셋으로 변하고, 다시 일그러져 하나가 되었습니다. 빙글대는 술기운에 저는 흐느적거렸습니다.

"보십시오, 시인은 술고래입니다. 어때요, 시인의 모습이? 볼 만한가요?"

흥얼흥얼, 중얼중얼. 취기는 제 온몸을 휘감고, 정신은 오락가락했습니다.

"역시 시인은 술 솜씨도 대단하구먼."

"아직도 정신은 말짱하네요."

"시인 선생님, 청이 하나 있는데. 시 한 수 읊어 봐요."

저는 흐느적흐느적 2회 추천을 위해 다듬던 「사랑의 긴 터널 속에서」를 혀 꼬부라지게 되고 말고 읊어댔습니다.

박수 소리가 징징 울렸습니다.

"시인은 말입니다. 술을 먹는 게 아니라 시를 먹습니다. 술도 시가 되고, 시도 술이 되고. 술은 시를 먹고, 시는 술을 먹습니다. 술과 시인은 친구라, 그 말입니다. 저, 시인의 말, 이해하십니까?"

저는 개나발 같은 술주정을 그저 되고 말고, 나오는 대로 비틀비틀 뇌까렸습니다.

"박 선생님 많이 취하셨네. 그만 일어섭시다."

저는 가물가물 교장 선생님의 말씀을 들으며 그 자리에 폭 꼬꾸라지고 말았습니다.

다음 날, 술이 덜 깬 몸을 억지로 이끌고는 출근을 했습니다.

저는 바로 교장 선생님의 호출을 받았습니다.

"아직 술이 덜 깼지요? 술도 잘 마시지 못하면서, 그렇게 부추김에 놀아나면 자신도 모르게 병이 됩니다. 건강 돌보세요. 선생님 수업, 두 시간 여유가 있으니까 숙직실에 가서 좀 쉬어요. 이 약 드시고."

저는 교장 선생님이 주시는 약을 두 손으로 받쳐 들었습니다. 골치가 지끈거려 고맙다는 인사도 못 했습니다.

저는 그날의 술자리 사건으로 '시인은 술고래'라는 별호도 얻게 되었습니다.

"역시 시인은 다르더군요."

"박 시인의 말주변도 대단하고요, 주량도 엄청납니다."

저는 선생님들의 떠받드는 듯한 분위기에 휩싸여, 영웅이 된 듯 기고만장해지기 시작했습니다.

저는 차츰 선생님들이 학교에 대해 겉으로 말 못 하고, 끙끙 앓는 고민들을 용감하게 대신 앞에 나서 해결하려고 애썼습니다. 교감, 교장 선생님에게 어쩌다 내뱉는 불평불만을 제가 대신 쏟아내기도 했습니다. 저는 그게 정의로운 교사의 본분이라 믿었습니다.

출장비는 왜 규정에 맞게 주지 않는지 그 이유를 설명해 달라, 퇴근 시간이 지났는데도 무리하게 학교 사무를 보게 만드는 저의가 뭐냐는 등 관행으로 굳어진 선생님들의 꺼리는 요구를 내뱉었습니다.

저는 자신도 모르게 문제 교사가 되어가고 있었습니다.

그런데 어느 봄 일요일, 그 사건이 터지고 말았습니다.

저는 그날 일요일 일직을 새까맣게 잊고, 오랜만에 친구들과 같이 희희낙락하며 치악산 등반을 갔습니다. 모처럼의 등반은 저의 몸과 마음을 가볍게 만들어줬습니다.

저는 친구들에게 교사라는 직업이 적성에 맞는다며 자랑을 늘어놓았습니다. 친구들은 부러워했습니다. 그 당시에도 적성에 맞는 직업을 구하는 것은 하늘의 별 따기였으니까 말입니다.

그날 일요일 하루는 그야말로 꿀같이 달콤한 휴식에 도취되었습니다. 그런데 가벼운 기분으로 휘파람을 불면서 출근한 월요일 아침에 일요일에 터졌던 그 큰 사건을 알게 되었습니다. 공교롭게도 일요일에 도교육청에서 불시 복무감사를 나온 것이었습니다.

마침 사택에 사시던 교장 선생님이 다행히 복무감사를 대신 받으셨고, 일직 교사가 자리에 없다는 사실을 임기응변으로 넘기셨다는 말을 선생님들이 대신 알려줬습니다.

저는 처음 당하는 일이라 너무 두려워 간이 콩알만 해졌습니다. 어찌할 바를 모르고, 가슴은 쿵쿵 방망이질을 해댔습니다.

저는 득달같이 교장 선생님의 호출을 받았습니다.

저는 교장실 문을 어떻게 열고 들어갔는지도 모릅니다. 교장 선생님은 길게 한숨을 내쉬시며 앉으라고 권했습니다. 저는 똥 마려운 강아지처럼 어쩔 줄 몰라 하다가 더듬대며 용서를 빌었습니다.

“교장 선생님, 죽을죄를 지었습니다. 용서해 주십시오. 어떤 처벌도 달게 받겠습니다.”

“어제 뭘 하셨는지 말씀해 보세요.”

교장 선생님의 말씀은 부드러웠습니다.

저는 마음을 진정시키고, 어제의 일을 아주 소상하게 말씀드렸습니다.

“그럴 수도 있겠네요. 그런데 자신의 책임과 의무를 잊는다는 건 곧 자신의 모든 것을 잃는다는 사실을 명심하기 바랍니다. 그동안 쌓은 공적까지도 말이지요. 나는 선생님의 잘못을 탓하고 싶지 않습니다. 사람이 살다 보면 잘못을 저지르는 일이 많기 때문입니다. 선생님은 저지른 잘못을 삶의 지침으로 삼는 사람이라고 믿습니다. 앞으로 이 일을 거울로 삼기 바랍니다. 그러나 선생님의 잘못을 덮고 그냥 지나갈 수는 없습니다. 퇴근 전까지 시말서 한 장 써 오세요.”

교장 선생님의 부드러운 말씀은 저의 가슴을 긁으며 후벼 팠습니다. 저는 호통으로 혼내 주시기를 은근히 바랐지만, 교장 선생님은 오히려 잘못에 대한 다짐을 심어주셨습니다. 저는 가슴이 먹먹해지고, 눈가가 촉촉해졌습니다.

교장 선생님은 어쩌면 어머니가 자주 말씀하시던, 제가 아주 어렸을 때 돌아가신 아버지가 아닐까 하는 생각을 언뜻 했습니다. 너무 솔직하고, 너무 인자하셔서 때로는 손해를 많이 보셨다는 아버지에 대한 이야기를 어머니로부터 듣곤 했었습니다. 잠깐이지만 왜 갑자기 이런 생각이 들었는지 몰랐습니다.

어쨌거나 저는 앞이 안 보일 정도로 눈앞이 뿌옇게 흐려져서 교장실을 나왔습니다.

그런데 시말서가 뭐지? 어떻게 쓰는 거지?

저는 교장 선생님으로부터 시말서라는 말을 생전 처음 들었습니다.

"어려울 것이 하나도 없어요. 선은 이렇고, 후는 이렇고……. 박 시인이 어제 잘못한 일을 자세히 쓴 다음에 마지막으로 앞으로는 절대 그런 일이 없도록 노력하겠다는 다짐으로 끝맺으면 돼요. 장래가 촉망되는 시인이며 국어 선생님이시니 글솜씨야 어련하시려고요."

저는 교무 부장 선생님이 자세히 일러준 대로 시말서를 작성해서 퇴근 무렵 교장 선생님께 드렸습니다. 교장 선생님은 시말서를 읽어보시고는 앉으라 권하셨습니다.

"선생님에 대한 믿음이 앞으로도 변함없기 바라면서 조심스럽게 한 가지 부탁을 드립니다. 오해 마시고 새겨주시면 고맙겠습니다. 박 선생님, 맹목적으로 부추김에 흔들리는 속 빈 강정은 되지 마십시오."

속 빈 강정이라니?

저는 가슴이 서늘해졌습니다. 머리가 띵하고 어지러웠습니다. 눈앞이 어둑어둑했습니다. 제가 갈피를 못 잡고 나오려 하는데, 교장 선생님이 저에게 메모지 한 장을 건네주셨습니다.

"저어, 박 선생님? 그 메모지에 적힌 낱말을 사전에서 한번 찾아보세요."

교장 선생님이 주신 메모지에는 제가 쓴 심할서라는 낱말이 적혀 있었습니다.

심할서? 심할서가 어쨌다는 거지?

저는 교무실에 와서 국어사전을 뒤적였습니다.

아무리 눈을 크게 뜨고, 몇 번을 다시 뒤적여 봐도 사전에는 심할서라는 낱말이 없었습니다.

저는 갑자기 쇠망치로 머리를 한 대 얻어맞은 것처럼 정신이 멍해졌습니다. 온몸이 화끈화끈 달아올랐습니다.

아, 아. 난 아이들 앞에 설 자격도 없는 놈이다. 내가 무슨 국어 선생이냐? 내가 시인이라고? 저는 신음을 토하며 가슴을 쥐어뜯었습니다.

지금까지 기고만장해서 건들건들했던 일들이 주마등처럼 스쳐 지나갔습니다. 낯뜨겁고, 부끄럽고, 민망스럽고, 창피했습니다. 당장 아무도 모르는 무인도에 가서 숨어 버리고 싶은 심정이었습니다. 제가 교장 선생님에게 제출한 시말서는 이러했습니다.

심할서.

저는 5월 13일 일요일 일직이라는 사실을 까맣게 잊고, 친구들과 치악산 등반을 가서 하루를 즐겼습니다. 그래서 제게 맡겨진 교사로서의 막중한 책임과 의무를 다하지 못했습니다. 학교에 누를 끼치는 잘못을 저질렀습니다. 교장 선생님과 여러 선생님들에게도 정말 폐를 끼쳤습니다. 저는 이렇게 잘못한 일을 깊이깊이 뉘우치면서, 어떤 처벌을 내리셔도 달게 받겠습니다.

앞으로는 어떠한 일이 있어도 학교에 피해가 가는 일은 절대 하지 않을 것을 약속드리고, 또 약속드립니다.

저의 잘못을 깊이 반성하면서 심할서를 제출합니다.

5월 14일 교사 박정구.

시말서를 발음 그대로 심할서라고 쓴 것입니다.

교장 선생님은 시말서라는 낱말조차 제대로 쓸 줄 모르는 저를 비웃음 대신 따뜻한 격려로 조용히 일깨워주셨습니다.

교장 선생님은 얼마 후에 도교육청 불시 복무감사 결과 직원 감독을 소홀히 한 이유로 경고 처분을 받으셨습니다. 저는 그 사실을 한 달이 지난 후에야 알게 되었습니다.

'교장 선생님. 정말 죄송합니다. 제 잘못을 덮어주시고, 대신 벌을 받으신 교장 선생님, 정말 면목이 없습니다.'

저는 가슴을 마구 두드리고 할퀴면서 반성했습니다.

'나는 속 빈 강정이야. 남보다 잘난 게 하나도 없다. 부족한 것뿐이다. 교장 선생님과 학교에 폐만 끼쳤다.'

저는 지금까지 잘났다고 당당하던 저 자신이 너무나 초라하고 빈약하여 고개를 들지 못했습니다.

그 사건 후로 저는 속 찬 강정이 되기 위해 열정의 땀을 흘렸습니다. 배우고 익히는 진솔한 자세로 교육 활동에 임했습니다. 문제 교사라는 오명을 벗기 위해 전력을 다했습니다. 순수문예지에 시가 3회 추천 완료되어 당당히 문단에 얼굴도 내밀었습니다.

교장 선생님은 그렇게 변한 저에게 항상 따뜻한 미소를 주셨습니다.

교장 선생님은 그해에 정년퇴임을 하셨습니다. 교장 선생님은 퇴임하시면서 저에게 귀감이 되는 덕담을 선물하셨습니다.

"심할서가 박 선생님을 변화시켰지요? 앞으로도 변함없이 심할서에 담긴 의미를 새기고, 교직 생활을 하시기 바랍니다."

저는 교장 선생님이 정년퇴임을 하신 이듬해, 조금 큰 도시의 중학교로 자리 이동을 했습니다. 그리고 다시 서너 번 다른 학교로 자리를 옮겼습니다. 그러나 낮은 자세에서 혼신의 땀을 쏟으며 교육 활동에 매진하는 정신은 잃지 않았습니다. 언제나 저의 잘잘못을 따져보고, 부족함을 진솔한 땀으로 메우려고 애썼습니다.

교직 생활 37년이 지나가는 지금도 저의 그런 생활 태도와 정신자세는 변함이 없습니다. 정년퇴임을 하는 날까지, 아니 생을 마감하는 날까지 저의 이러한 생활신조는 변하지 않을 것입니다.

저는 학교 현관 입구에 '학교장에게 하고 싶은 이야기' 건의함을 만들어 놓고, 선생님과 학생, 그리고 학부모가 교장에게 던지는 어떠한 작은 목소리도 빼놓지 않고 들으면서 교직 생활을 하고 있습니다.

비뚠 저의 삶을 송두리째 바꾸어 놓은 심할서, 바른 표기도 아닌 심할서를 제 삶의 좌우명으로 삼은 이유가 바로 여기에 있는 것입니다.

저는 지금까지 아무에게도 털어놓지 않았던 37년 동안 교직 생활에서 일어났던 부끄러운 일들을 깊이 반성하며 여러분들에게 시말서를 제출합니다. 아니, 심할서를 제출합니다.

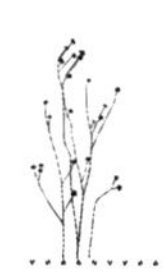

일천구백구십사년 칠월

팔월도 아닌데 무더위는 칠월을 주물럭거렸다.

그야말로 열기는 펄펄 끓는 용광로가 되어 세상을 쭈그렁바가지로 만들려는 속셈 같았다.

시들어 축 늘어진 배추 한 포기가 만 원, 기온이 60년 만에 최고치 기록, 전기 소비량 날마다 사상 기록 경신, 물고기 떼죽음, 돈 얹어 주고도 못 사는 냉방기기 등등의 뉴스는 듣기도 싫었지만 연일 끈적끈적했다.

무더위는 도대체 사무를 볼 인내를 허락지 않았다. 더운 바람이 기분 나쁘게 씽씽 돌아가는 에어컨은 무용지물이라 짜증만 부렸다. 스멀스멀 몸에서 기어 다니는 땀은 겉옷으로 배어 나왔다. 그늘도 더위가 차지했다.

젠장, 이런 더러운 더위 때문에 어디 살겠나?

아침부터 더위가 푹푹 찌기 시작했다. 사무실에는 직원들이 인상을 팍팍 쓰며 말도 내뱉지 않았다. 웃는 사람도 없었다.

이 사람들아, 내가 어제 기가 막힌 더위 퇴치법과 피서법을 알아냈거든. 정보 줄 테니까 들어봐.

어제 퇴근하자마자 찬물을 가득가득 채운 화장실 욕조에 몸을 파묻었지. 더위가 쏜살같이 도망가 버렸어. 어유, 시원해. 이제야 살 것 같네. 나는 노래를 불렀지.

허! 호랑나비 한 마리가 꽃밭에 앉았는데 도대체 한 사람도 즐겨 찾는 이 하나 없네.

발장단을 치면서 김흥국의 '호랑나비'를 불렀지. 물장구를 치면서 흉내도 내면서 말이야.

누구에게 간섭도 받지 않고, 혼자만의 공간에서 흥겹고 신나게 노래 부르는 기분, 신선도 부럽지 않았어. 내가 왜 진작 이런 피서법을 몰랐을까? 등잔 밑이 어둡다는 속담이 틀린 말은 아니야. 빙긋이 웃으며 무릉도원으로 달려가고 있는데 아내가 문을 두드리는 거야. 다급한 목소리가 문틈을 비집고 들어왔지.

"왜 그래?"

"빨리 나와. 나 급해."

"괜찮으니까 들어와. 늘 보는 몸인데 뭘."

"망측하게시리……. 급해, 얼른 나와."

나는 옷을 주워입고 욕실을 나왔어. 어때, 내 더위 퇴치법이?

직원들 반응이 신통치 않았다. 그것은 아침부터 찌기 시작하는 살인적인 더위 때문일 것이라고 생각했다.

짜증스럽게 전화벨 소리가 울렸다.

나는 느긋하게 전화를 받았다.

"아버지가 아침에 교통사고로 돌아가셨어요."

느닷없이 뒤통수를 치는 학생 목소리였다.

"아버지라니? 누구 아버지? 너 누구냐?"

상대방이 대꾸가 없었다.

"너, 누구야?"

내 목소리에는 분명 신경질이 섞여 있었다.

"저, 민철인데요."

"민철이?"

"예."

"너, 민철이니? 그런데 뭐가 어떻게 됐다고?"

"아버지가 아침에 교통사고가 나서 돌아가셨어요."

"뭐야? 뭐, 뭐라고? 아버지가 뭐가 어떻게 됐다고?"

"교통사고로 돌아가셨어요."

민철이가 울고 있었다. 정신이 아찔했다.

이게 무슨 청천벽력같은 말이냐?

"알았다. 전화 끊어. 내가 그리로 금방 갈게."

머리가 지끈거리며 빙글빙글 돌았다. 전신이 후들거렸다. 정신이 혼미했다. 세상이 중심축을 잃고, 아무렇게나 돌아가고 있었다.

어제저녁에 입심 좋게 떠들어 대던 필구가 아침에 교통사고로 죽었단다. 이게 날벼락, 날벼락이 아니고 뭐란 말인가? 필구, 그 자식이 죽다니? 그럴 리 없어.

필구와 나는 불알친구다. 좀 과장해서 부모보다도 더 가까운 사이다. 없어서는 절대 안 되는 죽마고우다.

나는 정신을 수습하고, 동료들에게 얘기를 하는 둥 마는 둥 사무실을 뛰쳐나왔다. 차를 몰고 주차장을 빠져나왔다.

아침 출근 시간이 조금 지났는데도 차들이 가다 서다를 반복하고 있었다.

아차! 그런데 어디로 가지? 내가 지금 어디로 가고 있는 거지? 필구가 어느 병원 영안실에 있다고 그랬지?

나는 앞차를 뒤따르면서 생각이 얽히고설켜서 어질어질했다. 오락가락 혼미해졌다. 엊저녁, 싱글거리던 필구가 보였다. 같이 나눈 대화가 징징거렸다.

"이렇게 더울 때는 말이야, 좋은 피서법이 있어."

"그게 뭔데?"

"땅속에 들어가서 누워 있는 거야, 그러면 얼마나 시원하고 편하겠어. 시끄럽지도 않고 말이야."

"그건 죽으라는 말 아니냐?"

"아니지? 이렇게 늦은 저녁에도 몸에 끈적끈적하게 달라붙어 떨어지지 않는 더위를 피하는 최적의 피서법이지."

"그럼 난 당장 땅속으로 들어갈래."

"내가 너 들어갈 만큼 땅은 파 줄게."

"난 못 견디겠다. 당장 파 주라."

필구와 왜 그런 대화를 했을까?

당장 땅 파 주면 들어간다던 필구가 정말 그렇게 됐단 말이지? 말에는 반드시 씨가 있다고 했는데, 왜 내가 그런 말을 했지? 지금쯤 필구 아내는 애통이고 뭐고, 몸부림치고 있을 거야. 늘 자기 아빠가 최고라면서 자랑하던 민철이는 얼마나 슬퍼할까?

틀어 놓은 라디오에서는 더위 얘기를 하고 있었다.

여러분, 더위에 대한 이야기 하나 해 드리겠습니다. 복날에 투실투실 살 오른 누렁이가 거리를 활보하고 있었습니다. 어느 신사가 군침을 흘리면서 누렁이에게 물었습니다. 넌 겁도 없구나? 복날인데도 당당히 걸어 다니다니? 그러자 누렁이가 침을 질질 흘리며 대답했습니다. 그래, 나 더위 먹어서 그런다. 그런데 나를 잡아먹고 싶어 안달하는 당신도 더위를 먹었구먼.

젠장. 이 판에 더위 얘기는 뭐야? 더럽게.

나는 머리를 흔들어 어지럽게 돌아가는 정신을 가다듬고, 핸들을 바로 잡았다.

그래, 필구가 근무하던 회사에 가면 알 수 있겠다. 왜 진작 이런 생각을 못 했지? 거기에도 지금쯤 필구 때문에 정신이 없을 거야.

나는 필구가 근무하는 회사 앞 큰길 가에 차를 세웠다. 그러고는 단숨에 4층으로 뛰어 올라갔다.

"오셨어요?"

평소 안면이 있는 필구 회사 미스 강과 마주쳤다.

"필구가 어떻게 됐다고요?"

"글쎄, 그게…… 정 계장님이 이른 아침에."

"그럼 여기서 사고가 난 건가요?"

"예."

더 이상 이것저것 따져 볼 여유가 없었다. 필구가 죽은 게 틀림없었다.

“그럼 필구는 어느 병원에 있는 건가요?”

“바로 저 건너편에 보이는 저 종합병원이에요.”

“알았습니다.”

나는 다시 4층을 단숨에 뛰어 내려와 길 건너편 종합병원 지하 영안실로 달려갔다.

아니 이게 어떻게 된 거야? 아무도 없잖아? 다른 병원을 잘못 알려준 것 아냐?

영안실은 모두 텅 비어 있었다.

도대체 뭐가 어떻게 된 건지 나는 안갯속을 헤매고 있었다. 부랴부랴 병원을 나오려는데 누가 내 어깨를 꽉 붙잡았다.

“이거, 뭐야?”

나는 뒤를 돌아보다가 너무나 놀라서 그 자리에 퍽 주저앉았다. 죽었다는 필구가 낄낄대고 있는 걸 보았기 때문이었다.

내가 환영을 봤나? 더위를 먹어 정신이 헷갈리나? 세상에 이럴 수가. 죽었다는 필구가 지금 내 앞에서 싱글싱글웃고 있으니? 나는 일어나서 다짜고짜 필구 상판대기를 한 대 쥐 갈겼다.

“야, 왜 때려, 인마.”

필구가 버럭 욕을 해댔다.

“너 귀신 아니냐? 죽었다던 게 어떻게 살아났냐?”

“인마, 내가 죽긴 왜 죽어. 너, 더위 먹었냐?”

“그래, 인마. 나 더위 먹어 헛것이 보인다.”

"그런데 내가 이 병원에 있는 걸 어떻게 알고 왔니? 너 점쟁이 아니니?"

도대체 무엇이 어떻게 된 일인지, 엉망진창 세상이 더위를 먹었는지 뭐가 뭔지 분간할 수가 없었다.

나는 필구와 병원 휴게실에 앉아 한참 동안이나 마음을 가다듬었다.

필구는 아침을 잘못 먹었는지 회사 사무실에 들어서자마자 갑자기 참을 수 없는 심한 복통이 일어나서 미스 강에게만 말하고, 병원으로 직행했단다. 진찰 결과 가벼운 신경성 복통이라 조금 지나면 괜찮다는 진단을 받았단다.

"그런데 누가 그래, 내가 죽었다고?"

"아침에 민철이가 울면서 그랬어."

"민철이가 전화를 했다고?"

"그래, 민철이, 네 아들 말이야. 걔가 너 죽었다고 울면서 전화했어."

"걘, 친구들이랑 지금 동남아 배낭여행 중이잖아?"

나는 아차 했다. 동남아 배낭여행 가는 민철이에게 여행경비까지 두둑이 주지 않았던가? 정말 내가 돌긴 돌았구나 싶었다.

"으응? 맞네 맞아."

필구가 헤벌쭉 나를 쳐다봤다.

"너 정말 더위 먹고 회까닥한 거 아니냐?"

나는 정신을 가다듬었다.

"이상도 하다. 틀림없이 네가 교통사고로 죽었다고 민철이가 울면서 전화를 했는데. 그럼 전화한 걔는 누구지?"

필구가 자판기 커피를 꺼내 왔다. 뜨거운 커피를 마시면서 필구가 말했다.

"우연의 일치지, 뭐. 비슷한 이름도 많잖아. 민칠이, 민출이, 민청이……. 요즘 장난전화도 많잖아? 전화번호를 잘못 눌렀을 수도 있고."

"그런 것 같기도 하네."

뒤죽박죽 퍼즐이 제자리를 찾는 것 같았다.

"야, 지금 난 왜 이렇게 행복하냐?"

필구가 나를 툭 치며 뜬금없이 내뱉었다.

"뭔 소리여."

"이 험한 세상에 너 같은 친구가 옆에 있으니."

나는 히죽 웃었다.

머리를 식히고, 병원을 나서서 큰길에 내려섰다.

"여보슈, 그거 내 찬데요, 내 차요."

필구가 소리 지르며 큰길로 달려갔다.

견인차가 내 차를 견인하려고 얼쩡거리고 있었다.

나도 필구 뒤를 쫓았다.

"여기가 주정차 금지구역인 거 모르세요? 여기 보세요, 페인트로 크게 써 놓았잖아요?"

필구가 연신 굽신대며 제발 한 번만 봐 달라고 통사정으로 매달렸다. 그러나 단속원은 주정차 위반이라며 인적사항을 묻고는 주차위반 고지서를 끊어 주었다.

"내 찬데 왜 네가 나서서 딱지를 끊었냐?"

"네 차가 내 차고, 내 차가 내 차잖아. 나 땜에 맘고생했는데 범칙금은 내가 내야지."

필구를 따라 나도 웃었다.

"야, 인마. 너 때문에 열 받은 거 이거 가지고는 안 돼."

"인마 인마 하지 마, 인마야."

필구와 끈적대는 웃음을 나누었다.

"내가 오늘 저녁에 열 식혀 줄게."

"어디 가서?"

"가보면 알아. 하여튼 고맙다, 친구야."

나는 차 문을 열다가 생각이 나서 말했다.

"참, 잊을 뻔했다."

나는 라디오에서 들었던 '더위 먹은 누렁이' 얘기를 해줬다. 낄낄거리는 필구 모습이 참으로 보기 좋았다.

"나 오래오래 살겠어. 죽었다가 다시 살아났으니까."

"더도 덜도 말고 200살까지만 살아라. 그럼 난 어떻게 사냐? 불알친구 네가 없어서."

필구가 웃으며 내 어깨를 꽉 잡았다.

"아파 인마야."

"인마 인마 하지 마, 인마야."

필구와 실실거리며 헤어졌다.

더위가 또다시 와락 달려와서 몸에 달라붙어 끈적거렸지만, 마음은 홀가분해서 너무 좋았다.

이놈의 더위는 언제 죽으려는지. 일천구백구십사년 칠월, 내 평생 못 잊을 거야.

임종

할머니의 발인은 이른 새벽부터 부산하게 움직였다.

꽃상여는 큰 마당 가운데 좌정하고 앉아 울긋불긋 알록달록 종이꽃과 천으로 덧입혀져 호사스럽고 화려하게 치장을 했다.

풀 먹인 흰 두루마기를 곱게 받쳐 입은 선소리꾼 이장 어르신은 꽃상여를 살피며 하나하나 점검을 했다. 흰색 바지저고리에 각반을 차고, 머리에 수건을 질끈 동여맨 마을의 힘센 장정 상두꾼들은 이장 어르신의 지휘에 일사불란하게 움직였다.

꽃상여가 할머니를 저승으로 모시고 갈 채비를 끝냈다.

"할머니 영정은 네가 모셔라."

나는 집안 어르신의 말씀에 영정을 받쳐 들었다.

딸랑딸랑 딸랑딸랑…….

선소리꾼 이장 어르신이 흔드는 서글픈 요령 소리가 천천히 꽃상여를 무겁게 일으켜 세웠다.

꽃상여는 할머니가 정든 집을 떠나기 싫어한다며 비실비실거렸다. 마지막 가는 길이 서럽다고 머무적머무적 댔다.

그러나 어쩌랴, 할머니를 저승으로 모시고 가야지. 꽃상여는 흐느끼듯 비척비척 걸음을 떼어 놓았다. 선선한 가을바람이 만장 깃

발로 펄럭였다.

구성지고 처량한 선소리가 꽃상여를 애련히 매만지다가 마당에 깔리면서 집 안 구석구석으로 스며들었다.

선소리를 떠받치는 상두꾼들의 일사불란한 추임새 뒷소리는 허허롭게 소복 입은 식구들의 가슴에서 출렁거렸다.

아흔여섯 살아생전 가난만을 남겨두고
어허어허 허이야 어하리넘차 허이요
정든 집을 떠나려니 눈물만이 흐르는구나
어허어허 허이야 어하리넘차 허이요
사랑하는 가족들아 미안해서 어쩐다냐
어허어허 허이야 어하리넘차 허이요
외고집에 죄진 생활 너그럽게 용서해다오
어허어허 허이야 어하리넘차 허이요

딸랑딸랑 딸랑딸랑, 요령 소리에 절절히 젖어 드는 능청스러운 구슬픈 선소리가 이승 길에 깔려 밟히면서 꽃상여를 멘 추임새 뒷소리를 천천히 밀고 당겼다.

집 안 가득 근심 걱정 내가 모두 가져가니
어허어허 허이야 어하리넘차 허이요
거친 풍파를 이기면서 웃음꽃을 피우거라

어허어허 허이야 어하리넘차 허이요

효심 깊은 참 마음은 집안 가보로 간직하여

어허어허 허이야 어하리넘차 허이요

태산처럼 우뚝 서는 행복부자로 살아가거라

어허어허 허이야 어하리넘차 허이요

선소리꾼 이장 어르신의 요령 소리가 큰 마당, 안마당을 휘 둘러보면서 깔린다.

처량 맞은 선소리가 할머니 굽은 허리로 불 지피던 부엌 구석을 뒤지다가, 툇마루에 걸터앉아서 숨을 고른다. 설거지하던 배나무 밑 우물가에 밥풀로 흩어지다가 참새 떼 호로록거리는 싸리울을 뚫는다.

추임새 뒷소리 발맞춤은 댓돌을 지나서 뒤란을 돌다가, 흙담에 엎어 걸린 광주리 속으로 파고든다. 서서히 벼 이삭 누런 논벌을 훑으며 앞산 콩밭으로 저벅저벅 스며든다.

꽃상여가 큰댁 뒷산 장지로 길을 잡았다.

닥나무 늘어선 우마차 길을 따라 꽃상여가 걸어간다.

서러운 것들 밟으며 꽃상여가 걸어간다.

아름답고 편안하게 꽃상여가 걸어간다.

딸랑딸랑, 딸랑딸랑, 딸랑딸랑, 딸랑딸랑…….

나는 간다 나는 간다 북망산천 쉬이 간다

어허어허 허이야 어하리넘차 허이요

이승 삶을 이제 접고 저승 행복 찾을란다

어허어허 허이야 어하리넘차 허이요

욕심 없이 천세 만세 건강생활 누릴 게다

어허어허 허이야 어하리넘차 허이요

간다 간다 잘 있거라 저승으로 나는 간다

어허어허 허이야 어하리넘차 허이요

어이어이, 어이어이……. 아버지 곡소리가 꽃상여를 따라간다.

애고애고, 애고애고……. 소복 입은 식구들의 흐느낌이 꽃상여에 매달린다.

문상객들이 곡소리를 조용조용 밟는다.

장지가 빤히 보이는데 꽃상여는 가다가 또 멈춰 앉았다.

"할머니가 말씀하시네요, 저승길 노잣돈이 부족하다고."

"그려? 그럼 누가 노잣돈을 주는지 기다려야지."

상두꾼들은 어깨 등을 두드리며 잠시 모여 앉아 한탄과 탄식을 담배 연기로 뿜어 뱉었다.

"그 애 있잖여, 대학교 다니는 아랫마을 증손자 철수 말여, 글쎄 걔가 반신불수가 됐대야."

"아니 왜, 첨 듣는 얘긴데?"

"술주정뱅이가 모는 차에 깔렸대지 뭐야?"

"저런 저런."

"세상 망쪼야, 망쪼."

"며칠 전, 뉴스 봤어? 젊은 놈이 아무 이유 없이 길 가던 노인을 짓밟아서 갈빗대 다섯 개가 나갔대는 거?"

"천하에 죽일 놈이네."

"그런 놈이 세상에 한둘이야? 쫙 깔렸는데. 참 무섭고 더러운 세상이여."

"어디, 엉망진창인 이런 세상 무서워 살겠는감?"

"그런 거 저런 거 안 보고 죽은 할머니는 좋을 거여."

어지러운 세상을 퉤퉤퉤 침으로 뱉어 발로 뭉개고 짓뭉개는 상두꾼들은 곳간 상여에 험상궂고 추악한 세상 잡것들을 모조리 쓸어 담아 땅속 깊이 콱콱콱 묻어버리고 싶은 심정이었다.

"그래두 말여. 좋은 소식이 있구먼. 웃거리 장샘이 둘째, 고등학교에 다니는 걔 말여."

"으응, 인사성 바른 운식이?"

"그려 그려. 어제 버스정류장에서 지갑을 주웠대. 그런데 지갑을 펴보지도 않고 즉시 경찰서에 갔다 줬다네. 경찰서 순경이 그걸 열어보고는 입이 떡 벌어졌다는 거야."

"왜?"

"글쎄, 그 지갑에 백만 원짜리 수표가 스무 장, 오만 원권 지폐가 마흔 장이나 들어 있었대야."

"아이고, 우리 집 팔아두 그 돈 안 되네. 그래서?"

"요즘 세상에 이런 일만 있으면 살맛 나겠다고 하면서 경찰서 순경들이 운식이를 침이 마르게 칭찬했대여. 그리구 경찰서장님 표창을 상신했다는구먼."

"운식이 갸, 참 좋은 일 했네그려."

"갸, 평소에두 착했어. 예절도 바르구."

"그려, 착한 애들은 달라두 뭔가 한참 달라."

"이제, 운식이 갸, 얼마 있음 텔레비전에 나온대."

"왜?"

"그 머 있잖여. 아이고, 그 뭐더라? 나도 이젠 나이 먹으니께 알던 것두 금방 까먹어."

"인터뷰?"

"맞어. 인터뷰한대."

"그거 꼭 봐야 쓰것구먼."

상두꾼들은 흐뭇한 웃음을 나누며 주섬주섬 일어섰다.

"할머니 편히 가세요."

나는 할머니 영정을 보면서 미리 준비해 둔 할머니 노잣돈 봉투를 꽃상여에 꽂았다.

"아이고, 반갑네그려. 우리 장손도 할머니 노잣돈을 두툼하게 주셨네."

"이런 착한 장손을 두고 할머니는 저승 가서 어떻게 사실까? 걱정되네."

"여보게들, 이제 쉬지 말고 힘내서 빨리 갑시다."

"그럽시다."

꽃상여는 다시 일어서서 조금은 빠르게 움직였다.

천세만세 누릴 저승, 다와 가네 다와 가네

어허어허 허이야 어하리넘차 허이요.

이승 사는 식구들아 만수무강 빌어드리자

어허어허 허이야 어하리넘차 허이요

편히 계시소 편히 쉬소서 영생건강 하소서

어허어허 허이야 어하리넘차 허이요

행복한 삶만 누리세요 기쁨으로만 즐기세요

어허어허 허이야 어하리넘차 허이요

두 시간이 넘어서야 꽃상여는 장지를 코앞에 뒀다.

나는 웃고 계신 영정 속 할머니에게 넌지시 물었다.

"할머니, 저승 가는 게 그렇게 좋으세요? 웃고 계시니."

"보면 모르냐? 이제 병치레 없이, 편안히 살 저승 간다고 다들 좋아하고 있잖아. 나 죽었다고 슬퍼하는 사람 어디 있냐? 오늘이 내 잔칫날이여, 저승 가는 내 잔칫날."

할머니는 내 가슴에 속삭였다.

저승 가는 할머니 잔칫날? 어쩌면 그런지도 모르겠다.

부엌 아궁이에서는 장작불이 시뻘겋게 긴 밤을 이글거리고, 무쇠솥단지에서는 뜨거운 김이 막 솟구쳤었지. 아낙들의 번지르르한 수다는 바쁘게 집 안 구석구석을 돌아다니고, 구수한 음식 냄새는 마당 멍석에 배어들었어. 문상객들은 시간가는 줄 모르고 웃으며 소주를 마시고 있었지.

나는 그런 모습을 미소로 떠올리면서 고개를 끄덕였다.

그래, 어쩌면 오늘이 할머니의 임종 잔칫날인지도 모른다. 불행도, 고통도 없는 저승으로 영영 가시기에 말이다.

무지개다리 건넜으니 광명천지 다 왔네요

어허어허 허이야 어하리넘차 허이요

저승 본향 꽃밭이라 행복 천지 열렸군요

어허어허 허이야 어하리넘차 허이요

이승고생 지우고 그리움도 갖지 마이소

어허어허 허이야 어하리넘차 허이요

무병장수 누리면서 행복하게 잘 사시오

어허어허 허이야 어하리넘차 허이요

천년만년 웃음 잔치 열고 열고 또 여세요

어허어허 허이야 어하리넘차 허이요

아흔여섯을 사신 할머니를 저승으로 보내 드리는 이장 어르신의 마지막 구성진 선소리와 상두꾼들의 추임새 뒷소리가 마을 구석구석으로 번지며 젖어 들었다.

할머니의 영혼을 부르는 요령 소리, 구성지고 구슬픈 선소리, 힘차지만 허허로운 추임새 뒷소리가 내 가슴을 애잔하게 흔들었다.

꽃상여가 할머니가 묻힐 자리에 천천히 좌정했다.

할머니의 이승 인연들과의 이별, 그 마지막 절차가 아주 엄숙하게 진행되었다. 관이 땅속에 내려지고, 삽질이 흙을 덮는 순간 식구들과 가족들이 한참이나 오열을 토했다.

오랜 시간 진행된 입관, 봉분이 끝났다.

장지에서 내려오는 식구들과 가족들은 지쳤지만 홀가분한 모습이었다.

그래, 맞아. 사람은 어느 누구나 세상에 태어나면서부터 언제인지는 모르지만 죽음의 길을 가는 것이다. 태어난 순서 없이 주어진 삶만큼만 살다가 죽는 것은 결국 축복이 아니겠는가?

할머니의 임종이 슬픔은 아니었다. 그렇다고 기쁨도 아니었다. 슬픔이 아름답게 승화된 축복이었다.

할머니의 임종 잔치는 그렇게 슬프도록 아름다웠다.

불씨

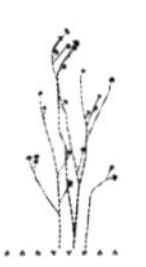

등잔, 가마 틀, 맷돌, 장죽, 지게, 미투리, 돗자리, 꼴망태, 멍석, 호롱…….

그 보리밥집 비좁은 공간에 아무렇게나 놓여 있는 낡은 골동품들이다. 그것들은 손님들이 드나드는 데 조금은 거추장스럽지만, 누구 하나 불평하는 이가 없다. 만지고 사용하다가 다른 곳에 놔둬도 개의치 않는다.

보리밥을 주문하고, 골동품에서 묻어나는 애증을 발견할 때, 주인 내외의 느긋한 미소가 밥상을 풍성하게 채운다.

양푼에 담긴 보리밥에서 아련히 피어오르는 구수한 냄새에 군침을 삼킨다. 양푼 보리밥에 쟁반 수북한 싱싱한 상추, 실파, 도라지 나물, 무생채, 호박 나물을 적당히 넣고, 고추장 한 숟가락과 참기름 몇 방울을 떨어뜨린 다음에 고소한 냄새로 썩썩썩 비빈다.

뚝배기 두부찌개가 눈에서 바글바글 끓고, 반숙이 잘 된 달걀 프라이 한 접시 노른자가 입안에서 탱글거린다.

축음기판에서나 들을 법한 유행가 가락이 수북한 밥숟갈에 얹히면 그동안 까맣게 잊고 살던 먼 먼 그 옛날 유년 시절이 기지개를 켜고 일어선다.

대청마루 끝에 서서 밤똥 누는 나를 흥얼거림으로 지켜주시던 할머니의 모습이 마구 쏟아져 내리던 별무리에 묻어 와락 달려온다.

나는 한밤중에 곧잘 늑대 우는 소리에 잠을 깨곤 했다.

밤바람이 장지문을 흔들대면 그게 늑대의 짓일 것이라는 착각에 몸은 더욱 오그라들었고, 어김없이 똥이 마려웠다.

나는 똥을 참느라 이불을 푹 뒤집어쓰고는, 몸을 뒤틀며 삐질삐질 끙끙거렸다. 그러면서 바깥마당 끝에 허술하게 쭈그려 앉아 있는 뒷간을 그려봤다.

새끼줄로 얼기설기 엮어 엉성하기 이를 데 없는 뒷간 문짝은 있으나 마나였다. 바깥마당에서 안이 훤히 들여다보였다. 대추나무 잎사귀를 흔드는 잔바람에도 뒷간 문짝은 삐거덕삐거덕 기분 나쁜 소리를 내면서 제멋대로 열리고 닫혔다.

한낮에도 그 뒷간에 쭈그리고 앉아 있으면 몸이 오싹거렸다. 거름더미가 쌓인 뒷간에서 양쪽에 얹어놓은 널빤지에 두 발을 딛고 앉아 똥을 누면 똥 덩이가 떨어질 때마다 똥물 풍덩대는 소리가 엉덩이를 때렸다. 놀란 구더기들은 우굴우굴 요동을 치면서 몇 마리는 널빤지로 기어 나오기도 했다.

대낮에도 가기 싫은 그런 뒷간에 늑대가 우는 한밤중에 어떻게 혼자 간단 말인가?

똥을 요강에 싸도 되지만 뿌지직뿌지직 나는 소리가 듣기 싫었다. 또 거기에 고여 있는 오줌이 엉덩이에 툭툭 튀는 것도 더욱 싫었다. 그래서 한밤중에 똥이 마려우면 전전긍긍했다. 할머니는 그런 나를 용케도 알아보셨다.

할머니는 부스스 일어나서 등잔에 불을 켜고는 안마당 배나무 밑에 가서 얼른 누라고 소곤거리셨다.

나는 할머니가 지켜 서 있는 마루 끝에서 스무 발짝쯤 떨어진 배나무 밑에 앉아 막대기로 달 그늘에 낙서를 하면서 편하고도 시원하게 똥을 눴다. 늑대 울음소리가 울타리에서 부스럭거려도 무섭지 않았다.

대청마루 끝에 서서 밤똥 누는 나를 지켜주시던 할머니의 홍얼거림은 짙푸른 밤하늘 별천지로 반짝이고, 이따금 꼬리를 그으면서 떨어지는 별똥별이 되곤 했다.

할머니의 온기 넘치는 다정한 모습이 편안하고 따습게 전해온다. 센 바람에 넘어질 듯 허술하기는 했지만 달빛 내리는 밤에는 초라한 초가지붕에 하얀 박꽃을 피우던 뒷간의 수수한 모습도 은근하게 다가온다.

겨울이면 사흘이 멀다 하고, 앞이 안 보일 정도로 눈이 펑펑 쏟아져 내렸다. 주체할 수 없을 정도로 눈이 너무 많이 쌓여 치울 엄두도 못 냈다. 넉가래로 다니는 길만 빠끔히 뚫어 놓고, 눈이 녹기만을 기다렸다.

마을에 눈이 쌓여 옴짝달싹 못 하는 그 겨울에도 대강 눈을 치우고 즐기던 논바닥 얼음판 팽이치기 놀이는 그야말로 단순하지만 신나는 축제였다.

광철이는 읍내 장에서 아빠가 사다 준 것이라며 알록달록 색칠한 예쁜 팽이를 치면서 자랑을 늘어놓았다. 광철이의 그 팽이는 얼음판에서 오래 돌리기나 싸움에서 절대 지지 않았다.

논바닥 얼음판은 광철이 것이나 다름없었다.

나도 그런 팽이가 갖고 싶어서 땔감으로 쌓아놓은 삭정이를 낫으로 다듬다가 오른 검지를 베고 말았다. 엄마가 거기에 오징어 뼈 가루를 듬뿍 뿌리고는 천으로 동여매 주셨다.

할아버지가 칭칭 동여맨 내 손가락을 보시고는 사랑방에서 일주일 동안 밤 내내 잔기침으로 정성 들여 만든 박달나무 팽이를 선물이라며 쥐여 주셨다.

박달나무 팽이는 암팡스럽고 옹골지기는 했어도 볼품이 전혀 없었다. 마음에 들지도 않았다. 그런데 보기와는 다르게 얼음판에서 핑핑핑 잘도 돌았다. 박달나무 팽이는 그동안 광철이의 예쁜 팽이가 누리던 자리를 단숨에 차지하고 말았다.

나는 날마다 논바닥 얼음판에서 광철이와 팽이 오래 돌리기, 팽이 싸움을 즐겼다. 박달나무 팽이는 광철이의 예쁜 팽이가 네댓 번 다시 돌 때까지도 멈추지 않고 신나게 돌고 돌았다. 게임이 되지 않았다. 잔뜩 심술이 난 광철이는 은근슬쩍 박달나무 팽이를 발로 툭툭 건들곤 했다.

박달나무 팽이는 싸움에서도 왕이었다. 신나게 돌아가는 박달나무 팽이가 조금만 스쳐도 다른 팽이들은 픽픽 나가 자빠졌다. 광철이의 예쁜 팽이도 예외는 아니었다.

박달나무 팽이는 돌기와 싸움에서 독보적인 왕이었다.

나는 날마다 아이들 보라고 바람 소리가 휘감기도록 팽이채를 휘둘러댔다.

아이들의 부러움은 박달나무 팽이가 되어 정신없이 핑핑 돌았다. 그러면 나는 더욱 신이 나서 팽이채로 힘차게 박달나무 팽이를 후려갈겼다.

광철이가 팽이를 바꾸자고 은근히 제안을 했지만 나는 단숨에 거절했다.

겨울이 거의 지나갈 무렵, 내 손때가 반들반들 윤이 나던 보물 박달나무 팽이를 잃어버리고 말았다. 도대체 어디서 잃어버렸는지 여기저기를 헤매며 돌아다녔다. 그렇지만 허사였다. 나는 할아버지의 잔기침이 배어 있는 그 박달나무 팽이를 찾지 못해 며칠 밤낮을 끙끙대며 앓았다.

포르르르 초가 굴뚝에서 피어오르며 뒷산 밤나무 가지에 감기던 가난한 하얀 연기가 눈앞에서 아른거린다. 긴 긴 밤을 쿨록쿨록 깨우던 할아버지의 잔기침 소리가 옷깃을 훈훈히 파고든다. 싸락눈이 헐벗은 오동나무를 간지럽게 때리던 그 하얀 겨울 풍경이 아스라하게 다가온다.

또래 아이들이 그리 많지 않았던 그 시골에 나보다 한 살 아래인 삼촌은 그냥 친구였다. 늘 마음과 몸이 하나가 되어 찰고무총을 가지고 함께 돌아다니는 단짝 친구였다.

찰고무만 있으면 금방 뚝딱 만들 수 있는 찰고무총 쏘기는 작은삼촌과 즐기는 재미있는 장난감 놀이였다.

송진 냄새를 맡으며 소나무 사이를 쏘다니다가 송충이에 목덜미를 물리기도 했다. 콩밭 그루터기에 넘어져 손가락보다도 더 굵은 푸르딩딩 깻망아지가 기어가는 것을 보고 기겁을 한 적도 부지기수였다.

찰고무총은 송충이나 깻망아지를 명중시키기에는 어림도 없었지만, 뻘뻘 땀 흘리며 즐기며 놀았다.

어느 날 찰고무총으로 싸리울을 흔들어대는 참새들을 향해 쏘다가 뒷간에서 똥을 싸고 있는 작은삼촌을 발견했다. 갑자기 찰고무총으로 작은삼촌을 맞히고 싶은 충동이 확 일었다.

"삼촌, 내가 삼촌 맞혀볼까?"

나는 찰고무총에 씹던 종이를 접어 끼우고는 삼촌을 겨누며 말했다.

"어디 재주 있으면 맞혀 봐, 그러면 내가 너 일등 사수라고 불러줄게."

작은삼촌은 끙끙대며 혀를 날름거렸다.

"알았어, 맞고 울거나 화내지 마."

"얼른 쏴 봐. 귀신이 쏴도 거기서는 못 맞힐 거다."

나는 한쪽 눈을 질끈 감고는 삼촌을 노려보다가 힘껏 겨누고 쐈다. 찰고무총에 걸린 종이 탄환이 쇳소리를 내며 날아갔다. 그와 동시에 악! 작은삼촌의 비명이 들렸다.

나는 뒷간으로 뛰어가 손으로 이마를 만지며 상을 찡그린 삼촌을 보았다.

"삼촌, 맞았어? 어디 봐. 어이구, 이마가 뻘게."

"이마 정통으로 맞았어. 아유, 얼얼하다."

나는 작은삼촌의 뻘건 이마에 침을 바르고, 입김을 후후후 불었다.

"삼촌 정말 미안해. 잘못했어."

"너, 귀신 아니냐?"

작은삼촌과 나는 뒷간을 나오면서 히히 웃었다.

"그런데 말이야, 10m도 더 되는 곳에서 어떻게 정통으로 맞혔냐? 참으로 신기하네."

"나도 그래."

"이제 넌 일등 사수야."

작은삼촌의 그 말에 나는 동의하지 않았다.

"난 사람에게 피해를 주는 그런 일등 사수는 싫어."

꾸미지 않은 환경에서 제멋대로 쥐뿔 나게 뛰면서, 뒹굴면서, 넘어지면서 흘리던 그 땀방울에서 흙냄새를 맡고 싶다. 눈앞에 삼삼하다.

시간 나면 그 찰고무총을 한번 만들어 쏴 봐야겠다.

초등학교 2학년 때 터진 6·25전쟁이 흑백필름으로 돌아가고 있다. 전쟁이 무엇인지, 왜 서로 총을 겨누며 쏘아대는지 알 수도 없고, 또 알기도 싫었던 그 시절이 쓰린 아픔으로 우르르 밀려온다.

읍내를 순식간에 폭격하고 사라지는 시커먼 쌕쌕이, 하늘을 펑펑거리며 쌕쌕이를 향해 쏘아대는 고사포 소리, 국군과 인민군이 서로 노려보며 갈겨대는 총소리, 꿈결처럼 귀에서 찡찡거린다.

시커먼 미군 전투기 쌕쌕이는 쌕쌕쌕 굉음으로 하늘을 가르며 네 대씩 쏜살같이 지나다녔다.

어쩌다 인민군이 점령한 읍내에 네 대씩 짝을 진 쌕쌕이가 날아와 차례로 곤두박질치면서 폭격을 해댔다. 그러면 여기저기서 시커먼 연기가 뿜어 올라 온통 하늘을 덮었다.

쌕쌕이가 폭격을 하고 사라질 때까지 인민군이 연거푸 쏘아대는 고사포 소리는 하늘에서 하얀 버섯구름을 만들며 펑펑거렸다.

나는 전쟁이 무섭다기보다는 처음 보는 그런 모습들이 신기하기만 했다.

마을 어른들은 쌕쌕이 폭격으로 읍내 철교가 두 동강이 났고, 병원이 잿더미가 되었다고 했다. 큰 건물이 폭삭 주저앉고, 사람들은 죽고 다쳤다고 혀를 끌끌 찼다.

나는 그렇게 무서운 전쟁이 왜 일어나는지 몰랐다. 왜 똑같은 민족끼리 총을 겨누고 싸워야 하는지도 알 수 없었다.

"인민군은 나쁜 놈들이야. 보면 총을 마구 쏘아 댈 거야. 인민군이 우리 마을에 오면 얼른 숨어야 돼. 알았지?"

나는 할아버지의 다짐을 깊이 새겨두다가 잊고 있던 어느 날 아침에 인민군들이 마을 앞 개울 길을 따라 후퇴하는 모습을 짚가리에 숨어서 보았다. 후줄근하게 축 처져 걷는 인민군들의 모습이 딱해 보였다.

멀리서 비행기 소리가 들리자 인민군들은 순식간에 개울 풀숲에 납작 엎드렸다. 비행기 소리에 놀라 숨는 인민군들이 조금은 우습기도 했다.

인민군들은 비행기 소리가 사라지면 풀숲에서 나와 걸었다. 다리를 절룩대는 부상당한 인민군들이 꽤 많았다. 전쟁에 패한 인민군들은 몸을 질질 끌면서 후퇴를 했다.

점심나절에는 인민군들이 후퇴한 그 개울 길로 국군들이 씩씩하게 지나갔다. 나는 마당에 나가서 태극기를 흔들었다. 국군들도 손을 흔들어 주었다.

어둑어둑 땅거미 지는 그날 저녁나절에 인민군 세 명이 집에 들이닥쳤다.

"계셈까? 계셈까?"

따발총을 둘러멘 인민군 한 명은 팔에 붕대를 감았고, 한 명은 다리를 절룩였다. 군관은 권총을 차고 있었다.

잔뜩 겁에 질린 나는 숨을 죽이고, 방에 숨어 문구멍으로 내다보았다.

할머니가 조심스럽게 나가셨다.

"오마니, 안녕하시디요? 뱅겝습네다. 배가 고파서 먹을 것 좀 얻으러 왔디오. 먹을 거 있으면 좀 주시라우요."

잠시 망설이던 할머니가 광에 들어가서 고구마를 바가지에 담아

들고 나오셨다.

"고구마밖에 없는데……."

인민군들은 히히 웃으며 그걸 나누어 들고는 할머니에게 연신 고맙다고 굽신굽신했다.

"배가 고픈데 오드르케 하가서. 마침 내레 잘 왔구먼. 오마니 덩말 감사합네다, 감사합네다. 덩말 고맙습네다."

인민군들은 할머니에게 몇 번이고 몇 번이고 고개를 숙이며 인사를 했다.

뚫어진 문구멍으로 내다 본 인민군들은 그렇게 나쁜 사람으로 보이지 않았다. 산에 숨어 있는 큰삼촌처럼 젊고, 선량해 보였다.

나는 방문을 빼꼼 반쯤 열었다.

권총을 찬 군관이 나를 보자 씽긋 눈웃음을 건넸다.

"오구 당당하구 잘 생깃구만. 드러운 던댕 이꾸 건강하게 자라라우. 니가 어른이 되문 이 던댕은 끝날 것이구만. 잘 있으라우."

군관은 밝게 웃으면서 손을 흔들었다.

인민군들은 고구마를 어석어석 깨물면서 히히거렸다. 나는 인민군들이 할머니에게 인사하던 그 선량한 웃음을 지울 수 없었다.

그날 저녁, 멀지 않은 곳에서 콩 볶는 듯한 요란한 총소리가 한참이나 연거푸 들렸다.

고구마를 어석어석 씹으면서 웃던 부상당한 인민군들이 총에 맞아 죽는 모습을 상상했다. 씩씩하게 손을 흔들어 주던 국군들이 다친 모습도 상상했다. 서로 총을 겨누고 쏘는 모습이 어른거려 잠을 설쳤다.

그 6·25전쟁이 끝날 것 같으면서도 다가오는 한 세기를 질질 끌고 있다. 휴전선은 조용하지만 잠들지 못해 신음하고 있다. 남북을 갈라놓은 녹슨 철조망이 세월의 무게를 견디지 못하고 늘어지고 굽어져 흔들리고 있다. 무디어진 철조망에 걸린 통일은 그렇게 멀고도 먼가 보다.

6·25 당시에는 고등학생이었지만 지금은 여든 후반을 넘긴 큰삼촌은 의용군에 끌려가지 않기 위해 뒷산 어느 굴속에서 숨어 지내고 있었다.

큰삼촌과 아주 친한 친구였던 완수 아저씨는 붉은 완장을 팔에 두르고, 날마다 마을을 감시하면서 돌아다녔다.

완수 아저씨가 붉은 완장을 두른 다음부터 사람이 완전히 달라졌다고 마을 사람들은 수군거렸다. 선한 사람도 완장을 두르면 일시에 달라지는 것일까?

큰삼촌을 어디 숨겨놨는지 찾아야 한다며 불시에 들이닥쳐 집을 뒤지기도 하던 완수 아저씨는 훈이 형과 점순 아버지를 의용군으로 내보냈다. 사람들을 읍내 도로 보수 작업에 동원시켰다.

완수 아저씨는 날마다 의기양양해 하면서 해방이 되면 김일성 훈장을 받는다고 으쓱거렸다. 완수 아저씨는 인민군이 퇴각할 때 같이 따라갔다.

큰삼촌은 숨었던 굴에서 나와 학도병으로 지원해서 전쟁터로 나갔다. 큰삼촌은 겨울 전쟁에서 양쪽 다리에 동상이 걸려 발가락 열 개를 모두 절단했다. 큰삼촌은 그 후유증으로 오래 걷지도 못하고, 걷는 모습도 부자연스럽다.

나는 지금까지도 큰삼촌이 숨어 지내던 그 굴이 뒷산 어디인지 모른다. 북으로 간 완수 아저씨가 어떻게 되었는지도 알지 못한다.

사람들은 왜 이념과 사상에 매어 서로 갈등을 빚을까? 인간이 지닌 속성 때문일까? 권력의 집착 때문일까? 아니면 흑백논리 때문일까?

진작 잊어버렸어야 할 그 옛날 유년 시절이 그 보리밥집에 가면 왜 그리움의 불씨가 되어 되살아날까? 자랑할 것도 못 되는 그 유년 시절이 왜 자꾸 그리움으로 어른거릴까? 어쩌면 나이 탓인지도 모른다.

있는 그대로의 삶을 매만지면서 순박한 믿음을 배반하지 않던 모습이 자취를 감춘 아쉬움 때문인지도 모른다.

물질 만능의 오만이, 누리던 정신적 풍요의 가치를 헤집고 짓밟는 현실 때문인지도 모른다.

빌딩 숲 우거진 밝은 대낮에도 서로 눈 부릅뜨고 코를 베려는 칙칙하고도 무서운 세상에서 살기 때문인지도 모른다.

나는 오늘도 허름하기 이를 데 없는 그 보리밥집에서 어느 가수의 가슴 쓰린 춘궁기 배곯던 그 시절 '보리 고개' 노래를 곱씹고 있다.

아야 뛰지 마라 배 꺼질라.

가슴 시린 보릿고개길, 주린 배 잡고 물 한 바가지 배 채우시던, 그 세월을 어찌 사셨소.

'보리 고개' 노래를 부르며 찢어지게 가난했던 그 옛날 그 세월을 어찌 사셨느냐는 가수의 절절한 물음에 나는 대답한다.

가진 것은 없었지만 가식 없이 진솔하게 살았다오.

있는 그대로를 순응하며 꾸밈없이 살았다오.

천성에 어긋나지 않게 믿음으로 살았다오.

우리들의 친구 똥장군

똥 냄새 풀풀 나는 똥장군.

채소밭 거름이 되는 똥오줌이 가득 든 똥장군. 그런 둥그런 배불뚝이 나무통이 바로 똥장군입니다.

밭 가장자리나 뒷간 옆에 놓여 있는 것을 보기만 해도 사람들이 코를 막고 피해가지만 채소를 싱싱하게 가꾸던 거름통 똥장군은 골동품으로도 쉽게 찾아볼 수 없는 물건이 되고 말았습니다. 그런데 똥장군 별명이 붙은 친구가 있었습니다. 바로 우리들의 친구 이광석입니다. 우리들은 그 친구를 이름보다는 그냥 똥장군이라 불렀습니다.

그런 우리들의 친구 똥장군을 혹시 알고 계시는지요?

똥장군 그 친구는 지금 우리 곁에 없습니다. 아직까지 그런대로 건강하게 사는 우리들을 남겨두고, 똥장군 그 친구가 이 세상을 하직한 지도 10년이 훌쩍 지났습니다.

우리들이 일 년에 세 번씩 모여 그동안의 축적된 정을 꺼내 나눌 때면, 똥장군 그 친구의 흔적을 그리움으로 더듬곤 합니다. 그만큼 똥장군 그 친구는 우리들이 살아가고 있는 험하고 어둡고 각박한 세상에서 없어서는 안 될 보약 같은 존재였기 때문입니다.

우리들이 그 친구에게 조금은 추접스러운 똥장군이라는 별명을 붙여주게 된 동기는 정말 우연한 일에서 비롯되었습니다.

교육대학에서 죽이 맞는 친구들끼리 모임을 만들어 어울려 다니던 어느 일요일이었습니다.

오랜만에 등산을 가기로 한 약속 장소에 우리들이 다 모였는데 그 친구만이 보이지 않았습니다. 그 친구는 약속된 시간이 한참이나 지났는데도 나타나지 않았습니다. 우리들은 입에 그 친구를 물고, 농에 겨운 웃음을 섞어가며 걸쭉한 욕지거리를 해댔습니다.

언제나 그랬지만 그 친구는 얼마 후에 크지도 작지도 않은 투실투실한 체구에 배를 쑥 내밀고, 어기적어기적 팔자걸음으로 나타났습니다. 그 친구는 걸어오면서 인상을 쓰고 있는 우리들을 보고 씨부렁거렸습니다.

"왜 그렇게 똥 묻은 개 쳐다보듯 떨떠름한 표정들이냐? 내가 똥 냄새가 풀풀 나는 똥장군으로 보이냐? 그래도 말이야, 난 너희들에게 꼭 필요한 존재야. 알겠냐? 이 짜식들아. 나한테 욕을 직사하게 퍼붓고 있었구먼. 난 욕을 많이 먹어 아무래도 너희들보다 오래 살 거 같다, 히히히. 안 그러냐?"

난데없이 똥장군을 들춰가며 이죽거리는 그 친구의 당당한 표정과 태도는 우리들 속을 더욱 기분 좋게 들쑤셔놓았습니다.

"어유, 개자식. 네 몸에서 정말 똥내가 난다. 야, 네가 지금 똥장군이라고 그랬지? 그래 딱 맞아, 이 똥장군아?"

누군가의 입에서 불쑥 튀어나온 그 말, 골동품으로도 구경하기 힘든 똥장군이라는 말이 우연찮게도 그날 그 친구에게 찰싹 달라 붙었습니다. 똥장군, 똥장군. 우리들은 그 친구가 똥장군이 제격이라고 유쾌하게 웃어젖혔습니다.

"야, 똥장군아? 늦게 온 주제에 뭐가 그렇게 잘났다고 이죽거리니?"

우리들은 이것저것을 다 싸잡아서 그 친구를 윽박질렀습니다. 그 친구는 우리들의 면박에도 똥장군이면 어떠냐는 듯 씩 웃었습니다.

"야, 똥장군. 똥지게 지고 밭에 거름 주다 늦었구나?"

"그래, 용케도 맞혔구나. 똥장군을 똥지게에 지고 채소밭에 거름 주다 왔다, 됐냐? 내 몸에서 똥 냄새 나지? 그래도 말이야, 이 똥 냄새가 너희들이 먹는 싱싱한 채소가 되는 거 알지? 그럼 잠자코 입 다물어."

장난스럽게 똥장군이란 별명을 붙여준 우리들에게 화낼 법도 한데 허허 웃으며 받아 붙이는 그 친구의 응수에 우리들도 그냥 웃을 수밖에 없었습니다.

우리들은 바지를 걷어붙이고, 아무렇지도 않게 똥지게를 지고, 밭을 오가는 농부 모습을 정녕 그 친구에게서 보았습니다. 싫든 좋든 천직으로 알고, 우직하고 순박하게 농사를 짓는 푸근한 농부의 모습을 그 친구에게서 본 것입니다.

그날 이후부터 우리들은 자연스럽게 그 친구를 똥장군이라 불러댔습니다. 그렇게 우리들은 우정을 다지면서 졸업을 했습니다.

우리들은 강원도, 경기도, 서울로 교사 발령을 받고 각각 헤어졌습니다. 우리들은 헤어지기 전에, 아쉬움을 똘똘 뭉쳐 마음에 담고 나누면서 그동안 쌓은 우정은 어떤 일이 있어도 지속하자는 다짐을 재차 확인하고 확인했습니다. 그러나 신출내기 교사 생활은 바쁘고 고됐습니다. 결혼하고, 아이 생기고, 그렇게 얽매인 생활로 인해 우정으로 끈끈하게 맺었던 모임은 오랜 세월이 지나가도록 잊고 실천하지 못했습니다. 그럴 때, 어렵사리 모임을 주선한 친구가 바로 우리들의 친구 똥장군이었습니다.

학교를 졸업하고 무려 16년이 지나서야 우리들의 모임은 그 친구 똥장군의 주선으로 드디어 어느 여름방학에 성사되었습니다.

첫 모임의 장소는 강원도 양양, 아주 깊은 산자락 산장이었습니다. 우리들은 아내를 대동하고, 약속한 장소에 모였습니다. 그런데 반팔에 바지 차림인 우리들과 달리 똥장군은 정장 차림이었습니다. 우리들은 한여름에 어울리지 않는 정장을 갖춘 똥장군의 모습을 은근히 놀렸습니다.

한껏 부풀어 나온 똥배를 가린 쑥색 양복에 다림질 잘 안 된 흰색 와이셔츠, 그리고 색 바랜 하늘색 꽃 넥타이를 맨 똥장군은 어느 모로 보나 당당하고 느긋했습니다.

우리들의 아내들은 처음 대하는 그런 똥장군을 보고는 참으로 예의가 바른 선생님이라고 칭찬을 늘어놓았습니다.

우리들은 전세 낸 산장에서 그동안 잊고 쌓아두었던 우정을 술잔에 섞어 마셔댔습니다.

밤이 깊어지는 줄도 모르고, 술잔을 부딪치고 또 부딪치며 만남의 의미를 새기고 새겼습니다. 취기로 흥이 흥청거릴 때, 춘천 친구가 상다리를 두들기며 소리 질렀습니다.

"야아 똥장군, 서울 똥내 나는 노래 한번 뽑아 봐라."

똥장군은 흐느적대며 일어나서 노래보다는 느릿느릿 사설을 늘어놓았습니다.

학창 시절 우정 이야기에 이어서 앞으로 모임 계획에 이르기까지 걸걸한 농담을 섞어가면서 흐느적흐느적 이어갔습니다.

똥장군의 말솜씨 아나운서 저리 가라네. 역시 서울 물 먹은 선생이라 다르구나.

우리들은 똥장군에게 박수로 흐흐거렸습니다. 이어서 승진에 열을 올리고 있는 횡성 친구가 일어나서 쇠젓가락 몇 개를 집어넣은 빈 소주병을 사타구니에 끼웠습니다. 그러고는 양 발과 손으로 박자를 맞추며 남인수의 '청춘고백'을 신나게 불러댔습니다.

횡성 친구는 분위기를 압도하며 절정에 오른 좌중을 흔들어 놓았습니다. 우리들은 흥에 취하고, 우정에 도취되어 망가질 대로 망가졌습니다.

자정이 훨씬 넘어 우리들의 아내들은 하나둘 그 자리에서 곯아떨어졌습니다. 우리들도 술에 넘친 욕들을 해대며 떠들다가 아무렇게나 쓰러져 잠이 들었습니다.

한여름이었지만 산장은 으슬으슬 추웠습니다. 술기운도 추위를 당해내지는 못했습니다. 우리들은 발길질을 해대며 서로 이불을 끌어당겼습니다. 우리들은 추위에 몸을 떨면서도 곤잠에 떨어졌습니다. 얼마나 늘어지게 잤을까?

뜨거운 방바닥의 열기와 방안 가득 메운 솔가지 타는 냄새와 연기 때문에 우리들은 눈을 떴습니다.

"웬 연기야? 방에 자욱하네."

"아이고, 방은 왜 이리 뜨거워."

엉겁결에 일어난 우리들은 기침을 해대며 방문을 열어젖혔습니다. 그리고 부엌 아궁이 옆에 쪼그려 앉아 있는 똥장군을 보았습니다.

똥장군은 한창 물이 올라 잘 타지도 않는 청솔가지를 꺾어 아궁이에 쑤셔 넣으면서 후후 입김을 불어 넣고 있었습니다. 우리들은 그런 똥장군을 한동안 넋을 잃고 내다보았습니다.

"야, 똥장군! 뭐 하고 있는 거야?"

똥장군은 씨부렁대는 우리들을 보고 씩 웃으며 태연하게 대답했습니다.

"방이 되게 춥더라. 느 여편네들 덜덜 떨면서 자는 모습 보니 되게 안쓰럽더라. 이럴 때 감기 들면 어쩌냐? 곱고 고운 여편네들 데려와서 감기를 선물하면 되겠냐? 그래서 불 좀 때고 있어. 왜 떫으냐?"

아! 우리들이 곤히 잠든 내내 술기운 이기며, 눈물 콧물 쏟으며, 불을 지피고 있던 똥장군.

그렇게 우리들에게 가슴 저리도록 말없이 우정을 뜨겁게 달구어 주는 친구가 바로 똥장군이었습니다.

그 모임 이후, 우리들은 자주 아내들로부터 날 선 핀잔을 들어야 했습니다. 그 친구 똥장군을 본받으라는 둥, 인성을 닮으라는 둥, 참 친구는 그래야 한다는 둥, 툭하면 듣기 싫을 정도로 비교를 하곤 했습니다.

우리들의 친구 똥장군은 학교 출근은 물론이고, 잠시의 외출에도 항상 정장 차림은 필수라며 모임에서 으스대며 자랑을 했습니다.

"야, 똥장군. 한여름 정장 차림, 보기가 좀 그렇다."

"덥기는 해도 동방예의지국의 자세는 잃지 말아야지. 난 습관이 돼서 아무렇지도 않아."

"더우면 벗고, 추우면 껴입는 게 자연순응 현대 예의야. 말라비틀어진 전근대적 사고방식 버려라, 똥장군아?"

"그래도 습관이 된 내 방식이 좋아."

"궁상맞게 지랄 그만 떨어라."

우리들이 험하게 공격을 퍼부어도 똥장군은 태연하게 웃었습니다. 그런데 우리들은 1980년 여름 모임에서 똥장군의 그 정장 차림이 진가를 발휘할 줄은 정말 꿈에도 몰랐습니다.

우리들은 모임 약속장소인 유원지 입구에 들어서서 똥장군을 기다렸습니다.

"하여간 똥장군은 일찍 오는 법이 없어."

"이제 곧 나타날 테지, 어기적대면서."

"똥장군 오면 귀싸대기 한 대씩 갈겨 주자."

우리들은 사람들 틈에서 떠들다가 정선 친구가 건들거리는 청년의 발을 모르고 콱 밟았습니다.

청년은 오만상으로 발을 만지다가 눈을 부라리며 대뜸 정선 친구에게 호통을 쳤습니다.

"아이고 발이야. 야, 넌 눈깔이 등짝에 붙었냐?"

"미안합니다. 정말 미안합니다."

정선 친구가 고개를 숙여 정중히 사과했습니다.

"미안하면 다냐? 나잇값을 해, 나잇값을."

우락부락하게 생긴 청년은 반말을 찍찍 내뱉었습니다.

"미안하다고 사과를 했는데 말이 너무 심하지 않나요?"

정선 친구의 대꾸처럼 우리들도 청년의 상스러운 반말이 거슬리고 언짢았습니다.

"뭐가 어째. 요즘 세상에 이거 안 되겠어? 한번 뜨거운 맛을 봐야 되겠구나."

청년은 정선 친구의 멱살을 잡으며 금방 때릴 기세였습니다. 우리들은 갑자기 일어난 일을 어떻게 대처할까 고심하고 있는 찰나였습니다.

"야, 저기 장군 오신다!"

우리들 중에 누가 말했습니다. 우리들은 시선을 그쪽으로 돌렸습니다.

검정 신사복 차림에 라이방을 써서 그런지 거만해 보이기까지 한 똥장군이 어기적어기적 걸어오는 모습이 보였습니다. 가까이 다가온 똥장군은 금방 험악한 분위기를 알아차리고는 위엄을 갖추었습니다.

똥장군은 정선 친구의 멱살을 잡고, 때릴 듯 인상을 쓰는 청년에게 다가가 어디론가 카메라 찍는 시늉을 보내며 일갈했습니다.

"이거 뭐야? 왜 다 꾸겨진 더러운 인상으로 형님뻘 되는 어른 멱살을 잡고 있는 건가? 무지막지한 행동을 보아하니 틀림없이 깡패구먼."

청년은 똥장군의 위엄에 압도되어 슬며시 정선 친구의 멱살을 놓았습니다.

"실례지만 누구신데요?"

똥장군은 정장 주머니를 뒤적이다가 꺼낸 지갑을 열어젖혀 청년의 코앞에 바짝 들이댔습니다.

"나? 너같이 사회 질서를 좀먹는 깡패 잡아다가 삼청교육대에 보내는 특수 요원이다. 너 같은 깡패는 사회악이야. 지금 국민들은 잘살자고 땀을 뻘뻘 흘리는데 말이야, 형님도 아주 큰 형님 같은 어른에게 행패를 부려? 나쁜 자식 같으니라고. 너, 저기 저기서 우리 요원이 네 나쁜 행동 증거로 다 촬영했어."

우리들은 청년에게 호통으로 훈시하는 똥장군을 보면서 한편으로는 염려했습니다.

감당할 자신도 없으면서 어쩌려고 무모하게 저러지?

우리들은 조바심으로 멍하니 똥장군을 바라보았습니다.

청년은 금방 자세를 낮추었습니다.

"잘못했습니다. 한 번만 용서해 주십시오. 다시는 이런 나쁜 행동 절대 안 하겠습니다."

똥장군은 잠잠히 그 청년을 이리저리 훑어보고는 점잖게 다시 후려쳤습니다.

"생김도 그렇고, 체구도 그렇고. 너, 깡패 맞는구먼. 너 남대문파야, 칠성파야? 바른대로 불어."

"아닙니다. 저는 절대 깡패가 아닙니다."

"정말, 그 말 믿어도 되겠나? 저기서 촬영한 네 모습, 본부에 가서 열람하면 네 신상 모조리 까발려져. 알겠어?"

"잘못했습니다. 정말 잘못했습니다. 한 번만 용서해 주시면 다시는 이런 짓 안 하겠습니다."

청년은 덜덜 떨면서 빌었습니다.

어이, 똥장군. 그만 용서해 줘. 자꾸 시간 끌다 탄로 나면 어쩌려고 그래?

우리들의 간절한 걱정을 깡그리 무시한 똥장군은 한술 더 떴습니다.

"너, 군대 갔다 왔냐?"

"예, 제대한 지 두 달 됐습니다."

"제대증에 잉크도 마르지 않은 짜식이 그런 나쁜 행동을 해. 동작, 그마안!"

똥장군은 나가도 너무 나가고 있었습니다.

"이것 봐라. 정신 못 차리겠나? 차리어, 열중쉬어. 차리어, 열중쉬어. 똑바로 못 하겠나? 차리엇!"

청년은 똥장군의 호령에 따라 절도 있게 동작을 취했습니다.

우리들은 터져 나오는 웃음을 간신히 참고 있었습니다. 오가는 사람들도 힐끔힐끔 그 장면을 보면서 피해 지나갔습니다.

"지금 나라가 어지럽고 어려운 판에 어른들한테 그런 몹쓸 행동을 하면 쓰겠나? 정말 다시는 그런 깡패 같은 짓 안 하겠지? 또다시 그런 행동하면 그땐 삼청교육대야, 알겠나?"

"네엣. 알겠습니다."

"좋아. 믿고, 한 번 용서하겠다. 그럼 가 봐아."

청년은 걸음아 날 살려라 순식간에 사라져 버렸습니다.

군부가 정권을 잡고, 나라를 좌지우지하던 그 시절, 깡패 소탕한다고 무고한 사람도 잡아 족치던 그 삼청교육대를 똥장군은 절묘한 접목으로 무례한 청년의 혼을 모조리 빼놓고 말았습니다.

우리들은 똥장군의 배포와 순발력에 무조건 두 손을 들고야 말았습니다.

똥장군은 청년이 사라지자 배를 더 쑥 내밀고 어기적댔습니다.

"야, 너희들 말이야. 이 장군 덕 톡톡히 본 거야, 안 그러냐? 그렇잖으면 뒈지게 얻어터졌을 거야."

"맞아. 그런데 말이야, 아까 꺼낸 그 증명서는 또 뭐야? 사진 찍는 시늉은 누굴 보고 한 거야?"

"아, 그거? 그 자식 믿으라고 잠깐 속인 동작이지. 증명서는 이거야."

우리들의 친구 똥장군이 꺼낸 것은 다름 아닌 교육공무원증이었습니다.

"그러다 들키면 어쩌려고 그런 용감한 행동을 했냐?"

"야, 난 말이야, 나쁜 행동을 바르게 고치는 일에도 발 벗고 나서는 장군이야. 지금 그놈 사람 만들어 놨잖아? 나 그런 것쯤은 식은 죽 먹기야. 이제 알겠냐?"

우리들은 그런 똥장군을 신비스럽게 바라만 봤습니다. 그러고는 우리들은 자신도 모르게 똥장군의 '똥' 자를 빼고, '장군'이라는 말이 입에서 튀어나왔습니다.

"장군께 머리 숙입니다."

"진정 우리들의 장군이십니다."

우리들의 친구 똥장군은 이렇게 순발력이나 임기응변도 대범했습니다. 재치와 의리도 그에 못지않았습니다. 그만큼 똥장군은 우리들의 우정 깊은 믿음을 저버리지 않는 진정한 친구였습니다.

언젠가는 시를 쓰는 내가 어린이들을 위한 시집을 자비로 출판한 적이 있었습니다. 똥장군은 그걸 용케도 알고, 무조건 시집 500권을 자기한테 보내라고 전화 독촉을 했었습니다. 은근히 시집 판로 걱정을 하던 터라 고맙기는 했지만, 부담이 염려되어 망설였습니다.

"야 인마, 염려 말아. 내가 책임지고 소비해 줄 테니까 잔말 말고 빨리 보내. 알았니?"

전화기를 통해 들려오는 똥장군의 걸걸한 목소리는 나를 감동시켰습니다. 책을 부치고 한 달이 지나갈 무렵에 똥장군에게서 전화가 걸려왔습니다.

"야, 통장 번호 알려줘."

"벌써 책을 다 소비했어?"

"이런 건 속전속결이야. 그래야 너도 자비 출판 외상값 갚을 것 아니냐?"

"고마워. 그럼 거기서 2할만 떼고 송금해 줘. 소비해 준 사람들에게 점심이라도 대접해야지."

"야 인마, 그건 내가 알아서 할 거야. 지금 시작종 쳤어, 빨리 수업 들어가야 해. 통장 번호나 말해. 그리고 네 마누라한테 안부나 전해 줘."

똥장군이 내 통장에 입금한 금액은 일원도 떼지 않은 500권 값 그대로였습니다.

나는 며칠 후, 서울로 올라가 똥장군을 만났습니다. 나는 똥장군을 근사한 술집으로 끌고 들어갔습니다.

"친구야, 정말이지 고맙다. 그러니까 오늘 저녁 밥값, 술값 염려 말고 마음껏 마시고 즐겨라."

"알았다, 알았어. 아마 내가 책을 냈다면 너는 나보다 더 도와줬을 거야."

똥장군의 그 말에 나는 뜨끔했습니다.

나는 서슴없이 똥장군을 도와줬을까? 이리저리 핑계를 대면서 회피했을 거야.

술잔은 재빠르게 오갔습니다. 그만큼 술기운도 쉽게 달아올랐습니다.

"너를 보니까 거짓말은 더 이상 못 하겠다. 책, 다 소비하지 못했어. 그렇지만 염려 하지 마. 몇 권 남지 않은 건 금방 소비할 거야. 그 책 출판 외상으로 했다며? 신용을 지켜야 다음에 또 좋은 책 낼 거 아니니? 내가 너 도와줄 게 그것밖에 뭐 있겠냐? 네 그 시집 아이들한테 인기 많더라. 찾는 아이들이 많아."

나는 똥장군의 그 말에 술만 벌컥벌컥 마셔댔습니다.

정에 취하고 싶었습니다. 진정한 친구가 있다는 행복에 취하고 싶었습니다.

나는 똥장군 몰래 집에서 준비해 간 감사 편지와 돈 봉투를 벗어놓은 똥장군의 옷 주머니에 쑤셔 넣었습니다.

우리들은 2차로 가서 마시고, 춤추고, 노래 불렀습니다. 얼마나 술을 먹었는지 몰랐습니다. 내가 정신을 차리고 눈을 떴을 때는 우리 집 안방에서 맞은 아침이었습니다.

"그렇게 인사불성이 되도록 술을 마셔요? 당신이 집에 온 게 새벽 2시예요. 서울 선생님이 택시로 데려다주고 올라가셨어요. 정말 그런 친구는 없어요."

나는 아내의 핀잔을 들으며 엊저녁 일을 더듬거렸습니다. 그리고 벗어 던진 옷 호주머니를 뒤적였습니다. 똥장군 주머니에 몰래 쑤셔 넣었던 편지는 없고, 돈 봉투는 그대로 있었습니다.

그때 전화벨이 울렸습니다.

"야, 일어났냐? 술도 이기지 못하는 자식이 뭘 술을 산다고 그러냐? 그래 가지고 오늘 출근은 할 수 있겠냐? 연가 내고 하루 쉬어라."

똥장군의 걸걸한 목소리를 나는 그냥 잠자코 듣고만 있었습니다.

"술값은 내가 냈다. 오랜만에 너 서울에 왔는데 내가 대접을 해야지. 대신 내가 내려가면 그때 곱빼기로 사라. 알겠냐? 야, 그리고 그 봉투는 뭐냐? 친구 간에 그런 계산이 깔리면 우정에 금이 가게 돼. 그리고 말이야, 나 있잖아, 재수 좋게 25평 아파트에 당첨됐어. 내후년이면 나도 전셋집 걷어차고, 번듯한 집에서 살게 된단 말이야."

전화기를 통해 들리는 똥장군의 목소리에 나는 자꾸만 목이 메어 대꾸도 할 수 없었습니다.

"그땐 말이야, 나도 어깨 쭉 펼 거야. 기대해 줘. 자가용도 사서 너 만나면 태우고 자랑할 거다. 어때? 기분 좋은 소식이지? 이런 너절하고 구질구질한 우리 집 얘기 내가 누구한테 하겠냐? 너니까 스스럼없이 털어놓지."

내가 똥장군에게 대꾸한 것은 고작 울음 섞인 '응, 그래, 그래, 그래'였습니다. 한참을 신나게 떠들어 대고, 똥장군은 전화를 끊었습니다. 나는 그제야 똥장군에게 욕을 퍼부었습니다.

똥장군 개자식, 나쁜 새끼, 못된 놈. 왜 나를 형편없이 구겨지게 만드냐? 그래서 넌 나쁘고, 나쁜 자식이야.

똥장군은 항상 그랬습니다. 누구 말마따나 의리를 빼면 시체였습니다.

평소 술을 그렇게 많이 퍼마셔서 그랬는지 초겨울 어느 날, 똥장군에게 병이 찾아들었습니다. 똥장군이 입원했다는 날벼락 소식을 듣고, 우리들은 부리나케 병원으로 달려갔습니다. 누워 있던 똥장군은 일어나 앉으면서 바쁜데 뭐 하러 왔느냐며 오히려 우리들을 마구 나무랐습니다. 푸석푸석한 얼굴에 병색이 완연한 똥장군은 며칠 지나면 퇴원한다고 허허대며 웃었습니다.

"장군은 역시 장군이야."

우리들은 병실을 나서며 서로 웃음을 주고받았습니다.

똥장군에게 눌어붙은 병은 물러나지 않았습니다. 신장에 이상이 왔습니다. 급기야 일주일에 세 번 신장 투석을 하면서도 똥장군은 참으로 느긋했습니다.

첫눈이 푸슬푸슬 내리는 날, 똥장군은 우리들을 어느 고급 호텔 레스토랑으로 초대를 했습니다. 목에 구멍을 뚫고 투석하는 그 와중에도 똥장군은 허허거렸습니다.

"야, 그 뭐냐? 그때 준 위로금은 나, 어서 빨리 죽으라는 증표야. 친구끼리 그러면 되냐? 오늘 다 써 버릴 거야, 기분 좋게들 먹어라. 나, 얼마 있으면 퇴원해. 그땐 너희들이 퇴원 기념으로 거하게 한턱 쏴라. 내가 옛날처럼 다 마셔줄 테니까."

똥장군은 웃으며 우리들에게 진한 우정을 나눠 주었습니다. 그러고는 한 달이 지났을 무렵, 슬픔이 날아왔습니다.

똥장군은 우리보다 오래오래 살겠다며 떠벌리던 그 약속을 저버리고, 세상을 하직하고 말았습니다.

우리들은 장지에서 예전처럼 활짝 웃고 있는 친구 똥장군의 영정을 보면서 술잔을 나누었습니다.

"야, 이 개자식아. 그렇게 혼자 가니까 기분 좋으냐?"

"약속 안 지키는 네가 친구냐? 나쁜 새꺄."

개자식, 똥 묻은 자식, 못된 새끼.

우리들은 알고 있는 욕은 모두 모아 술잔에 담아서 들이켰습니다. 그렇게 욕을 퍼부어도 똥장군은 허허허 천진스럽게 웃고 있었습니다.

오늘, 우리들은 학교 졸업 후 57년간 쌓은 우정을 다지는 모임에서 먼저 간 똥장군을 상 위에 올려놓고 푸념하고 있습니다.

따라놓은 술잔에 똥장군의 모습이 찰랑거립니다. 이죽거리는 미소가 넘칩니다.

"똥장군이 있었으면 오늘도 기분 좋게 웃고 떠들 텐데."

똥장군이 그립습니다.

똥장군이 보고 싶습니다.

우리들은 어기적어기적 걸어오면서 똥장군이 내뱉는 걸걸한 목소리를 뜨거운 가슴으로 데우고 있습니다.

"야, 너희들 나만 빼고 술 먹으니 기분 좋냐? 나쁜 짜식들 같으니라고. 그래도 말이야, 너희들 건강한 모습은 참으로 보기가 좋다. 내가 왜 너희들 몫까지 다 짊어지고 먼저 갔는지 다들 알고 있지? 오늘, 장군이 너희들에게 명하노니 반드시 이행하기 바란다. 이행 안 하면 곧바로 '캭'이다. 공삭은 우정 변치 말고 너희들은 오래오래 건강하게 살 거라. 알겠냐?"

그닝께 말여 선생님

우리들은 젊고 패기 넘치는 남자 선생님을 담임으로 간절히 원했다. 초등학교의 마지막을 좀 더 보람 있고 멋지게 끝내고 싶어서였다. 그런데 그 간절한 바람이 산산조각이 나고 말았다.

우리들 6학년 담임으로 낙점된 선생님의 첫인상은 한마디로 낙제 점수에서도 최하위였다.

꾀죄죄하고, 꼬질꼬질하여 촌티가 줄줄줄 흘렀다. 땅딸막한 키에 까무잡잡한 얼굴이 그랬고, 꾸미지 않은 헐렁한 복장에 지긋한 나이가 그랬다. 아무리 여기저기 뜯어 살펴봐도 우리들이 좋아하는 구석이라고는 한 군데도 없었다. 다른 학교에서 전입해 온 낯섦이 더욱더 그런 이유를 부채질했다.

"아유 더러워. 초등학교 마지막이 이게 뭐야?"

"체육 잘하는 젊은 선생님도 있고, 미소 천사 여선생님도 있는데, 하필이면 왜 늙다리야."

"이제 6학년 멋진 생활은 종쳤어."

그렇게 풀죽어 찌그러져 있는 우리들의 심기를 마구 뒤틀리게 만든 것은 선생님의 교실 첫 인사말이었다.

"그닝께 말여, 내 이름이 뭐냐 하면 박창수여. 니들 만나 반갑구면. 난 지금까지 수십 년 선생을 했지만 아직두 모르는 게 니들보다 더 많을 거여. 그닝께 말여, 내가 잘 모르는 건 니들이 잘 가르쳐 줘. 나두 열심히 공부할 테니께. 그닝께 말여, 우리 다 같이 열심히 노력하자. 그닝께 말여, 다들 내 말 알겄지?"

우리들은 지금까지 담임 선생님의 이런 조잡하고, 허술하고, 치졸하고, 나약한 첫 인사말을 들어본 적이 없었다. 더구나 느릿느릿 섞어 쓰는 충청도 전라도 말씨에 말끝마다 반복하여 내뱉는 '그닝께 말여'는 우리들의 심기를 더욱 뒤틀어 놓았다.

"에이, 퉤퉤퉤. 저런 게 뭐 선생이야."

"이제 6학년 공부는 엉망진창이 됐다니까."

"정말 재수 옴 붙었어."

사기를 잃고 축 처진 우리들은 공부 첫날부터 맹숭맹숭 김빠진 맥주 꼴 신세가 되어 있었다.

흥미고 뭐고 학교생활이 시들시들해진 우리들은 그래도 다행인 게 한 가지 있었다. 그것은 선생님이 한 시간 동안 '그닝께 말여'를 얼마나 많이 하는가를 각자가 세어 맞히는 내기였다.

우리들은 쉬는 시간이면 선생님이 '그닝께 말여'를 몇 번 했는지를 가지고 티격태격 다투었다. 핏대를 올리기도 했다.

우리들이 그렇게 다투는 모습이 역겨워서 그랬는지는 모르지만 혜영이는 이튿날, 선생님이 '그닝께 말여'를 몇 번 하는지 정확하게 통계를 낸다고 공언을 했다.

혜영이는 첫째 시간부터 몰래 그걸 꼼꼼하게 공책에 작대기로 표시를 했다. 그런데 그만 넷째 시간 끝 무렵에 선생님에게 들키고 말았다.

"그닝께 말여, 네가 누구더라? 그닝께 말여, 으응 김혜영, 맞지? 혜영이. 그닝께 말여, 뭘 그렇게 열심히 공책에 작대기 표시를 허고 있냐? 그게 뭔지 어디 좀 보자."

혜영이는 깜짝 놀라 공책을 얼른 책상 속에 집어넣었다.

"어디 봐. 뭔데 그리 숨기는 거여?"

선생님은 혜영이가 숨긴 공책을 꺼내 집어 들으셨다.

"아니, 이게 무슨 표시여? 그닝께 말여, 연필로 그은 작대기가 몇 개여? 공책 두 장에 꽉 찼네. 그닝께 말여, 하나, 둘, 셋…… 어잉? 셀 수도 없네. 혜영아, 이게 도대체 무슨 표시여?"

선생님의 느릿느릿한 추궁에 혜영이는 울먹였다.

"선생님, 그게, 저……."

"아아, 뭔지 알겠네. 그닝께 말여, 뭐시냐? 내가 그닝께 말여를 몇 번 하는지 작대기로 표시를 했구먼. 혜영아? 내 말이 맞지? 그닝께 말여, 혜영이 니는 인내심과 관찰력이 보통이 아녀. 그닝께 말여, 이 담에 틀림없이 한가락 허는 큰 인물이 될 거여."

혜영이는 울음을 터뜨리고 말았다.

선생님은 이내 혜영이를 달래셨다.

"아녀, 괜찮여. 혜영이 니가 뭐 잘못이 있겄냐? 충청도 전라도에서 많이 살아서 그쪽 사투리를 섞어 쓰는 내게 잘못이 있지. 울음 그쳐, 혜영아? 미안허다. 그닝께 말여, 그닝께 말여가 내 말버릇이 된 걸 어쩌겠냐? 좀 이해해 주면 안 되겄냐? 앞으루 되도록 덜 쓸 게. 그닝께 말여, 어때, 니들 생각은? 좀 애교로 봐줄 수 없겠냐?"

우리들은 선생님의 솔직한 말씀에 죄스러워 고개만 푹 숙였다. 우리들은 그날 이후 선생님의 말버릇인 '그닝께 말여'가 그렇게 많이 거슬리지 않게 되었다.

우리들은 시간이 지나면서 선생님의 가르침이 지금까지 5년 동안 생활하며 공부하던 방법과는 사뭇 다르다는 것을 새삼 깨닫게 되었다.

"그닝께 말여, 그건 나도 잘 모르는 거여. 그닝께 말여, 그건 니들이 생각해서 풀어내란 말여. 노력을 안 해서 그렇지, 니들 스스로의 힘으로 얼마든지 쉽게 해결할 수 있는 거여. 그렇구말구. 그렇게 하는 게 진짜 공부라는 거여. 그닝께 말여, 그런 걸 나한테만 맡기면 안 되는 거여. 다들 알겄냐?"

선생님은 속 시원히 공부를 가르쳐주지 않으셨다. 다른 선생님들처럼 무엇이든지 일사천리로 주입시키는 그런 학습활동이 아니었다. 선생님은 문제를 제시하고는 우리들이 스스로 터득하라고 닦달하셨다. 그게 우리들은 힘들고 싫었다. 심지어는 어쩌다 툭툭 튀어나오는 사소한 생활 문제까지도 우리들이 해결하라고 억지로 떠맡기셨다.

우리들은 그럴 때마다 선생님에게 악다구니를 퍼부었다.

"솔직히 모르면 모른다고 실토하셔. 그닝께 말여, 선생이면 선생답게 솔직해야지. 그닝께 말여, 그렇게 실력도 없으면서 어떻게 선생이 되셨나? 혹시 아무도 모르게 뒷문으로 들어온 건 아녀?"

우리들이 이렇게 퍼부어대던 악담이 사실이 아니라는 걸 깨닫는 데는 꽤 오랜 시간이 걸렸다.

선생님은 매주 토요일이면 국어책에 나오지도 않는 낱말을 다섯 개씩 써주고는 뜻을 풀어오라고 옥죄셨다.

"그 낱말의 뜻은 국어사전에 잘 풀이돼 있단 말여. 그닝께 말여, 그걸 그대로 베끼면 안 돼. 그게 정답이기는 해도 그 뜻을 생활과 관련지어서 어떤 때, 어떤 경우에 쓰는 건지를 알아 와야 해. 그게 문제를 낸 나의 의도여. 그닝께 말여, 다들 알겄지?"

우리들은 왜 그렇게 뻔히 아는 낱말 풀이 숙제를 내주어 골탕을 먹이는지 도무지 선생님의 속마음을 이해 못 했다. 하여튼 우리들은 그 낱말 풀이의 뜻을 알아내기 위해 선생님에게 욕지거리를 해대며 발바닥이 닳도록 이리 뛰고 저리 뛰었다.

그렇지만 우리들은 월요일 그 낱말 풀이 시간을 아주 박장대소를 하면서 흥미진진하게 즐기곤 했다.

한번은 '돌팔이'란 낱말 풀이 때문에 집안싸움을 일으킬 뻔한 적도 있었다.

'돌팔이'는 국어사전에 '떠돌아다니면서 점을 치거나 기술 또는 물건을 팔아가며 사는 사람 또는 제대로 자격을 갖추지 못한 엉터리 실력으로 전문적인 일을 하는 사람'으로 풀이돼 있다.

춘석이는 '돌팔이'를 '똥피리'라고 고쳐 쓰고는 '방귀 잘 뀌는 내 친구 동필이 별명'이라고 풀이했다.

장호는 '똥파리'라고 고치고 '똥뚜깐에서 똥만 먹고 윙윙거리는 아주 더러운 날파리'라고 풀이했다.

우리들은 친구들이 낱말 풀이를 발표할 때마다 책상을 두들기면서 박장대소를 했다. 그러다가 만복이의 발표에 웃음을 뚝 그쳤다.

'돌팔이는 이빨 치료해 주던 진철 아버지의 옛날 별명.'

마을 사람들이 일찍이 머릿속에서 지워 버린 진철 아버지의 별명을 만복이가 꺼낸 것이다.

선생님은 책상에 머리를 박고 엎드려 있는 진철이를 보면서 곤혹스러운 표정으로 무겁게 입을 여셨다.

"으, 그닝께 말여. 그게 딱 정답이기는 헌데……. 그, 그닝께 말여, 진철 아버지는 면허는 없지만 군대 시절에 익힌 의술로 치료비가 비싸 치과에 못 가는 사람들을 수고료만 받고 치료해 주셨어. 참으로 고마운 분이시지. 그러다가 법에 어긋난다는 걸 알고 금방 그만두셨어. 그닝께 말여, 요즘에는 자격증 없는 무면허 돌팔이는 없어. 대신 자격증을 빌려주고 돈 받는 사람, 남의 자격증으로 일하는 사람, 자격증은 있지만 실력이 없는 사람이 너무 많어. 이런 사람들이 진짜 돌팔이여. 이런 돌팔이는 사회를 좀먹는 나쁜 사람들이여. 다 없어져야 돼. 니들두 명심해. 이 담에 커서 그런 돌팔이가 되면 안 돼. 니들 알겄냐? 그닝께 말여, 잊어진 어르신 별명을 부르면 안 돼. 만복이, 알겄냐? 진철이에게 얼른 사과해."

우리들은 선생님의 자세한 설명에 '돌팔이'의 뜻이 무엇인지, 어떤 때 쓰이는지 정확하게 알게 되었다.

선생님은 언제나 그 낱말 풀이 시간 마무리로 우리들을 침이 마르게 칭찬하는 걸 잊지 않으셨다.

"그닝께 말여, 그 낱말의 정답은 니들이 조사해 온 것처럼 한 개가 아녀, 여러 개여. 그러니까 그 낱말이 우리 사회에서 어떻게 쓰이는지를 알어야 해. 그닝께 말여, 답을 빗나가게 풀이해서 써 온 사람도 뿔나게 뛰어다닌 고생은 만점이여, 만점. 바로 그런 게 공부여, 공부. 공부는 그렇게 스스로 익히는 거여. 그닝께 말여, 다들 박수!"

선생님은 우리들이 대충 적은 낱말의 뜻이 정답이 아니었어도, 엉터리 답을 썼어도 생각을 많이 한 결과라면서 칭찬을 하셨다.

선생님의 낱말 풀이 숙제는 거르는 법이 없으셨다.

우리들은 어렴풋이나마 스스로 공부하는 방법을 터득해 가고 있었다.

우리들은 선생님의 의중을 파악한 후에는 전혀 모르는 낱말은 다른 낱말로 고쳐서 풀곤 했다. 그렇게 해서라도 낱말 풀이 숙제를 하지 않으면 한 시간 동안 교실 뒤에 서서 공부하는 벌을 받곤 했다.

학교에서 선생님에게 회초리로 손바닥이나 종아리 맞는 것을 일상으로 알고 지내던 우리들은 그건 벌이 아니었다.

우리들은 벌을 받으면서 킥킥대고, 장난을 쳤다. 그러면 선생님은 막대기로 교탁을 탁탁 내려치면서 핀잔하셨다.

"그닝께 말여, 하루 종일 벌 받지 않으려면 움직이지덜 말어. 공부하면서 반성해. 그닝께 말여, 알겄냐?"

교탁은 우리들 대신 선생님의 회초리를 맞아 상처투성이였다. 선생님은 절대로 우리들에게 손찌검이나 회초리를 들지 않으셨다. 대신 교탁을 웃음으로 탁탁 때리며 혼을 내셨다.

선생님은 늘 우리들을 웃기셨다. 툭툭 치고, 농담을 하면서 놀리시기도 하셨다.

우리들도 선생님에게 그렇게 대했다. 선생님을 친구라고 착각하고 말을 막 하는 때도 있었다. 그렇지만 선생님은 아무렇지도 않게 웃으며 그걸 받아 주셨다.

남녀 구별 없이 축구를 즐기던 체육 시간에 일어난 진수 팬티 사건도 바로 그 시기였다.

우리들은 땡볕이 이글거리는 운동장에서 온몸을 땀으로 멱 감으며 축구에 혼을 빼놓고 있었다.

선생님도 우리들과 뒤섞여 같이 공을 차면서 뛰셨다. 우리들이 헛발질을 해대며 우르르 정신없이 공을 쫓아다니고 있었는데 누군가가 버럭 소리를 질렀다.

"진수 빤쓰가 벗겨졌다아! 빤쓰가 벗겨졌어."

우리들은 팬티가 벗어진 것도 모르고 뛰고 있는 진수를 보았다. 진수는 얼른 팬티를 추어올렸지만 우리들은 그 엉덩이, 그 고추를 언뜻 보았다.

우리들이 운동장에 털버덕 주저앉아 땅을 치면서 웃고 있을 때, 진수에게 다가간 선생님이 미소로 말씀하셨다.

"얼마나 축구에 몰입했으면 빤쓰가 벗어진 것도 모르고 뛰었겠냐? 진수, 니 그런 몰입 정신은 최고여. 바로 그런 정신이 성공의 지름길이여. 니들 무슨 말인지 알겄지? 그닝께 말여, 진수 니 몸은 삐쩍 말랐는디 웅뎅이는 그닝께 말여, 축구공처럼 아주 빵빵하구나. 히히히."

선생님은 땀 밴 우리들이 운동장에서 데굴데굴 구르게 만드셨다.

시간이 지날수록 우리들은 무턱대고 선생님이 좋아졌는데, 교육청 장학사 방문이 결정적인 역할을 했다.

장학사가 방문하는 날이면 학교는 아침부터 청소에 부산을 떨었다. 공부는 뒤로 미루고, 교장, 교감 선생님의 호령과 채근에 우리들은 청소하느라 정신이 없었다.

그날도 예외는 아니었다.

교장, 교감 선생님은 학교 구석구석을 쏘다니면서 청소하라고 호령을 하셨다.

공부는 뒷전이고, 청소로 야단법석인데 웬일인지 선생님은 아무렇지도 않게 우리들 공부를 시키셨다.

우리들은 다른 반처럼 청소를 시키지 않으시는 선생님이 참으로 이상해 보였다. 그런데 아니나 다를까? 교장 선생님의 험악한 얼굴이 교실 문을 사납게 열어젖히셨다.

"오늘 장학사 선생님이 우리 학교 오시는 것 모르냐? 그런데 너희들은 청소를 안 하고 뭣들 하는 거야. 빨리 담당구역 청소하지 못해!"

우리들은 교장 선생님의 고함에 간이 떨어질 뻔했다.

우리들은 엉거주춤 일어섰다.

"앉어! 니들은 그대로 공부나 해."

선생님은 차분하게 교장 선생님에게 따져 물으셨다.

"그닝께 말여유, 교장 선생님? 장학사 선생님은 우리 학교에 왜 오신대유? 그닝께 말여유, 공부하는 거 보러 오시는 게 아니고, 청소 잘한 거 점수 매기러 오신대유?"

선생님의 느릿느릿한 말투의 물음에 교장 선생님은 핏대를 높이셨다.

"뭣이 어쩌고 어째! 지금 나한테 반항하는 거얏!"

"그게 아니구요, 교장 선생님. 공부 시간에 청소하는 건 뭔가 잘못된 게 아닌가유?"

교장 선생님은 선생님에게 몇 번 큰소리를 치시고는 나가셨다. 우리들은 그 언쟁을 지켜보면서 교장 선생님에게 대든 선생님이 다른 학교로 쫓겨 가는 암울한 앞날을 그려보았다. 그렇지만 선생님의 신상에는 아무런 변화가 일어나지 않았다.

우리들은 그 사건으로 옳은 일에는 누구에게라도 정정당당히 맞서는 선생님이 엄청 크게 보였다.

우리들은 그렇게 알게 모르게 스스로 생활하며 공부하는 방법을 우둔한 대로 터득했고, 차츰차츰 그렇게 길들여져 갔다.

선생님과 생활하던 일 년은 순식간에 지나갔다.

우리들은 졸업 날이 다가올수록 교정 구석구석을 더 들여다보았다. 그리고 거기에서 들려오는 선생님의 말씀이 왠지 헤어짐으로 인해 서글프고 쓸쓸하게 느껴졌다.

6학년 생활은 종쳤다고 씨부렁거리면서 툴툴대던 그날로 다시 돌아가고 싶은 심정이었다.

우리들은 선생님과 헤어진다는 게 서글픈 일임을 처음으로 알았다. 선생님의 따스한 정이 무엇인지도 새삼스레 깨달았다.

우리들은 초등학교 마무리 졸업식에서 답사를 하던 혜영이와 같이 몇 번이고 눈물을 찔찔 짰다.

우리들은 어른이 돼서야 6학년 때 선생님이 왜 우리들을 그렇게 가르치셨는지 나름대로 깨닫게 되었다. 진정한 교육이 어떤 것인가도 어렴풋이 터득할 수 있었다.

서른이 훌쩍 넘어 반창회를 조직하고, 우리들은 일 년에 두 번씩 모임을 가졌으나 선생님을 모실 기회는 없었다. 선생님이 계신 곳을 파악할 수 없어서였다. 그러나 우연한 기회에 선생님이 캐나다에서 따님과 함께 살고 계신다는 것을 알게 되었다. 그 후 우리들은 선생님과 가끔 국제통화로 안부를 살피곤 했다. 그럴 때마다 선생님이 보고 싶었는데 그 기회가 생겼다. 선생님이 친척 행사로 귀국하신다는 반가운 소식을 접하게 된 것이다.

우리들은 선생님이 국내에 머무르시는 날을 택해 반창회를 열었다. 우리들이 졸업한 학교에서 선생님을 모시고 처음으로 열린 반창회에는 친구들이 거의 다 참석했다.

선생님은 늙으셨지만 꼬장꼬장하셨다.

선생님은 앨범을 보면서 우리들이 졸업한 지 30년이 지난 그때의 일을 대부분 기억해 내셨다. 선생님은 우리들이 어떻게 생활하는지 물으시면서 미소를 나눠주셨다.

우리들은 선생님과 초등학교 시절로 돌아갔다.

"그넹께 말여, 여러분들을 이렇게 만나니까 기분 좋구먼. 그넹께 말여, 이 순간만이라도 내가 그 옛날 젊은 선생이 돼서 니들이라고 반말해도 괜찮을까?"

"그럼요, 선생님. 좋아요. 저희들은 코찔찔이입니다."

"그려, 그려. 그넹께 말여, 나도 젊은 선생이 돼서 좋구먼. 옛날 생각이 떠오르는구먼. 그때가 내겐 제일 행복하고 보람 있었어. 요즘처럼 어둡고 어지러운 세상에 니들처럼 그렇게 반듯한 생활하는 사람 흔찮여. 흐뭇하고 기쁘구먼. 그넹께 말여, 앞으로두 진솔한 삶을 살아야 해. 그래야 내가 니들 그 모습 보려구 백 살까지 살지. 니들 내 맘 알겄냐? 그넹께 말여, 아까 화장실에 간 진수 교감 선생님은 아직 안 나왔나 보네. 화장실에서 옛날 체육 시간에 빤스 벗겨져서 보여주던 통통한 그 웅뎅이, 혼자 보는 거 아녀?"

선생님의 그 말씀에 우리들은 배꼽을 잡고 웃었다.

"교수님께서 한 말씀 하시지요?"

우리들은 대학교수가 된 혜영이에게 답례 부탁을 했다.

"선생님, 제가 한 말씀 드려도 될까요?"

"그럼 그럼. 교수님께서 한 말씀 하셔야지."

대학교수 혜영이는 유머 섞인 재치로 교실을 정숙한 다짐의 분위기로 만들었다.

"그닝께 말여, 옛날, 진수가 응뎅이 보여준 건 다 이유가 있어. 성공을 위해서는 하는 일에 몰입해야 된다고 하신 선생님 말씀을 실천하기 위해 시범으로 벗은 거여. 진수는 그래서 남들보다 일찍 교감 선생님이 된 거여. 그닝께 말여, 니들도 그렇게 열심히 노력하면서 살아야 해. 그 뜻 알겄냐? 그래야 우리들의 영원한 스승님도 오래오래 건강하게 사시는 거여. 그닝께 말여, 그게 선생님 은혜에 보답하는 거여. 그닝께 말여, 모두들 명심혀, 내 말 알겄냐? 그닝께 말여, 모두 일어섯. 우리들을 이만큼 건강하게 키워주신 선생님께 존경과 감사의 열렬한 박수."

'결혼이란 남녀가 즐거움으로 버무려 만든 행복 요리를 먹으며 살맛 나는 세상을 가꾸며 다져가는 것이다.'

"결혼생활에 대한 이 명언을 혹시 알고 계시는가요?"

"저는 처음 봅니다."

"이 결혼 명언을 남긴 사람이 누군지도 모르시겠군요."

"모릅니다, 그게 누군가요?"

"말씀드리기 쑥스럽기는 하지만 바로 접니다."

"으잉, 정말입니까? 그러면 이 명언처럼 결혼생활을 하시겠군요."

"꼭 집어 그렇게 생활하고 있다기보다는 노력을 한다고 봐야지요."

"그 결혼생활 이야기, 좀 들어봅시다."

"그럼 부끄럽지만 전해드리겠습니다."

꿀맛에 취해 시간 가는 줄 모르던 그 몇 년의 신혼생활이 아직도 눈에 밟힙니다.

"아유, 목이 왜 이리 마르지?"

내가 혼잣말을 해도 아내는 용케도 알아듣고, 찰랑찰랑 꿀물 넘치는 유리잔에 미소를 받쳐 들고 다가왔습니다.

"요즘은 밥맛이 영?"

아침 밥숟가락으로 투덜거리면 아내는 저녁 밥상에 어김없이 사랑 자잘한 갈비를 올렸습니다.

그뿐이 아닙니다. 계절에 맞게 보약 달여주고, 집안의 대소 경사도 빈틈없이 챙겼습니다. 그렇게 매력이 샘솟는 아내는 자신의 약점을 수시로 보완하여 아름다움으로 만드는 감성 풍부하고 집착이 강한 야무진 여자였습니다. 그런 아내는 아주 작은 가정 일이라도 독단적으로 처리하지 않았습니다. 억지로라도 내 동의를 구했습니다. 그리고 그 일이 끝나면 꼭 그 공을 내게 돌렸습니다. 그게 아내의 타고난 장점이기도 했습니다.

나는 아내에게 늘 뒤처졌습니다. 그렇지만 뒤처지는 것들을 방관하지 않고, 그 즉시 베풀고 희생하며 열정을 쏟는 것으로 상쇄했습니다.

"아이고, 이걸 다 어째?"

때때로 빨랫감이 수북한 세탁기에 머물던 아내의 달콤 짭짜름한 눈웃음 놀람이 내 얼굴에서 찰싹이곤 했습니다. 그러면 나는 즉흥 반사작용으로 세탁기 소리가 되어서 신나게 빨래를 해치웠습니다. 아내가 금방 갈아 신고 온 때 묻지 않은 깨끗한 양말도 억지로 벗겨서 빨아 말렸습니다.

"이거 조금만 도와주면 안 돼요? 사랑하는 서방님."

콧소리 섞인 아내의 애교가 내 몸에 찰싹 휘감겨 간지러울 때도 참으로 많았습니다. 그러면 나는 머리를 짜내던 회사 일을 집어던지고는 아내를 힐끔힐끔 곁눈질하면서 보란 듯이 청소에 땀을 쏟았습니다.

그것뿐이 아닙니다.

"허리를 삐끗했나 봐. 이러다 나 영영 허리 못 쓰면 어떻게 해?"

출근을 서두르다가 소파에 누워 끙끙 응석받이 신음을 하는 아내를 보는 때도 자주 있었습니다.

"그럼 큰일 나지, 세상이 무너져."

나는 짐짓 겁먹은 표정으로 달려들어 아내 온몸 구석구석을 더듬으며 소파에 스며드는 요염한 비명이 들릴 때까지 녹죽녹죽 주물러주었습니다. 그런 날은 어김없이 회사에 지각을 했습니다.

"아이고야, 저녁 설거지 다 하려면 밤새워야 되겠네."

텔레비전 리모컨을 만지작거리는 아내의 곱게 찡그려진 얼굴이 어질러진 주방으로 향하면 나는 얼른 고무장갑을 끼었습니다.

"마침 당신 좋아하는 프로 나오는 시간이네. 까짓, 설거지쯤이야. 얼른 해치울게."

나는 물이 묻지도 않은 아내 손을 정성스레 닦아주고 달그락 소리를 죽여가면서 신나게 설거지에 정성을 다 쏟곤 했습니다.

"우리 자기야, 벌써 다 했네. 미안해용."

뒤통수에서 살살 녹아 흘러내리는 아내의 사랑 젖은 음성은 나를 옴짝달싹 못 하게 옭아매 버렸습니다.

그런 행복에 만취된 호시절 황금기를 시샘하는 시간은 눈 깜짝할 새에 지나가 버리고 말았습니다.

그런데 말입니다. 그렇게 팔팔하던 내가 서서히 가을 서리 맞은 배추 꼴 신세로 전락하게 되었습니다. 아내가 첫째 딸 꽃비를 낳고부터입니다.

"꽃비."

참으로 예쁜 이름은 며칠 고심한 끝에 아내가 지었습니다. 내가 생각한 이름은 너무 유치해서 꺼내지도 못하고, 싹싹 지워 뭉개버렸습니다.

"꽃비. 꽃비에 젖어 있는 세상, 꽃비 세상은 너무도 곱고 아름다울 거야. 유명하신 작명가 파이팅!"

나는 꽃비 해석으로 위안을 삼았습니다.

"꽃비야, 네 이름은 아빠가 지으셨어. 고맙다고 해야지."

아내는 이름 지은 공을 고맙게도 내게 돌렸습니다.

나는 꽃비 때문에 늘 일찍 퇴근 했습니다.

"여보, 나 왔어."

"오늘도 일찍 왔네. 꽃비야? 아빠 오셨다. 인사해야지."

꽃비가 너무 예쁘고 귀여워 좀 만지기라도 하려면 아내의 놀란 눈이 막았습니다.

"안 돼. 꽃비 때 묻어. 얼른 씻고 와."

나는 아내가 시키는 대로 고분고분 샤워를 했습니다.

"하루 종일 꽃비와 노느라 아, 피곤하네."

"나보고 저녁 하라는 소리지?"

"미안해. 꽃비를 꽃비처럼 키우려면 당신 도움이 절실하고 절실

하거든."

나는 아내의 이런 작은 배려에도 꼼짝 못 했습니다. 아내가 시키는 대로 해야만 했습니다.

"내일 퇴근할 때 유아용품편의점에 가서 사와. 오감발달 놀잇감이 이렇게 많거든. 꽃비 좋아하는 것으로 사 와."

"당신이 사 오면 더 좋을 텐데."

"아냐. 꽃비야, 아빠가 사 와야 되지? 그래야 꽃비가 아빠 사랑을 알지. 그렇지, 꽃비야?"

아내는 아주 작은 것이라 해도 이렇게 함께하는 인식을 내게 심어 주었습니다.

아내는 꽃비 육아에 대한 아주 소소한 일이라도 빠짐없이 기록했습니다.

꽃비에게 머무는 아내의 시선은 좀처럼 내게는 오지 않았습니다. 때에 따라 그런 무심한 아내 모습이 나를 허탈하게 만들기도 했습니다.

"아이고, 꽃비 우는 소리 시끄러워서 잠 못 자겠네."

"난, 하늘에서 꽃비 내리는 소리 같은데."

"당신 동화 쓰시나?"

"그럼 당신이 꽃비 동화 써 보셔. 아빠가 잠 못 잔다고 짜증 낸다, 꽃비야? 그래도 아빠는 꽃비 사랑해, 그렇지?"

아내의 그런 말에 나는 꼼짝 못 하지만 조금은 신경이 날카로워졌습니다.

아내는 자신을 가꾸는 일에 무디어져 갔습니다. 외출도 피했습니다. 오직 철저하게 계획적으로 꽃비에게 자신의 삶을 투자했습니다. 아내는 아주 소소한 꽃비의 생활 변화도 낱낱이 기록하면서 그 원인과 대책, 소감을 곁들였습니다. 육아일기도 썼습니다. 아내는 육아 연구 박사 논문을 쓰는 연구원과도 같았습니다. 나는 그렇게 꽃비에게만 시선과 마음이 가 있는 아내가 불만스러웠습니다. 조금은 서글펐습니다.

나는 노래를 부르며 꽃비에게 젖을 물리고 있는 아내에게 다가가기도 했습니다.

"왜 그래? 당신에게 물릴 젖은 없는데. 이제 이건 꽃비 거야. 꽃비야, 그렇지? 아빠한테 미안하다고 그래야지, 아유 착해라."

아내에게는 꽃비밖에 없었습니다.

"당신에겐 이제 내가 없지?"

"꽃비야, 아빠가 샘내네. 아빠보고 조금 참으시라고 해."

아내는 항상 꽃비에게 소곤소곤 속삭였습니다. 그럴 때 내가 삐죽거리면 꽃비는 듣고 있다는 듯 웃었습니다.

"꽃비야, 엄마 흰머리 생겼다. 봤니?"

내가 아내 머리에서 흰머리를 발견하자 눈을 똥그랗게 뜨고 놀랐습니다.

"어쩌지, 꽃비야? 큰일 났네. 꽃비가 뽑아 줘, 한 개당 만 원 줄 테니까."

아내가 꽃비에게 속삭였습니다.

"어디 봐. 내가 뽑아 줄게. 한 개당 만 원이라고 했어?"

나는 아내 머리 속을 뒤적이며 세 개를 뽑았습니다.

"삼만 원이다."

아내가 지갑에서 삼만 원을 꺼냈습니다.

"정말 주는 거야? 놔둬."

"그럼 삼만 원에다 덤으로 이만 원 얹어서 오만 원짜리 키스해 줄게. 꽃비야, 엄마 입술 아빠에게 허락해 줄 거지? 그렇지, 착하네. 아빠가 그거 바라거든."

꽃비가 누워 생글생글했습니다.

아내의 입술이 내 입술을 달콤 싱싱하게 촉촉이 적셨습니다.

"오만 원어치 키스가 끝났습니다."

"조금만 더."

"꽃비야, 아빠가 응석 부리네. 만 원어치만 더 주자."

아내의 아름다움과 재치는 항상 시들지 않았습니다. 아내는 이런 것도 육아일기 내용에 포함시켰습니다.

둘째 금비를 낳고, 아내는 흰머리가 생겨도 무관심했습니다. 대신 육아에 더 분주하고 바빴습니다. 힘이 드는 게 보이는데도 완벽에 가까울 만큼 더욱 치밀해졌습니다. 기록한 육아 자료도 내용별로 분류 목록표도 만들었습니다.

아내의 몸에서는 향긋한 화장품 냄새 대신 뽀얀 젖내가 났습니다.

아내는 차츰차츰 토요일과 일요일에 꽃비 금비를 데리고 육아 교육 프로그램을 찾았습니다. 그리고 그 활동에 대한 기록, 촬영,

자료 수집 등을 빠짐없이 스크랩했습니다. 물론 나는 아내 호위무사였고, 자료 정리 책임자였습니다.

꽃비 금비의 성장 기록은 책장에 빼곡히 꽂혔습니다.

나는 아내가 꽃비 금비에게 쏟는 열정만큼 외로움이나 서글픔이 애정 결핍 질투로 쌓였습니다.

"도대체 난 당신에게 어떤 존재야?"

"그러는 당신은 내게 어떤 존잰데?"

"당신 안중에 내가 없지?"

"왜 그래, 당신? 잘 도와주면서. 꽃비 금비 알차게 사랑으로 키우는 거 싫어? 질투해?"

나는 아내의 너무 당연한 말에 말문을 닫았습니다. 그렇지만 때로 꽃비 금비를 핑계로 자주 충돌했습니다. 물론 충돌의 제공자는 다름 아닌 나였습니다.

아내와 충돌로 거리감은 멀어지기도 하고, 때로는 가까워지기도 하면서 꽃비 금비를 바르게 잘 키워 고 3, 고 1로 만들었습니다.

나는 평소에 지갑이 두둑하고, 쓰임새가 조금은 과했습니다. 아내는 꽃비 금비를 증인으로 세우고 제의했습니다.

"내가 보기에는 당신 쓰임새가 너무 과해. 이제는 절약 생활을 해야 해. 꽃비 금비가 아빠를 닮게 해야지. 안 그래? 당신 동의하는 거지? 불만 있으면 후회 말고 지금 얘기해."

나는 아내의 옳은 말에 또 꼼짝없이 당해야 했습니다. 그러고는 지갑에 한 달에 달랑 만 원짜리 지폐 열 장만 누워 있게 만들고 말았습니다.

하루아침에 처량한 신세로 전락해 버린 나는 용돈이 생기면 치사하게도 감추는 버릇이 생겼습니다. 그렇지만 그 방법도 아내에게는 별로 신통한 것이 못되었습니다.

책장 책 속에 감춰두었던 10만 원짜리 수표 다섯 장은 닷새 만에 발각되었습니다. 장롱 이불에 끼워둔 5만 원권 새 지폐 스무 장은 이틀 만에 들통이 나버렸습니다.

나는 아내가 어떻게 돈 냄새를 잘 맡으며 찾아내는지 혀를 내둘렀습니다.

언젠가는 회사 사무 집기를 사기 위한 예약금 백만 원짜리 수표 석 장을 무심결에 집에 가져온 일이 있었습니다.

나는 아차 하면서 고민을 거듭하다가 수표 석 장을 침대 시트 안에 숨겨놓았습니다. '등잔 밑이 어둡다'는 논리를 최대한 활용해서였습니다. 그런데 웬걸? 다음 날 아침에 발각이 되고 말았습니다. 아내에게는 등잔 밑이 환하고 밝기만 했습니다.

아내 손에 들어간 수표를 되찾는다는 것은 바늘구멍에 낙타를 넣는 것과 다름없다는 사실을 나는 너무도 잘 알고 있었습니다. 나는 수표의 용처를 설명하면서 애걸복걸 빌다시피 하여 백만 원짜리 수표 한 장을 회수하는 데는 성공을 했습니다.

아내 수중에 들어간 공금 이백만 원을 대신 채워놓는 데는 무려 다섯 달 이상이나 걸렸습니다.

"나, 미워하지 마. 이건 우리 가정 행복을 위해 그러는 거니까."

아내는 내가 할 말도 제대로 못 하게, 자주 꼼짝 못 하게 만들었습니다. 콜롬보 형사를 빰치는 아내의 기막힌 탐문 탐색 기술에 혀를 내두르던 나는 그것이 꽃비 금비의 바람잡이 역할 때문이었다는 사실을 어쩌다 알게 되었습니다. 그렇지만 아내 편에 서 있는 꽃비 금비를 혼낼 수도 없는 일이었습니다.

나는 도대체 감성 풍부하고 로맨틱하던 아내가 왜 병 주고 약 주는 여자로 변했는지 이해를 할 수 없었습니다. 백 번을 양보해도 속상함으로 쌓이는 스트레스와 옥죄는 처량함은 이해를 불가능하게 만들었습니다.

나는 어깃장으로 때로는 저녁 늦게 들어갔습니다.

"누구신지요? 이 늦은 시간에 혹시 집을 잘못 찾으신 건 아니신지요? 경찰서에 신고해도 될까요?"

구두를 벗어 놓고, 거실 소파에 털썩 주저앉으면 경어로 시작되는 아내의 차분히 가라앉은 세련된 음성이 나를 더욱 오그라들게 옭아맸습니다.

"오늘은 또 왜 늦으셨을까? 아빠 보기 싫다고 이불 뒤집어쓰고 자는 꽃비 금비 깨울까요? 술과 싸워 이긴 개선장군 왔으니 보라고. 그리고 이제나저제나 눈 빠지게 기다리는 이 아내, 불쌍하지도 않아요?"

아내의 그 말에 나는 가슴이 저렸습니다.

"내가 잘못한 일이 있나요? 말씀해 보세요. 당장 고칠 테니까. 언제나 매력적이고 현명하고 학구적이어서 멋이 철철 흘러넘치는 신사, 당신의 그 모습 어디로 갔을까?"

변명이라도 하고 싶어 말문을 열려고 하다가도 아내의 칭찬이 이어지면 나는 더 초라하고, 더 처량해져서 고개도 쳐들지 못했습니다.

"이제 꽃비, 대학생 되는데. 당신도 신경 써야지. 지금까지 꽃비 금비, 당신만 보면서 반듯하게 컸는데, 실망시키면 안 되잖아? 나도 당신이 있어야 기운이 펄펄 나잖아?"

절대 큰소리로 흠집 내지 않는 고차원적인 아내의 핀잔과 훈계는 무너져 내리는 내 양심을 긁었습니다.

"당신이 회사에서 인기 상무라는 거 항상 뿌듯해. 그런데 조금이라도 삐끗한 아빠를 보면 꽃비 금비, 무슨 생각 하겠어? 그것보다도 난 또 뭐야?"

나는 할 말을 잃어버린 꿀 먹은 벙어리가 되었습니다.

나는 어느 날 저녁, 아내가 내민 두툼한 봉투를 받고, 그동안의 허술한 잘못을 진솔한 눈물로 찔끔거렸습니다.

"여보, 내가 그동안 당신 용돈 강제로 빼앗았지. 미안하고, 고마웠어. 이거 그 대가, 사랑의 선물이야. 받아 봐."

봉투 속에는 5만 원권 지폐 두 묶음이 들어 있었습니다.

"이렇게 큰돈이 뭔데?"

"콜롬보 여형사가 탐문 탐색으로 찾아낸 돈, 모아 보니까 그렇게 많아. 꽃비 금비가 필요할 때 당신이 크게 인심 써 봐."

할 말을 잃고 감정을 추스르고 있는데 아내가 느닷없는 동의를 구했습니다.

"여보, 나 당신에게 긴요하게 할 말 있어. 듣고 허락해 줄 거지? 시청 평생교육원 강사 좀 하려고 하는데? 나도 이제 시간이 생겨서 보람 있는 일이 하고 싶어졌어."

"그래? 생각 잘했네. 당신 잘할 거야."

나는 선뜻 응낙했습니다.

나는 아내가 아침에 화장하는 모습을 정말 오랜만에 봤습니다. 옷장에서 이것저것 옷도 골랐습니다. 생기가 돋고 싱싱해진 아내 모습이 신선했습니다. 꽃비 금비가 미스 코리아 같다고 호들갑을 떨었습니다. 거울 속에서 중년의 청순함이 진하게 풍겼습니다.

아내는 그 후부터 바빴습니다. 강의 준비를 위해 밤늦도록 책장 스크랩을 뒤적이며 기록하고, 복사했습니다.

나는 그런 아내를 돕기 위해 집안일을 하면서 저녁 식탁을 책임졌습니다.

나도 아내도 서로 흐뭇한 웃음을 주고받으면서 즐겁게 일을 했습니다. 나는 될 수 있는 대로 틈을 내서 기꺼이 평생교육 강사 아내 조수가 되었습니다.

"뭘 도와드릴까요, 교수님?"

"교수는 무슨? 그래도 기분 좋네. 이거 60부만 복사해 줘요. 그리고 이 자료 좀 요약해 주면 좋겠네요."

"알겠습니다, 교수님."

"고마워요."

아내는 그러면서 곧잘 포옹해 줬습니다.

꽃비 금비가 놀리는 때가 많았지만, 그게 참으로 자연스러웠습니다.

내가 마련한 저녁 식탁에 앉으면 아내는 칭찬했습니다.

"꽃비 금비야, 아빠가 마련한 저녁 식탁 어떠니?"

"엄마보다 상위 랭크. 아빠는 일류 요리사인 걸 뭐."

"어떻게 꽃비 금비는 그렇게 엄마 맘과 똑같니? 아빠가 늘 이렇게 해주는 것 먹으면 한 달도 못 가서 살이 피둥피둥. 아이고, 큰일 나. 식욕이 부르지만 난 그만 먹을래."

아내 눈웃음이 식탁을 돌아다녔습니다.

칭찬은 고래도 춤추게 한다고 들었는데 정말 나는 신나게 넓은 바다를 휘저었습니다.

다음에는 어떤 반찬으로 가족들을 감동시키지? 생각만 해도 행복해지는 벅찬 감정을 혼자 숨기기도 했습니다. 네 식구가 함께 나누는 저녁 식탁에 웃음이 번지는 게 감동으로 밀려오기도 했습니다.

남자도 아내가 하는 일을 대신 할 수 있다는 걸 깨달았습니다. 가정의 행복이 남자 하기 나름이 아닌가도 생각했습니다.

"아빠, 엄마 강의 유명하다고 소문이 난 것 같은데 한 번 가 볼 의향 없으세요?"

나는 꽃비 금비의 채근으로 짬을 내서 시청 평생교육원을 찾았습니다. 50여 명을 수용하는 강의실은 젊은 여자들의 열기로 후끈거렸습니다. 아내의 육아 강의는 재미와 흥미로 파고들게 만들었습니다. 두 시간 내내 수강생들을 진지한 분위기에 빠져들게 하는 아내의 강의 실력은 살아 움직이는 마력이었습니다.

나는 자신의 삶을 아낌없이 꽃비 금비에게 바치던 아내의 고고한 모습을 그려보았습니다. 책장에 빼곡한 육아 자료를 적절하게 답변으로 구사하는 아내가 그렇게 자랑스러울 수가 없었습니다.

시청 평생교육원 강사를 한 지 1년이 지날 무렵 아내가 정색을 하며 말했습니다.

"나, 서경여자대학교 평생교육원 유아교육 강사로 초빙받았는데 해도 돼? 당신 허락이 있으면 하고."

"그래?"

아내는 초빙받은 대학 학장과의 면담 내용을 진지하게 설명했습니다.

"30명 정원인데 유명한 강사님을 모신다고 하니까 수강생들이 몰려들었대. 너무 아우성쳐서 정원 외 10명을 더 신청받아 40명으로 했대. 어때, 허락해 줄 거야?"

아내가 명문 서경여자대학교 평생교육원 강사라니?

나는 자신하고 있습니다. 아내의 육아 교육에 대한 지식은 어느 누구도 근접할 수 없는 실력을 갖추었다고 자부합니다. 그것은 피상이 아니고, 진정 진솔한 경험에서 생성된 것이기 때문입니다.

"그리고 또 한 가지 있는데, 여기 정리해 놓은 육아 자료 말이야. 필요한 사람들에게 보여줘도 돼?"

나는 아내의 그 말에는 조금 망설였습니다.

"좋긴 한데. 10년도 넘게 집대성된 당신 삶의 민낯이 고스란히

드러나는데? 우리 가정 프라이버시도 있는데?"

"그렇기는 해. 그래도 지금 육아 때문에 고민하는 사람들이 너무 많아. 이 자료가 그런 젊은이들에게 도움이 됐으면 참 좋겠어."

나는 그 마음이 너무 가상하고 아름다워 아내를 포옹했습니다. 꽃비 금비의 놀림이 방문을 활짝 열어젖혔습니다.

"나는 봤어요. 아빠 엉큼을."

"나도 봤지요. 엄마 매력을."

셀카가 행복한 웃음이 한데 엉긴 우리 네 식구를 찰칵 찍었습니다.

어제, 꽃비가 수석으로 입학해 다니는 대학에 금비도 우수한 성적으로 합격을 했습니다.

입학식에 참석했다가 정말 오랜만에 아내와 카페에 들렀습니다. '솔베지의 노래'를 들으며 레몬차 두 잔을 시켰습니다. 따끈한 레몬차로 가슴을 녹이며 나는 아내에게 말했습니다.

"난, 당신보다 먼저 죽을 거야. 페르귄트처럼 당신 무릎을 베고, 당신 노래 들으면서 행복하게 눈을 감을 거야."

아내가 곱게 눈을 흘기며 대꾸했습니다.

"당신이 내 무릎 베고 눈감는 거 보면서 난 노래 부를 거야. 그리고 나도 눈을 감을 거야."

"무슨 노래 불러줄 건데? '솔베지의 노래'?"

"아냐. 그건 비밀."

아내와 나는 진지하게 웃음을 나눴습니다.

오늘도 세월을 탐스럽게 익히는 세련된 아내의 미모는 우리 가정을 아름답게 가꾸고 있습니다.

어때요, 앞으로 살아갈 날이 꽤 있지만 지금까지 이어져 온 내 결혼 생활 이야기, 잘 들으셨나요?

결혼이란 남녀가 즐거움으로 버무려 만든 행복의 요리를 먹으며 기쁨세상을 살맛 나게 가꾸며 다져가는 것, 맞긴 맞지요?